共生

GONG SHENG

——2024 年重要国际水事活动
新闻报道汇编

水利部宣传教育中心 / 编

中国水利水电出版社
www.waterpub.com.cn

·北京·

内 容 提 要

　　2024 年国际水事交流成果丰硕，成功举办第三届亚洲国际水周并发布《北京宣言》，积极参加第十世界水论坛、罗马高级别水对话等重要国际水事活动，推动习近平总书记治水思路成为国际主流治水理念，广泛宣介河流伦理及中国实践。中国水利人向国际社会深入阐释中国推动水利高质量发展，保障国家水安全的举措、成效及经验，与世界同行分享交流河流伦理与中国实践，为全球水治理贡献中国智慧、中国方案、中国力量，获得国际社会高度赞誉，引发国际人士热烈反响。中外媒体刊播了大量生动的水利新闻作品，充分展示中国主动承担大国责任，为推动共建人类命运共同体及水利繁荣共享贡献中国力量。

　　为使这些精品佳作实现更广泛传播，本书遴选百余篇中央主要媒体、中央重点新闻网站刊（播）发的优秀水利新闻作品，供水利系统广大干部职工和社会各界借鉴参考。

图书在版编目（CIP）数据

　　共生 ： 2024 年重要国际水事活动新闻报道汇编 ／ 水利部宣传教育中心编. -- 北京 ： 中国水利水电出版社，2025. 2. -- ISBN 978-7-5226-3213-1

　　Ⅰ. I253

　　中国国家版本馆 CIP 数据核字第 2025PR4963 号

策划编辑：陈艳蕊　　　责任编辑：杨元泓　　　加工编辑：刘铭茗

书　　名	共生——2024 年重要国际水事活动新闻报道汇编 GONGSHENG—2024 NIAN ZHONGYAO GUOJI SHUISHI HUODONG XINWEN BAODAO HUIBIAN
作　　者	水利部宣传教育中心　编
出版发行	中国水利水电出版社 （北京市海淀区玉渊潭南路 1 号 D 座　100038） 网址：www.waterpub.com.cn E-mail: mchannel@263.net（答疑） 　　　　sales@mwr.gov.cn 电话：（010）68545888（营销中心）、82562819（组稿）
经　　售	北京科水图书销售有限公司 电话：（010）68545874、63202643 全国各地新华书店和相关出版物销售网点
排　　版	北京万水电子信息有限公司
印　　刷	三河市德贤弘印务有限公司
规　　格	170mm×240mm　16 开本　15.5 印张　293 千字
版　　次	2025 年 2 月第 1 版　2025 年 2 月第 1 次印刷
定　　价	78.00 元

编　委　会

前　言

2024 年是新中国成立 75 周年，是习近平总书记发表保障国家水安全重要讲话 10 周年。一年来，水利部深入学习贯彻习近平新时代中国特色社会主义思想，全面贯彻党的二十大和二十届二中、三中全会精神，深入践行习近平总书记"节水优先、空间均衡、系统治理、两手发力"治水思路和关于治水重要论述精神，克难奋进、真抓实干，在多重挑战、多种考验下推动水利高质量发展、保障我国水安全取得重大进展。

这一年，国际水事交流成果丰硕，成功举办第三届亚洲国际水周并发布《北京宣言》，积极参加第十届世界水论坛、罗马高级别水对话等重要国际水事活动，推动习近平总书记治水思路成为国际主流治水理念，广泛宣介河流伦理及中国实践。中国水利正以前所未有的奋进姿态，为世界和平与发展贡献水利力量。中外媒体刊播了大量真实生动的新闻作品，向世界展示了中国主动承担大国责任，为推动共建人类命运共同体及水利繁荣共享贡献中国力量，水利新闻报道取得积极成效，有力提升了中国水利的国际影响力、感召力。

为使这些精品佳作在更广范围传播，本书遴选出百余篇中央主要媒体、中央重点新闻网站刊播的优秀水利新闻作品，供水利系统广大干部职工和社会各界借鉴参考。

编　者

2025 年 2 月

目　录

第二章　第三届亚洲国际水周　　95

第三章　联合国粮农组织高级别水对话会　225

第一章

第十届世界水论坛

《人民日报》｜第十届世界水论坛呼吁
——加强治水合作 实现共同繁荣

5月18日至25日，第十届世界水论坛在印度尼西亚巴厘岛举行。本届论坛以"水促进共享繁荣"为主题，围绕水安全与繁荣、人类与自然用水、减灾与管理、治理合作与水外交、可持续水融资、知识与创新等议题举办近 280 场会议，各国政府官员、国际组织负责人、专家学者等约 5 万名代表参会。与会人士呼吁国际社会开展具有包容性、影响力和互利性的水资源管理合作，携手应对全球性水挑战，实现共同繁荣。

全球水资源形势严峻

世界水论坛是目前水事领域规模最大的国际盛会，由世界水理事会和东道国政府共同主办。论坛旨在落实国际社会达成的有关水与可持续发展方面的决议，促进各国在水资源可持续利用领域开展交流与合作，分享治水理念、经验、政策以及前沿治水科技。

当前，水安全问题日益成为全球性挑战。联合国教科文组织发布的《2024 年联合国世界水资源开发报告》指出，当前全球水资源形势严峻，淡水使用量不断增加，用水压力持续上升。世界约一半人口至少在部分时间内经历过严重缺水，1/4 人口面临"极高"的用水压力。印尼内政部长穆罕默德·蒂托·卡尔纳维安在本届论坛上表示，人口增长、污染和气候变化导致全球多个地区缺水，是当前和未来全球面临的重要挑战。

"水资源对于人类、生态系统和生物多样性来说都至关重要，是我们共同繁荣的关键。"联合国秘书长古特雷斯在本届论坛上表示，当前全球水资源面临威胁，气候变化导致水温升高、冰川融化、海平面上升、河流流量减少，有可能使人类遭受干旱、营养不良、疾病等问题困扰。"本届论坛是讨论水卫生、灾害风险管控、水治理和创新解决方案的重要机会。我们需要把水问题与气候变化、生物多样性和可持续发展等议题联系起来，共同关注水问题并采取相关行动。"

世界水理事会主席洛克·福勋说，随着气候变化、人口增长、城市化发展以及人们生活水平的提高，全球用水需求大幅上升。希望本届论坛成为保护水资源具体行动的关键节点，推动全球为实现水安全和共同繁荣而努力。

促进水资源可持续利用

论坛期间举行的第十届世界水论坛部长级会议上，与会代表围绕水资源管理挑战和解决方案进行讨论。会后通过的《部长级宣言》，就保障各国获得安全饮用水和卫生设施的权利、增强协调与合作的重要性等达成一系列共识，还对印尼提出的包括建立水和气候安全卓越中心、设立世界湖泊日、关注小岛屿发展中国家的水资源管理问题等提议表示了支持。

开展跨境水资源管理合作是与会人士讨论的重要议题之一。联合国发布的数据显示，全球共 153 个国家共享河流、湖泊和含水层，约 40%的人口生活在跨境河湖流域。开展跨境水资源管理合作有利于促进水资源可持续开发，提高水资源利用效率，促进共同繁荣。一些国家通过开展跨区域合作，共同管理和利用水资源的经验得到与会人士肯定。

在非洲，总部设在塞内加尔首都达喀尔的塞内加尔河流域组织共有 4 个成员国，50 多年来一直致力于加强对塞内加尔河流域的治理开发规划，以最大限度地利用全流域水土资源。塞内加尔河流域组织还开发了多个水电和农业水利项目。

在欧洲，阿尔巴尼亚、波黑、克罗地亚和黑山等国开展区域合作，对横跨近 10 个国家的第纳尔喀斯特含水层系统进行保护和可持续利用。第纳尔喀斯特含水层系统极易受到污染，有关国家对该系统进行跨界诊断分析，制定了具体的战略行动方案及配套法律法规、投资计划等，还建立了区域协商和交流机制，通过定期举行会议、开展人才培训等方式，不断深化区域水资源管理合作。

联合国粮食及农业组织（粮农组织）土地与水资源司司长李利锋对本报记者表示，水安全问题是全球性挑战，国际社会应持续加强合作，增强相关能力建设，促进技术创新与进步。

为全球水治理贡献中国智慧

本届论坛期间举办的世界水展上，中国馆展台前聚集了不少观众。法国青年勒杜瓦扬对记者说："中国的治水实践给我留下了深刻印象，其他国家可以借鉴这些经验。"

据中国馆负责人李中锋介绍，中国馆全面展示了近年来中国在水旱灾害防治、国家水网建设、河湖生态修复、数字孪生水利以及水利国际合作等方面的成就和经验。不少参展中国企业带来了在水资源保护、水环境治理、水生态修复等领域的最新技术和装备。在中信环境投资集团有限公司的展台前，一名工作人员拿出一条丝状的中空纤维膜介绍："中空纤维反渗透膜最小孔径仅为头发丝的一百万分之一，可高效截留污水中的细菌、病毒。经它过滤后污水能变成可饮用的清水，对处理难度高的工业废水尤为有效。"目前，这一技术已在中国、哈萨克斯坦、印尼等国的污水处理项目中得到应用。

本届论坛期间，中国水利机构牵头主办、协办了气候变化下的流域管理等近10 场分会，向国际社会介绍中国在水治理方面的研究成果和实践经验，得到与会人士的积极评价。世界水理事会荣誉主席本尼迪托·布拉加表示，中国一直积极参与治水国际合作，与国际社会分享治水成就和经验，在水治理方面作出了重要贡献。国际水电协会副首席执行官巴勃罗·瓦尔韦德表示，绿水青山就是金山银山理念非常契合当前水资源管理伦理和原则。通过保护绿水青山，可以实现经济效益和生态效益的双赢。印尼公共工程和住房部部长巴苏基·哈迪姆尔佐诺认为，中国治水的成功实践为世界贡献了智慧和方案，彰显了中国坚定致力于促进全球水安全、水繁荣，坚定致力于推动构建人类命运共同体。

参加论坛的中国水利部部长李国英表示，当前和今后一个时期，解决水安全问题，以水促进共享繁荣，是全球共同面临的重大课题。中国愿同国际社会一道，为共同谱写全球水治理新篇章作出新的更大贡献。

（2024 年 5 月 27 日刊发）

《人民日报》（海外版）｜第十届世界水论坛 中国与世界共享治水智慧

5月18日—25日，第十届世界水论坛在印度尼西亚巴厘岛举行，中国治水实践和经验受到与会官员、专家关注。

近年来，中国加速同世界共享治水智慧：与世界各国和国际组织共商治水良策、共享治水经验、共建治水平台，推动建设一个人人享有水安全的美丽世界。

"中国治水经验可为他国提供借鉴"

中国以占全球6%的淡水资源，确保了世界近20%人口的粮食安全和饮水安全，创造了世界18%以上的经济总量，中国治水成就世界瞩目。

中国建立健全并实施一系列节水制度政策，近10年来在经济总量增长近一倍的情况下，全国用水总量控制在6100亿立方米以内。

经济合作与发展组织全球环境参赞泽维尔·勒弗莱夫关注到中国"节水优先"的理念，并表示"中国治水经验可为他国提供借鉴"。

法国尼斯索菲亚综合理工学院教授、中国水利水电科学研究院特聘教授菲利普·古尔贝斯维尔认为，中国的水权交易机制使各地能够根据自己的需求灵活使用水资源，这种政策的实施有效调控了水资源使用，对其他国家具有重要借鉴意义。

埃及开罗大学地质与水资源教授阿巴斯·沙拉基说，中国为改善水资源管理、提高用水效率、消除水体和水道污染付出巨大努力，取得巨大成就。

中国加快推进国家水网建设，先后实施以南水北调东中线一期、引江济淮、引汉济渭、珠三角水资源配置工程等为代表的重大跨流域、跨区域引调水工程，全国水利工程供水能力超9000亿立方米。

"中国在水利工程建设方面积累了大量先进经验。"世界水理事会荣誉主席本尼迪托·布拉加说，中国一直积极参与国际涉水合作，在国际舞台上展示中国治水成就、分享治水经验。

中国尊重河流生存与健康基本权利，把自然界河流视作生命体，着力建构河流伦理。通过实施母亲河复苏行动，推进地下水超采和水土流失综合治理，让越来越多的河流恢复生命、流域重现生机。

5 月 21 日，第十届世界水论坛"河流生命：水系连通与生态流量"议题分会暨《河流伦理建构与中国实践》报告推介会举行。推介会上，国际专家进行交流研讨，认可中国建构河流伦理的主张。

国际水电协会副首席执行官巴勃罗·瓦尔韦德表示，"绿水青山就是金山银山"理念非常契合当前水资源管理的伦理和原则。通过保护绿水青山，可以实现经济效益和生态效益的双赢。

"过去，我们对河流缺乏关怀、尊重，没有考虑河流自身的生命需求。"世界银行东亚太平洋地区副行长曼努埃拉·菲罗说，中国在河流治理方面不乏优秀案例，这些案例展示了如何保护自然、与自然共行。

"荷兰与中国的水利合作历史悠久，我们愿意借鉴中国经验。"荷兰水特使梅克·冯·吉尼肯说，荷兰重视基于自然的水资源解决方案和生态水文，很高兴看到中国与荷兰在这方面同频共振。

近年来，中国坚持习近平总书记"节水优先、空间均衡、系统治理、两手发力"治水思路，加快推动水利高质量发展，在实现联合国 2030 年可持续发展议程涉水目标方面取得重大进展。

据了解，中国水利部向联合国《水行动议程》提交了 28 项自愿承诺，并将其细化实化至年度计划，目前部分承诺已经实现，其他承诺正按计划持续稳步推进，确保 2030 年全部兑现。

推动中国与世界共享水电技术和标准

本届世界水论坛同期举行了世界水展，中国馆位于国家馆主馆区，全面展示中国在河湖生态环境修复、完善防洪工程体系、保障供水安全、节约用水、智慧水利建设等方面的成就。

参展中国企业的一系列海外项目引得观众驻足了解：大禹节水集团展示了其在越南、乌兹别克斯坦、巴基斯坦、赞比亚等地的节水项目；中国交通建设集团展示了其设计建设的 1000 余个海外水利工程；中信环境投资集团展示的污水净化装备能有效处理难度高的工业废水，在哈萨克斯坦、印尼等地得到广泛应用……

世界水理事会主席洛克·福勋表示："中国这样的泱泱大国，有非常多的前沿治水理念和先进经验。"近年来，在共建"一带一路"倡议推动下，中国加速与共建国家共享兴水治水经验技术。

达巴尔水电站是波黑目前在建的最大水电站，由中水北方勘测设计研究有限责任公司负责设计。近日，水电站初步设计方案获得业主工程师批准。

水电站设计过程中克服了诸多技术难题。"达巴尔水电站自 20 世纪 60 年代起就开始规划，时间跨度大、技术难题多。"中水北方公司海外事业部海外厂房所所长张忠辉说，项目团队先后解决了喀斯特地区库区渗漏、长引水隧洞水头损失控制、厂房涌水量大等难题，使中国企业在欧洲高端水电市场上占有一席之地。

中国是世界上水库大坝最多的国家，拥有丰富的技术积累。

中水北方公司项目团队结合中国建坝的工程经验，优化达巴尔水电站设计方案，受到业主认可。"比如，我们根据中国工程经验，将调压井由水室式改为阻抗式，优化了调压井与引水隧洞布置，让工程布置更为合理、紧凑。"张忠辉说。

西北农林科技大学与乌兹别克斯坦塔什干水利与农业机械工程大学等共建的中乌节水农业海外示范园，采用太阳能喷灌和智能水肥一体滴灌，将中国先进的智能灌溉技术带到中亚。智能灌溉设备使示范园节水 50% 的同时，棉花产量提高 50%。

中国大坝工程学会发起建设的"工程医院"技术服务云平台，通过提供在线咨询、打造"慕课"教学中心、共享中国坝工技术资料等形式，服务中国水利水电领域优势技术"走出去"。目前，"工程医院"已整理上传技术资料 1.5 万份，建立起由 119 个国家的 2.77 万名专家组成的专家库。国际大坝委员会前主席迈克尔·罗杰斯表示，"工程医院"推动中国与世界共享水电技术和标准。

"中国实现了水资源管理水平的提高、水生态水环境的恢复和改善，中国治水思路受到各国欢迎。"联合国粮农组织土地与水资源司司长李利锋说。

致力于全球水安全、水繁荣

一批批水利项目在"一带一路"共建国家落地，助力当地提升供水、供电保障能力，有效增进民生福祉。

巴基斯坦卡洛特水电站是中巴经济走廊首个水电投资项目，该水电站由长江设计集团勘察设计。参与项目实施的长江设计集团副总工程师鄢双红记得，10 多年前第一次到巴基斯坦时，村庄电力不稳定，不少家庭备着发电机，有些家庭买了空调，却只能成为摆设。2022 年 6 月，卡洛特水电站投入运营，满足了当地 500 万人用电需求，给当地民众生活带来巨大改变。

由黄河勘测规划设计研究院设计的凯乐塔水电站是几内亚的标志性工程，工程效果图被印在该国最大面值货币上，成为中国水利走向世界的精美"名片"。凯乐塔水电站发电量占到几内亚全国发电量的 70%，彻底改变了几内亚首都及周边地区电力短缺问题。

由中国长江三峡集团和中国水利电力对外公司承建的苏丹上阿特巴拉水利枢

纽，具有灌溉、供水、发电等多种功能，为 300 万人提供饮用水保障，为上百万人提供电力供应，农业灌溉面积达 50 万公顷，为 700 万人解决灌溉用水，该工程使苏丹 1/3 人口直接受益。

由中国能建葛洲坝集团承建的赤道几内亚马拉博市污水处理工程，是赤道几内亚规模最大的环保项目。工程运营后，马拉博市 20 万人的饮水安全问题得以解决，当地公共卫生状况也明显好转，疟疾发病率由 40%降至 8%。

共建"一带一路"过程中，中外水利合作项目聚焦生态保护、绿色发展、民生改善，形成了接地气、聚人心的合作成果，受到广泛赞誉。印尼公共工程和住房部长巴苏基·哈迪姆尔佐诺表示，中国治水实践彰显了中国致力于全球水安全、水繁荣，致力于构建人类命运共同体的决心。

（2024 年 5 月 29 日刊发）

新华社｜第十届世界水论坛在印尼巴厘岛开幕

第十届世界水论坛 20 日在印度尼西亚巴厘岛开幕，这是世界水论坛首次在东南亚国家举办。

本届论坛以"水促进共享繁荣"为主题，将围绕水安全与繁荣、人类与自然用水、减灾与管理、治理合作与水外交、可持续水融资、知识与创新等议题举办多场会议。

印尼总统佐科在开幕式上表示，希望世界各国能够同舟共济、加强合作，携手克服全球性水挑战，实现共同繁荣。

世界水理事会主席洛克·福勋说，随着气候变化、人口增长、城市化发展以及人们生活水平的提高，用水需求大幅上升。希望本届论坛能够成为保护水资源具体行动的关键节点，推动全球为水安全和繁荣共同努力。

参加论坛的中国水利部部长李国英表示，水灾害、水资源、水生态、水环境是中国和世界上多数国家共同面临的四大水问题。中国愿同国际社会一道，为共同谱写推动构建人类命运共同体的水治理新篇章作出新的更大贡献。

他倡议，坚持"节水优先、空间均衡、系统治理、两手发力"治水思路，有效应对全球水挑战，增进全球以水惠民福祉，着力破解水领域的治理赤字，在确保防洪安全、供水安全、粮食安全、生态安全等方面协同协调协力，加快推进全球水治理进程。

本届论坛于 18 日至 25 日举行。自 1997 年举办首届论坛以来，世界水论坛一般每三年举办一次，是目前水事领域规模最大的国际盛会，由世界水理事会和东道国政府共同主办。第九届世界水论坛于 2022 年在塞内加尔举办。

（记者　陶方伟、郑世波，2024 年 8 月 20 日刊发）

新华社 | 第十届世界水论坛部长级会议在印尼巴厘岛举行

第十届世界水论坛部长级会议 20 日在印度尼西亚巴厘岛举行，与会代表围绕水资源管理挑战和解决方案进行讨论。

主持本届会议的印尼内政部长穆罕默德·蒂托·卡尔纳维安说，人口增长、污染和气候变化导致世界许多地区缺水，水是当前和未来全球面临的首要挑战。他呼吁，与会代表以本届会议为契机，推动开展具有包容性、影响力和互利性的水资源管理合作。

中国水利部部长李国英表示，中国统筹解决水灾害、水资源、水生态、水环境问题，在实现联合国 2030 年可持续发展议程涉水目标上取得重大进展。中国水利部将进一步深化与各国水领域交流合作，为推动落实联合国 2030 年可持续发展议程涉水目标作出新的更大贡献。

世界水理事会主席洛克·福勋、多国水主管部门部长、高级别官员，以及联合国教科文组织、联合国欧洲经济委员会等国际和地区组织负责人等出席会议。

世界水论坛一般每三年举办一次，是目前水领域规模最大的国际盛会，由世界水理事会和东道国政府共同主办。

（记者　陶方伟、郑世波，2024 年 5 月 21 日刊发）

新华社 | 综述 | 国际人士赞誉中国治水理念与实践

第十届世界水论坛于 18 日至 25 日在印度尼西亚巴厘岛举办。论坛期间，中国代表团在多场会议上详细介绍了中国治水理念与实践，获得与会官员、专家学者和国际组织人士的广泛赞誉。

印尼公共工程和住房部长巴苏基·哈迪姆尔佐诺说，中国治水的成功实践和重要案例为世界贡献了中国智慧和中国方案，彰显了中国致力于全球水安全、水繁荣，致力于构建人类命运共同体的决心。

沙特环境、水利和农业部水利副大臣阿卜杜勒阿齐兹·谢巴尼表示，中国是一个充满哲学智慧的国度，相信沙特一定能汲取到中国治水智慧。很多国家过去几十年一直在努力解决洪涝灾害，而解决洪涝灾害对沙特来说是一个崭新的问题，沙特非常希望以正确的方式和方法，全面系统地应对洪灾风险。

联合国粮农组织土地与水资源司司长李利锋说："我觉得中国在协同治水这方面做得非常好，例如防汛抗旱跨部门协调机制，能够利用短缺的水资源支持农业和社会经济可持续发展，这是非常令人振奋的。"他说，中国实现了水资源管理水平的提高、水生态水环境的恢复和改善，中国的治水思路受到各国欢迎。"中国的经验是从生态系统出发，从节水、蓄水到洪水的管理，都有非常好的一系列理念和方法，都可以和其他国家分享。"

法国尼斯索菲亚综合理工学院教授、中国水利水电科学研究院特聘教授菲利普·古尔贝斯维尔在中国工作生活二十余年，亲眼见证了中国治水的成就。他说，在过去二十年中，中国的全民供水服务得到极大改善，很多偏远农村地区的人们已不再面临清洁用水和卫生设施困境。此外，中国在国际组织和联合国项目中非常活跃，尤其是大力支持联合国 2030 年可持续发展目标，包括与水资源相关的联合国可持续发展目标 6（清洁饮水与卫生设施），积极参与许多与气候、水和政府工作相关的国际倡议，为国际治水作出了重要贡献。

国际水电协会副首席执行官巴勃罗·瓦尔韦德表示，"绿水青山就是金山银山"理念非常契合当前水资源管理的伦理和原则，这一理念强调保护生态环境不仅是对自然的尊重和维护，更是实现可持续发展的基础和前提。通过保护绿水青山，可以实现经济效益和生态效益的双赢。

埃及开罗大学地质与水资源教授阿巴斯·沙拉基说，中国为改善水资源管理、提高用水效率、消除水体和水道污染付出了巨大努力，取得了巨大成就。中国还成功推动国际社会加深对水管理的理解，提出了应对多种挑战的新机制和新愿景，这将有助于缓解国际上因水危机而产生的紧张局势，并有助于化解世界各地许多水危机。国际社会相信，中国对水资源管理和改善水质量的新愿景将为中国和其他国家提高水管理和运营效率提供许多有效解决办法。

（执笔记者：陶方伟；参与记者：郑世波、董修竹、姚兵，2024 年 5 月 23 日刊发）

中央广播电视总台央视《新闻联播》｜第十届世界水论坛在印尼开幕

　　第十届世界水论坛今天（5月20日）在印度尼西亚巴厘岛开幕，本届论坛主题为"水促进共享繁荣"。论坛上，中国将围绕水安全与繁荣等重要议题为参会各方提供交流分享我国成功的治水理念、经验和政策，并就解决水问题贡献中国智慧和中国方案。

（2024 年 5 月 20 播报）

中央广播电视总台央视《新闻直播间》|
第十届世界水论坛在巴厘岛开幕

近日，第十届世界水论坛在印度尼西亚巴厘岛开幕。本届论坛以"水促进共享繁荣"为主题，将围绕水安全与繁荣、人类与自然用水、减灾与管理等议题举办多场会议。

印尼总统佐科在开幕式上表示，希望世界各国能够加强合作，携手克服全球性水挑战，实现共同繁荣。世界水理事会主席洛克·福勋说，希望本届论坛能够成为保护水资源具体行动的关键节点，推动全球为水安全和繁荣共同努力。

当地时间 5 月 20 号，第十届世界水论坛在印尼巴厘岛会展中心开幕。这是该论坛首次在东南亚国家举办，国际组织负责人、政府高级官员、专家学者等参加，就与水资源有关的议题展开讨论，中国也派出了代表团参加。

中方代表在论坛上分享了中国在水治理方面的理念和经验，为应对全球水挑战贡献中国智慧和方案。本届论坛于 18 号到 25 号举行，自 1997 年举办首届论坛以来，世界水论坛一般每三年举办一次，是目前水事领域规模最大的国际盛会，由世界水理事会和东道国政府共同主办。

（2024 年 5 月 21 播报）

中央广播电视总台央视《晚间新闻》|【关注第十届世界水论坛】中国治水经验为世界提供范例

第十届世界水论坛正在印尼巴厘岛举办，中国代表团在论坛会议上分享了中国的治水理念和治水经验。多位与会专家表示，中国治水有很多成功案例，丰富的经验和成功的策略值得他国学习。

在第十届世界水论坛期间，中国水利部和世界水理事会共同主办了第四届全球水安全高级别研讨会。会上，中国代表团分享了中国治水的理念、最新政策与实践经验。

世界水理事会荣誉主席本尼迪托·布拉加：南水北调工程将水从长江转移到华北是成功的，需要大量的基础设施和非常高的成本，但是效益非常高，保障了中国北方的水安全。中国非常积极地通过这些会议和论坛，作为合作伙伴将经验分享给世界其他国家。

多位与会代表表示，面对当前气候变化和极端天气的挑战，中国治水策略也在不断细化和改变，这为世界做出了很好的范例。

葡萄牙环境与气候行动部原司长利博瑞特：就中国经验而言，你们正在对自己的策略进行细化，这是非常重要的。对于有着传统水治理解决方案的国家来说，中国改变水治理策略的模式是一个很好的范例。

联合国粮农组织土地与水资源司司长李利锋参加了论坛期间的多场会议。他感受到，很多国家对中国的治水理念和经验非常感兴趣，希望了解中国是如何在保持经济高速增长的同时，水资源又能持续不断地满足经济高速增长。

联合国粮农组织土地与水资源司司长李利锋：你们可以看到在整个论坛期间，中国的很多分会参会的人员都是非常多，大家都想来学习中国的经验。

此外，第十届世界水论坛还召开了"河流生命：水系连通与生态流量"议题分会暨《河流伦理建构与中国实践》报告推介会。会上，中国代表团就河流伦理议题和与会嘉宾进行了交流研讨，并提出愿与世界各国和国际组织携手合作，共同推进河流保护治理，加速实现联合国2030年可持续发展议程涉水目标，为共建人类命运共同体、共建清洁美丽世界作出新的贡献。

（2024年5月22日播报）

中央广播电视总台央视《午夜新闻》｜关注第十届世界水论坛　中国治水经验为世界提供范例

第十届世界水论坛正在印尼巴厘岛举办，中国代表团在论坛会议上分享了中国的治水理念和治水经验。多位与会专家表示，中国治水有很多成功案例，丰富的经验和成功的策略值得他国学习。

在第十届世界水论坛期间，中国水利部和世界水理事会共同主办了第四届全球水安全高级别研讨会。会上，中国代表团分享了中国治水的理念、最新政策与实践经验。

世界水理事会荣誉主席本尼迪托·布拉加：南水北调工程将水从长江转移到华北是成功的，需要大量的基础设施和非常高的成本，但是效益非常高，保障了中国北方的水安全。中国非常积极地通过这些会议和论坛，作为合作伙伴将经验分享给世界其他国家。

多位与会代表表示，面对当前气候变化和极端天气的挑战，中国治水策略也在不断细化和改变，这为世界做出了很好的范例。

葡萄牙环境与气候行动部原司长利博瑞特：就中国经验而言，你们正在对自己的策略进行细化，这是非常重要的。对于有着传统水治理解决方案的国家来说，中国改变水治理策略的模式是一个很好的范例。

联合国粮农组织土地与水资源司司长李利峰参加了论坛期间的多场会议。他感受到，很多国家对中国的治水理念和经验非常感兴趣，希望了解中国是如何在保持经济高速增长的同时，水资源又能持续不断地满足经济高速增长。

联合国粮农组织土地与水资源司司长李利锋：你们可以看到在整个论坛期间，中国的很多分会参会的人员都是非常多，大家都想来学习中国的经验。

此外，第十届世界水论坛还召开了"河流生命：水系连通与生态流量"议题分会暨《河流伦理建构与中国实践》报告推介会。会上，中国代表团就河流伦理议题和与会嘉宾进行了交流研讨，并提出愿与世界各国和国际组织携手合作，共同推进河流保护治理，加速实现联合国 2030 年可持续发展议程涉水目标，为共建人类命运共同体、共建清洁美丽世界作出新的贡献。

（2024 年 5 月 23 日播报）

中央广播电视总台央视《总台记者看世界》｜第十届世界水论坛在印尼举办　中国经验受到与会各方瞩目

总台记者看世界，大家好，我是总台驻雅加达记者陶家乐。

当地时间 5 月 18 日至 25 日，第十届世界水论坛在印尼巴厘岛举办。这是该论坛首次在东南亚国家举办。今年论坛的主题是"水促进共同繁荣"，围绕水安全与繁荣、减灾与管理、可持续水融资等议题举办多场会议。世界水论坛由世界水理事会与东道国政府联合承办。自 1997 年起每三年举办一次，是全球规模最大的国际水事活动。

本届论坛与会人数达到 4.6 万人，东道国印尼总统佐科为论坛发文称，水资源的可持续性已成为世界面临的紧迫问题。随着人口和工业的增长，全球水需求急剧增加。与此同时，由于环境退化和气候变化，获得优质和可持续的水变得越来越困难。佐科倡议各国与会代表共同努力，将促进高效、综合的水资源管理作为议程的一部分，使水资源得到管理和利用，实现共同繁荣。

作为东道国，印尼在高级别会议上给出四项水资源管理措施的提案，措施包括通过联合国决议设立世界湖泊日，建立水和气候复原中心、将岛屿发展中国家的水管理问题纳入主流，以及将水项目列为包容、自愿、具体可交付成果且有行动纲要的项目。

世界水理事会主席洛克·福勋说，随着气候变化、人口增长、城市化发展以及人们生活水平的提高，用水需求大幅上升。希望本届论坛能够成为保护水资源具体行动的关键节点，推动全球为水安全和繁荣共同努力。

第四届中日韩三国水资源部长会议也在论坛期间举行。在全球气候变化加剧和人类活动影响等多重作用下，颠覆传统认知的极端天气事件频繁发生，水旱灾害的极端性、反常性、复杂性、不确定性显著增强。因此，本次会议以"应对气候变化，建设有韧性的水利基础设施"为主题，进一步加强政策对话、科研合作、人才交流，加强极端天气下水旱灾害防御、洪水资源化利用、数字孪生水利等领域的联合研究及成果推广，推动中日韩水资源领域合作成为地区合作典范，为推动实现联合国 2030 年可持续发展议程涉水目标作出新的贡献。会上，三国部长共同签署了《中日韩三国水资源部长会议联合声明》。

在论坛高级别会议上，中国水利部部长李国英分享了中国治水的历史性成就、发生的历史性变革、最新治水理念和实践经验，为应对全球水挑战、推动全球水治理体系变革贡献中国的智慧和方案。近 10 年来，中国的水资源供给和保障能力有效提升，强化流域统一治理管理，推动有效市场和有为政府有机结合、形成合力，实现水利治理管理能力系统性提升。

记者观察到，很多国家对中国的治水理念和经验非常感兴趣，希望了解中国是如何在实现经济保持高速增长的同时，水资源又能持续不断地满足经济高速增长。

联合国粮农组织土地与水资源司司长李利锋表示，过去三四十年的快速发展也提高了整个中国在全球的形象，表现在经济发展的领域，也表现在水资源管理和水生态系统修复领域。

对于中国提出的治水理念和方案，世界水理事会荣誉主席本尼迪托·布拉加表示，中国有非常成功的案例，并将丰富的经验分享给其他国家。

葡萄牙环境与气候行动部原司长利博瑞特在接受总台记者采访时表示，在水资源的管理方面，中国有悠久的历史和丰富的实践经验。面对当前气候变化和极端天气的挑战，中国治水策略也在不断细化和改变，这为世界做出了很好的范例。

以上是总台记者陶家乐在世界水论坛现场的观察。

（2024 年 5 月 25 日播报）

央视新闻客户端｜第十届世界水论坛在印尼巴厘岛开幕

当地时间 5 月 20 日，第十届世界水论坛在印尼巴厘岛开幕。这是该论坛首次在东南亚国家举办。

世界水论坛由世界水理事会与东道国政府联合承办，自 1997 年起每三年举办一次，是全球规模最大的国际水事活动。

（记者　陶家乐，2024 年 5 月 20 播报）

中央广播电视总台央广《中国之声》| 第十届世界水论坛开幕 以"水促进共享繁荣"为主题 哪些议题成为焦点?

作为全球规模最大的国际水事活动,第十届世界水论坛5月20日在印尼巴厘岛开幕,本届论坛的主题为"水促进共享繁荣",为参会各方提供一个交流分享先进治水理念、经验、政策以及前沿治水科技的重要平台。

世界水论坛由世界水理事会发起,每三年举办一届。论坛的宗旨是落实国际社会达成的有关水与可持续发展问题的决议,促进各国在水资源可持续利用方面进行交流与合作,明确在水资源领域的政治承诺和重要举措。本届论坛将聚焦哪些重要议题?解决水安全问题,我国又将为世界贡献怎样的中国智慧和中国方案?

近年来,全球颠覆传统认知的极端天气事件频繁发生,水旱灾害的极端性、反常性、复杂性和不确定性显著增强。水利部国际经济技术合作交流中心主任郝钊介绍,为了积极应对气候变化影响,分享全球治水领域的最新政策和最佳实践,第十届世界水论坛于5月18日至25日在印尼巴厘岛举行。

郝钊:围绕"水促进共同繁荣"主题,第十届世界水论坛为参加水论坛的各国政府、国际组织、非政府组织、社会团体、私营部门等所有利益攸关方提供了一个重要平台,交流分享先进的治水理念、经验、政策以及前沿治水科技,积极应对全球水资源管理方面的各种挑战,以水资源可持续利用支撑经济社会可持续发展。

本届世界水论坛由议题进程、政治进程、地区进程和世界水展四部分组成。哪些议题将成为各方关注的焦点呢?郝钊介绍,论坛将围绕水安全与繁荣、人类与自然之水、减灾与灾害管理、合作与水外交、可持续水利融资和知识与创新这六个重要议题展开,在其中,水安全问题是重中之重。

郝钊:总的来说,第十届世界水论坛将致力于解决水安全问题,包括改善清洁饮用水安全,制定解决方案,推动联合决策,认识到实现全球水安全是可持续发展的关键。水安全问题非常广泛,既涵盖了水服务的可提供性和可获得性,也包含着卫生和饮水的水质和水量安全。本届水论坛计划推动各国元首就水治理与融资做出有力承诺,向与会代表传递出政府能够实现的强烈信号。

从第二届至第九届世界水论坛，中国代表团的参会人数、主办或参加分会的数量以及世界水展中国馆面积，都保持了较大规模。本届世界水论坛，中国仍是再一次全面、广泛参与其中。郝钊表示，中国是世界上水情最为复杂、治水任务最为繁重的国家之一，也是治水历史最为悠久、成效最为显著的国家之一，在推进全社会节水、防御特大洪水、综合治理地下水超采、实施河湖长制保护水资源等方面积累了丰富的实践经验，可供国际社会借鉴。

郝钊：本次论坛期间，中国水利机构牵头主办、协办气候变化下的流域管理等9场分会，40多位中国专家将从不同角度分享中国在洪水管理、水资源配置、流域管理、水利基础设施韧性建设、大坝安全监测、应对气候变化、河湖生态修复等方面的成功经验，提出深化合作的建议主张。此外，中国还设立了面积为150平方米的中国馆，全面展示中国在河湖生态环境修复、完善防洪工程体系、保障供水安全、节约用水、智慧水利建设等方面的成就和实践。

本届世界水论坛是第一次在亚洲发展中国家举办水论坛，也是2023年联合国水大会之后又一次聚焦2030年可持续发展议程涉水目标的全球性水事活动。据了解，印尼将在论坛期间建议成立全球水基金，用于水利基础设施、涉水灾害应对、气候变化适应以及相关的监测机制，以便为迎接相关挑战提供持续的资金支持。郝钊表示，中国愿同国际社会一道，聚焦挑战、凝聚共识，推进全球如期实现联合国2030年可持续发展议程涉水目标。

郝钊：中国希望各国政府、社会组织乃至国际社会能够全面携起手来，努力保障人人享有安全饮水的基本权利，积极推动和实现治水理念的变革，充分认识淡水资源的时空特性、有限性和不可替代性，推动节水优先，采用系统治理的方法，推动政府和市场同向发力；尊重自然界河流生存的基本权利，把河流视作生命体，建构河流伦理，维护河流健康生命，实现人与河流和谐共生；充分发挥世界水理事会等国际组织作用，为政府、企业、科研机构、国际组织、智库、社会组织等共同参与应对全球气候变化提供交流合作平台，凝聚有效应对涉水挑战的全球智慧和力量。

（2024 年 5 月 20 日播报）

中央广播电视总台央广《新闻纵横》｜第十届世界水论坛开幕 中国智慧和中国方案如何助力世界水安全？

作为全球规模最大的国际水事活动，第十届世界水论坛今天在印尼巴厘岛开幕。本届论坛的主题为"水促进共享繁荣"，为参会各方提供一个交流分享先进治水理念、经验、政策以及前沿治水科技的重要平台。世界水论坛由世界水理事会发起，每三年举办一届。论坛的宗旨是落实国际社会达成的有关水与可持续发展问题的决议，促进各国在水资源可持续利用方面进行交流与合作，明确在水资源领域的政治承诺和重要举措。

本届论坛将聚焦哪些重要的议题？解决水安全问题我国又将为世界贡献怎样的中国智慧和中国方案？我们来听总台中国之声记者刘梦雅的报道。

近年来，全球颠覆传统认知的极端天气事件频繁发生，水旱灾害的极端性、反常性、复杂性和不确定性显著增强。

水利部国际经济技术合作交流中心主任郝钊介绍，为了积极应对气候变化影响，分享全球治水领域的最新政策和最佳实践，第十届世界水论坛于 5 月 18 日到 25 日在印尼巴厘岛举行。

围绕"水促进共同繁荣"的主题，第十届世界水论坛为参加水论坛的各国政府、国际组织、非政府组织、社会团体、私营部门等所有的利益攸关方提供了一个重要的平台，交流分享先进的治水理念、经验、政策以及前沿治水科技，积极应对全球资源管理方面的各种挑战，以水资源的可持续利用支持经济社会可持续发展。

本届世界水论坛由议题进程、政治进程、地区进程和世界水展四部分组成，哪些议题将成为各方关注的焦点呢？郝钊介绍，论坛将围绕水安全与繁荣、人类与自然之水、减灾与灾害管理、合作与水外交、可持续水利融资和知识与创新这六个重要议题展开。在这其中，水安全问题是重中之重。

总的来说呢，第十届水论坛也是致力于解决水安全问题，包括改善清洁用水安全，制定解决方案，推动联合决策。要认识到实现全球水安全是可持续发展的关键，因为水安全问题非常广泛，既涵盖了水服务的可提供性和可获得性，也包含着卫生和饮水的水质和水量安全。本届水论坛计划推动各国元首就水治理与水融资做出有力的承诺，向与会代表传递出政府能够实现的这种强烈信号。

从第二届至第九届世界水论坛中国代表团的参会人数、主办或参加分会的数量，以及世界水展中国馆面积都保持了较大规模。本届世界水论坛，中国再一次全面广泛参与其中。

郝钊表示，中国是世界上水情最为复杂、治水任务最为繁重的国家之一，也是治水历史最为悠久、成效最为显著的国家之一。在推进全社会节水、防御特大洪水、综合治理地下水超采、实施河湖长制、保护水资源等方面积累了丰富的实践经验，可供国际社会借鉴。

本次论坛期间，中国水利机构牵头主办、协办"气候变化下的流域管理"等九场峰会，40多位中国专家将从不同角度分享中国在洪水管理、水资源配置、流域管理、水利基础设施运行建设、大坝安全监测、应对气候变化、河污生态修复等方面的成功经验。提出深化合作的建议主张。此外，中国还在本届水论坛上设立了面积为150平方米的中国馆，全面展示中国在河湖生态环境修复、完善防洪工程体系、保障供水安全、节约用水、智慧水利建设等方面的成就和实践。

本届世界水论坛是第一次在亚洲发展中国家举办水论坛，也是2023年联合国水大会之后，又一次聚焦2030年可持续发展议程涉水目标的全球性水事活动。据了解，印尼将在论坛期间建议成立全球水基金，用于水利基础设施涉水灾害应对、气候变化适应以及相关的监测机制，以便为迎接相关挑战提供持续的资金支持。郝钊表示，中国愿同国际社会一道，聚焦挑战，凝聚共识，推进全球如期实现联合国2030年可持续发展议程涉水目标。

我们中国也希望各国政府、社会组织乃至国际社会能够全面携起手来，努力保障人人享有安全饮水的基本权利，积极推动和实现治水理念的变革。充分认识淡水资源的时空特性、有限性和不可替代性，推动节水优先，采用系统治理的方法，推动政府、市场同向发力，尊重自然界河流生存的基本权利。把河流视作生命体，建构河流伦理，维护河流健康生命，实现人与河流和谐共生，充分发挥世界水理事会等国际组织的作用，为政府、企业、科研机构、国际组织、智库社会组织等共同参与应对全球气候变化，提供交流合作的平台，凝聚有效应对涉水挑战的全球智慧和力量。

（2024年5月20日播报）

中央广播电视总台央广《新闻和报纸摘要》｜第十届世界水论坛 20 日开幕　中国为水资源开发保护贡献中国智慧与方案

　　第十届世界水论坛今天将在印度尼西亚巴厘岛开幕。论坛以"水促进共享繁荣"为主题，将围绕水安全与繁荣等重要议题，为参会各方提供交流分享先进治水理念、经验、政策以及前沿治水科技的重要平台，中国也将就解决水问题贡献中国智慧和中国方案。

　　第十届世界水论坛于 5 月 18 日到 25 日在印尼巴厘岛举行，水利部国际经济技术合作交流中心主任郝钊介绍，第十届水论坛致力于解决水安全问题，包括改善清洁用水安全、制定解决方案、推动联合决策。要认识到实现全球水安全是可持续发展的关键。

　　本届世界水论坛，中国再一次全面广泛参与其中。郝钊表示，中国在推进全社会节水、防御特大洪水、综合治理地下水超采、实施河湖长制、保护水资源等方面积累了丰富的实践经验，可供国际社会借鉴。本次论坛期间，中国水利机构牵头主办、协办"气候变化下的流域管理"等 9 场峰会。此外，中国还在本届水文坛上设立了面积为 150 平方米的中国馆，全面展示中国在河湖生态环境修复、完善防洪工程体系、智慧水利建设等方面的成就和实践。

　　　　　　　　　　　　　　（记者　刘梦雅，2024 年 5 月 20 日播报）

《光明日报》｜第十届世界水论坛在印尼巴厘岛开幕

第十届世界水论坛 20 日在印度尼西亚巴厘岛开幕，这是世界水论坛首次在东南亚国家举办。

本届论坛以"水促进共享繁荣"为主题，将围绕水安全与繁荣、人类与自然用水、减灾与管理、治理合作与水外交、可持续水融资、知识与创新等议题举办多场会议。

印尼总统佐科在开幕式上表示，希望世界各国能够同舟共济、加强合作，携手克服全球性水挑战，实现共同繁荣。

世界水理事会主席洛克·福勋说，随着气候变化、人口增长、城市化发展以及人们生活水平的提高，用水需求大幅上升。希望本届论坛能够成为保护水资源具体行动的关键节点，推动全球为水安全和繁荣共同努力。

参加论坛的中国水利部部长李国英表示，水灾害、水资源、水生态、水环境是中国和世界上多数国家共同面临的四大水问题。中国愿同国际社会一道，为共同谱写推动构建人类命运共同体的水治理新篇章作出新的更大贡献。

他倡议，坚持"节水优先、空间均衡、系统治理、两手发力"治水思路，有效应对全球水挑战，增进全球以水惠民福祉，着力破解水领域的治理赤字，在确保防洪安全、供水安全、粮食安全、生态安全等方面协同协调协力，加快推进全球水治理进程。

本届论坛于 18 日至 25 日举行。自 1997 年举办首届论坛以来，世界水论坛一般每三年举办一次，是目前水事领域规模最大的国际盛会，由世界水理事会和东道国政府共同主办。第九届世界水论坛于 2022 年在塞内加尔举办。

（记者　陶方伟、郑世波，2024 年 5 月 21 日刊发）

《光明日报》|第四届中日韩三国水资源部长会议在印尼举行

第四届中日韩三国水资源部长会议 20 日在印度尼西亚巴厘岛举行。中国水利部部长李国英、日本国土交通省副大臣小鱶隆史、韩国环境部副部长朴宰贤出席会议。

本届会议由中国水利部牵头举办，以"应对气候变化，建设有韧性的水利基础设施"为主题，旨在进一步落实第八次中日韩领导人会议精神，深化水资源领域合作。

会议围绕三国共同关心的议题和各自最新的政策和实践经验进行了分享交流，探讨了如何推动东亚、东南亚乃至亚太地区的水资源治理，提高防灾减灾能力。会上，中日韩三国水利部门代表共同签署了《中日韩三国水资源部长会议联合声明》。

李国英表示，未来希望三国进一步加强政策对话、科研合作、人才交流，加强极端天气下水旱灾害防御、洪水资源化利用、数字孪生水利等领域的联合研究及成果推广，推动中日韩水资源领域合作成为地区合作典范，为推动实现联合国 2030 年可持续发展议程涉水目标作出新的更大贡献。

中日韩三国水资源部长会议机制建立于 2012 年，每三年举办一届。

（记者　陶方伟、郑世波，2024 年 5 月 22 日刊发）

《光明日报》｜国际人士赞誉中国治水理念与实践

第十届世界水论坛于 18 日至 25 日在印度尼西亚巴厘岛举办。论坛期间，中国代表团在多场会议上详细介绍了中国治水理念与实践，获得与会官员、专家学者和国际组织人士的广泛赞誉。

印尼公共工程和住房部长巴苏基·哈迪姆尔佐诺说，中国治水的成功实践和重要案例为世界贡献了中国智慧和中国方案，彰显了中国致力于全球水安全、水繁荣，致力于构建人类命运共同体的决心。

沙特环境、水利和农业部水利副大臣阿卜杜勒阿齐兹·谢巴尼表示，中国是一个充满哲学智慧的国度，相信沙特一定能汲取到中国治水智慧。很多国家过去几十年一直在努力解决洪涝灾害，而解决洪涝灾害对沙特来说是一个崭新的问题，沙特非常希望以正确的方式和方法，全面系统地应对洪灾风险。

联合国粮农组织土地与水资源司司长李利锋说："我觉得中国在协同治水这方面做得非常好，例如防汛抗旱跨部门协调机制，能够利用短缺的水资源支持农业和社会经济可持续发展，这是非常令人振奋的。"他说，中国实现了水资源管理水平的提高、水生态水环境的恢复和改善，中国的治水思路受到各国欢迎。"中国的经验是从生态系统出发，从节水、蓄水到洪水的管理，都有非常好的一系列理念和方法，都可以和其他国家分享。"

法国尼斯索菲亚综合理工学院教授、中国水利水电科学研究院特聘教授菲利普·古尔贝斯维尔在中国工作生活二十余年，亲眼见证了中国治水的成就。他说，在过去二十年中，中国的全民供水服务得到极大改善，很多偏远农村地区的人们已不再面临清洁用水和卫生设施困境。此外，中国在国际组织和联合国项目中非常活跃，尤其是大力支持联合国 2030 年可持续发展目标，包括与水资源相关的联合国可持续发展目标 6（清洁饮水与卫生设施），积极参与许多与气候、水和政府工作相关的国际倡议，为国际治水作出了重要贡献。

国际水电协会副首席执行官巴勃罗·瓦尔韦德表示，"绿水青山就是金山银山"理念非常契合当前水资源管理的伦理和原则，这一理念强调保护生态环境不仅是对自然的尊重和维护，更是实现可持续发展的基础和前提。通过保护绿水青山，可以实现经济效益和生态效益的双赢。

埃及开罗大学地质与水资源教授阿巴斯·沙拉基说，中国为改善水资源管理、提高用水效率、消除水体和水道污染付出了巨大努力，取得了巨大成就。中国还成功推动国际社会加深对水管理的理解，提出了应对多种挑战的新机制和新愿景，这将有助于缓解国际上因水危机而产生的紧张局势，并有助于化解世界各地许多水危机。国际社会相信，中国对水资源管理和改善水质量的新愿景将为中国和其他国家提高水管理和运营效率提供许多有效解决办法。

（记者　郑世波、董修竹、姚兵，2024 年 5 月 24 日刊发）

《经济日报》｜中国水利代表团出席第十届世界水论坛

记者从水利部获悉，第十届世界水论坛 20 日在印度尼西亚巴厘岛开幕。参加论坛的中国水利部部长李国英表示，水灾害、水资源、水生态、水环境是中国和世界上大多数国家一样面临的四大水问题。解决好这四大水问题，理论和实践均呼唤治水思路的变革。

李国英表示，中国水利部深入践行"节水优先、空间均衡、系统治理、两手发力"治水思路，坚持问题导向，坚持底线思维，坚持预防为主，坚持系统观念，坚持创新发展，统筹解决水灾害、水资源、水生态、水环境问题，在实现联合国 2030 年可持续发展议程涉水目标上取得重大进展。

当前和今后一个时期，全球水安全形势更趋严峻，亟待世界各国加强团结协作、共谋良策。李国英表示，中国水利部将在全球发展倡议、全球安全倡议、全球文明倡议引领下，进一步深化与各国水领域交流合作，为推动落实联合国 2030 年可持续发展议程涉水目标作出新的更大贡献。

（记者 吉蕾蕾，2024 年 5 月 22 日刊发）

《中国日报》 | Country to share water practices at world forum

The Ministry of Water Resources will unveil an English language publication showcasing President Xi Jinping's insights into water resources management in China during the upcoming 10th World Water Forum, in order to enhance global understanding of the nation's successful strategies in addressing water challenges.

Since the 18th National Congress of the Communist Party of China in 2012, "the country has made historical achievements and undergone transformative changes in water management", Li Guoying, Minister of Water Resources, told China Daily in an exclusive interview.

Li will attend the forum, which will open in Bali, Indonesia, on Saturday.

China made such commendable progress by rolling out a series of innovative and strategic measures following the strategic approach proposed by Xi on water resources governance, which involves "prioritizing water conservation, balancing spatial distribution, taking systematic approaches and giving full play to the roles of both government and the market", Li said.

The forum, which will run through May 25, is themed "Water for Shared Prosperity". It will gather high-level officials, experts, entrepreneurs and economists from all over the world, who will share their knowledge, experiences and practices on a wide range of topics related to water.

With the new publication on President Xi's insights into water resources management, "we are eager to engage in more discussions with our international counterparts regarding our water resources management principles, deliberate on efficient strategies, share experiences, and persistently strive to address universal water security challenges", Li said.

Citing the inundation of the Hai He River Basin last year, which was the most devastating incident of flooding in the area since 1963, the Minister said the country has been able to conquer some historically rare drought and flooding disasters in its major watercourses by continuously strengthening its water resources management system.

This has helped significantly reduce the proportion of economic losses caused by flooding in the country's GDP, he said. On average, the proportion stood at 0.24 percent each year from 2014 to 2023, compared with 0.51 percent from 2004 to 2013.

China has also seen a significant boost in its water supply capacity, thanks to the implementation of major water diversion projects, Li said.

To date, the initial phases of the middle and eastern routes of the country's giant South-to-North Water Diversion Project have transferred more than 70 billion cubic meters of water, benefiting over 176 million people, he noted.

With 24 million hectares of irrigated farmland built or upgraded in the past decade, the country's total irrigated area has reached over 70 million hectares, which has provided robust support for consecutive bumper harvests, he said.

Through consistent efforts in improving its institutional system for saving water, China has seen remarkable progress in its water consumption efficiency, according to the Minister.

Despite China's GDP almost doubling in the past decade, the annual total water consumption in the country has stayed well below 610 billion cubic meters, with consumption per unit of GDP and industrial added value dropping 41.7 and 55.1 percent, respectively, he said.

China's rich experience has also brought benefits to many other countries and regions involved in the Belt and Road Initiative, Li said.

Since the initiative was proposed by Xi in 2013, China has carried out over 100 water resources management projects in more than 40 countries and regions, with the total investment surpassing 52 billion yuan ($7.2 billion), he said.

For example, the Lancang-Mekong Sweet Spring Project has helped around 7,000 people in Cambodia, Laos and Myanmar to have access to safe drinking water, he said.

According to Li, Chinese experts on water resources management have been proactively sharing the country's flood control concepts, technologies and experiences with their foreign counterparts by participating in international scientific research cooperation and water-related exchange activities.

To date, more than 60 Chinese experts have served in leadership positions in over 20 international water-related organizations, playing a significant role in promoting the development of these organizations, he said.

（2024 年 5 月 17 日刊发）

《中国日报》 | Book on Xi's insights into water resources unveiled

An English language publication showcasing President Xi Jinping's insights into water resources management was made public at the 4th High-level Seminar on Global Water Security on Tuesday in Bali, Indonesia.

The theme of this year's seminar, a flagship annual event co-hosted by the World Water Council and China's Ministry of Water Resources, was "Sharing China's latest policies and best practices for better water governance".

In the opening session, Li Guoying, Minister of Water Resources; Loic Fauchon, President of the World Water Council; and Zhang Zhisheng, Chinese consul general in Denpasar, Indonesia, unveiled the publication, entitled Water Governance in China — Perspectives of Xi Jinping.

One of the important parts of the book discusses an innovative philosophy on water governance that Xi proposed in 2014, which focuses on "prioritizing water conservation, balancing spatial distribution, adopting systematic approaches and leveraging the roles of both government and market."

Basuki Hadimuljono, Indonesia's Minister of Public Works and Public Housing; Nizar Baraka, Morocco's Minister of Equipment and Water; and Abdelmonem Belati, Tunisia's Minister of Agriculture, Water Resources and Fisheries, were among the first international readers of the book.

Addressing the event, Li pointed out that guided by Xi's principles, China has made historic strides and significant improvements in water governance.

With only 6 percent of the world's freshwater resources, China has successfully ensured food and water security for nearly 20 percent of the world's population and has contributed to more than 18 percent of its GDP, he noted.

Fauchon highlighted China's significant contributions in ensuring water security and expressed his willingness to step up water cooperation between the World Water Council (WWC) and China.

Attended by nearly 200 experts and representatives from international water-related organizations and countries, the seminar was held on the sidelines of the ongoing 10th World Water Forum, which will run until Saturday.

Benedito Braga, the Honorary President of the World Water Council, praised China's enduring commitment to sharing its extensive knowledge and experiences in water resources management with the global community during an interview at the 10th World Water Forum.

Braga said China's altruism is evident at this water forum, where the book is being unveiled to professionals in the field.

Reflecting on the three-decade collaboration between China and the WWC, Braga emphasized China's active engagement on the international stage and highlighted its remarkable accomplishments in water management. He cited the South-to-North Water Diversion Project and the Three Gorges Dam as prime examples.

The South-to-North Water Diversion Project, which transfers water from the Yangtze River to northern China, involved substantial infrastructure investment and costs but yielded significant benefits, Braga noted. He also pointed to the Three Gorges Dam, the world's largest hydropower project, which plays a crucial role in controlling the frequent flooding in southern China.

"Through these meetings and the forum, your experiences are being shared with other countries around the world," Braga said.

（2024 年 5 月 22 日刊发）

《人民政协报》| 第十届世界水论坛在印尼举行

记者从水利部获悉，5月20日，以"水促进共享繁荣"为主题的第十届世界水论坛在印度尼西亚巴厘岛开幕。水利部部长李国英率中国水利代表团出席开幕式，并在高级别会议上致辞。

李国英指出，长期以来，中国和世界上大多数国家一样面临水灾害、水资源、水生态、水环境四大水问题。解决好这四大水问题，理论和实践均呼唤治水思路的变革。2014年，习近平总书记开创性提出"节水优先、空间均衡、系统治理、两手发力"治水思路，指引中国治水取得历史性成就。一是坚持节水优先，建立健全并实施一系列节水制度政策，近10年来，中国经济总量增长近1倍，但用水总量实现了"零增长"。二是坚持空间均衡，构建"系统完备、安全可靠，集约高效、绿色智能，循环通畅、调控有序"的国家水网，水资源供给和保障能力有效提升。三是坚持系统治理，强化流域统一治理管理，统筹山水林田湖草沙综合治理，统筹水利高质量发展和高水平安全，不仅让河流恢复生命、流域重现生机，而且最大程度保障了人民群众生命财产安全、最大限度减轻了洪旱灾害损失。四是坚持两手发力，推动有效市场和有为政府有机结合、形成合力，实现水利治理管理能力系统性提升。

李国英强调，当前和今后一个时期，解决水安全问题，以水促进共享繁荣，是全球共同面临的重大课题。基于中国治水实践和经验，李国英提出三点倡议：一是坚持"节水优先、空间均衡、系统治理、两手发力"治水思路，有效应对全球水挑战，实现人水和谐共生。二是坚持民生为本，聚焦人民群众最关心最直接最现实的涉水问题，增进全球以水惠民福祉，不断增强人民群众的获得感幸福感安全感。三是着力破解水领域的治理赤字，在确保防洪安全、供水安全、粮食安全、生态安全等方面协同协调协力，加快推进全球水治理进程。

李国英表示，中国水利部愿同国际社会一道，不舍追求、不懈努力，为共同谱写推动构建人类命运共同体的水治理新篇章作出新的更大贡献。

世界水论坛是目前全球规模最大的国际水事活动，由世界水理事会发起，每三年举办一届，旨在落实国际社会有关水与可持续发展问题的决议，促进各国在

水资源可持续利用方面进行交流与合作。第十届世界水论坛由世界水理事会与印度尼西亚政府联合主办，11 位国家元首级代表出席，来自全球 200 多个国家和国际组织的官员、专家约 5 万人参加。论坛将围绕水安全与繁荣、保障人类与自然的水资源、减灾与风险管理、治理合作和水外交、可持续水融资、知识与创新等 6 个分主题举办 278 场会议。

（记者　王菡娟，2024 年 5 月 21 日刊发）

《人民政协报》｜中国建构河流伦理主张受到国际专家高度认可

5月21日，水利部部长李国英出席第十届世界水论坛《河流伦理建构与中国实践》报告推介会。推介会上，国际专家纷纷发表观点，高度认可中国建构河流伦理主张。

李国英指出，河流是地球的血脉、生命的源泉、文明的摇篮。一个时期以来，在人类活动、气候变化等因素多重作用下，人与河流的关系日趋紧张，部分地区河流健康生命受到严峻挑战。河流危机本质上是生存环境危机、人类存续危机。保护河流，就是保护人类自己，就是保障人类永续发展。

李国英强调，习近平总书记提出"节水优先、空间均衡、系统治理、两手发力"治水思路，强调要"让河流恢复生命、流域重现生机"，赋予了河流生命概念，指引新时代中国河流保护治理新方向，开启了中国河流保护治理新实践。建构河流伦理，就是要把自然界河流视作生命体，尊重河流生存与健康的基本权利，调整人与河流关系的价值取向、道德准则、责任义务、行为规范，让河流永葆生机活力，推动人类社会可持续发展。坚持人与河流和谐共生，是建构河流伦理的核心理念。尊重河流生存与健康基本权利，是建构河流伦理的重要基础。形成符合河流伦理的行为规范，是建构河流伦理的重要内容。

联合国教科文组织自然科学助理总干事莉迪亚·布里托表示，"关于生态系统的一些技术应用以及创新方法，联合国教科文组织是高度关注的，尤其是如何恢复水生态系统，是我们重要的议题。联合国教科文组织的生态水文示范项目于1996 年正式建立，用以展示可持续创新的跨学科水管理实践项目，并且进一步推进生态水文的创新解决方案。江河水文与生态保障不仅需要科学支撑，也需要伦理依据，让我们共同保护水生态系统，为实现联合国可持续发展涉水目标而加速努力。"

荷兰水特使梅克·冯·吉尼肯表示，"基于自然的解决方案和生态水文，对于荷兰来讲是非常重要的议题。荷兰响应有关水伦理、水生态环境伦理的倡议，并且在此倡议之下推出了很多有关水文和生态教育、人文伦理教育的活动，很高兴看到中国和我们在这个方面同频共振。我们同中国的水利合作历史悠久，同时也非常愿意向中国学习。我们生活在同一个星球，我们同属人类命运共同体，因此无论是在流域尺度的跨界合作，还是比流域尺度更大的合作都至关重要。"

世界银行东亚太平洋地区副行长曼努埃拉·菲罗表示，"放眼全球，很多河流都被过度使用，河道遭受侵占，生态环境被破坏，生态系统的服务功能正在不断恶化。中国在河流治理方面有非常好的优秀案例，世界银行在欧洲也投资了河道清洁和整治项目，以求进一步改善水生态环境。这些案例都证明了如何通过协作来保护自然，与自然共行。"

（记者　王菡娟，2024 年 5 月 23 日刊发）

《人民政协报》|《深入学习贯彻习近平关于治水的重要论述》（英文版）获国际社会高度赞誉

记者从水利部获悉，5 月 21 日，水利部部长李国英出席第十届世界水论坛特别会议全球水安全高级别研讨会并宣介《深入学习贯彻习近平关于治水的重要论述》（英文版）。该著作获国际社会高度赞誉，与会代表纷纷表示非常期待通过《深入学习贯彻习近平关于治水的重要论述》（英文版）系统学习借鉴中国治水经验。

世界水理事会主席洛克·福勋表示，"《深入学习贯彻习近平关于治水的重要论述》（英文版）是一本非常重要的著作，书中分享了中国治水的最新政策和最佳实践。像中国这样的泱泱大国，有非常多的前沿理念和先进经验。《深入学习贯彻习近平关于治水的重要论述》（英文版）的发布既是中国治水经验的分享，也进一步验证了水和政治息息相关，水更超越了政治本身。我们非常关注水资源领域的经验和知识分享，因为通过经验和思路，我们可以推动务实可行的可持续方案的建立和落地，这也是世界水论坛的一个重要宗旨。在水论坛的倡议下，我们认为合作并不只是一种想法，而是基于现实以及切实的政策决策。合作并不只是一个目的，也不只是口头上宣扬去践行联合国 2030 年可持续发展议程涉水目标，合作是唯一能够共同解决和应对全球水问题和挑战的途径和出路。对于水而言，我们需要公平，需要尊严，需要更合理的分配和共享方式，通过水来促进共同繁荣。"

印度尼西亚公共工程与住房部部长巴苏基·哈迪穆尔约诺表示，"我对中国水利部在习近平总书记的领导下所取得的重要治水成就表示赞赏。在'节水优先、空间均衡、系统治理、两手发力'等重要论述的指引下，中国治水的成功实践和重要案例为世界贡献了中国智慧和中国方案，这彰显了中国坚定致力于全球水安全、水繁荣，坚定致力于构建人类命运共同体的决心。我们非常期待能够通过这本书进一步了解中国治水的最佳实践和经验，共同帮助国际社会实现联合国 2030 年可持续发展议程涉水目标。"

摩洛哥装备和水资源大臣尼拉尔·巴拉卡表示，"摩洛哥实际上和中国有着非常多的相似之处，我们在拜读了《深入学习贯彻习近平关于治水的重要论述》（英文版）著作之后，发现有非常多的可学习之处。对摩洛哥来说，我们需要有

水资源短缺危机的应对措施，并且尽可能多层次、多维度做好水资源的管理工作。"

突尼斯农业、水利和渔业部部长阿卜杜勒·莫奈姆·贝拉提表示，"在这一次的全球水安全高级别研讨会上，我们聚焦中国治水经验以及最前沿的技术和水管理的相关实践，会议的召开将进一步加强经验交流和合作，并进一步帮助我们达成联合国2030年可持续发展议程涉水目标。气候变化的影响是全人类共同面临的威胁，我们只有一个选择，也是我们人类的必由之路，那就是合作起来寻找解决之道。我在这里诚挚邀请中国水利行业的各位同仁来到突尼斯进行投资，希望能够借助中国水利同行的帮助，健全突尼斯水利行业的机制，扩大农业灌溉面积，提升高效灌溉能力。"

沙特环境、水利和农业部水利副大臣阿卜杜勒·阿齐兹·沙巴尼表示，"中国是一个充满哲学智慧的国度，我相信在《深入学习贯彻习近平关于治水的重要论述》（英文版）这本书中一定能汲取到中国治水智慧。各个国家过去几十年一直在努力解决的洪灾问题，对于沙特来讲是一个崭新的问题，我们非常希望以正确的方式和方法，通过全面系统的方式来解决洪灾的风险，通盘考虑水与气候变化的关系，通盘考虑水安全、水利基础设施和水利融资之间的相互关联。放眼全球，我们有很多的机遇，比如说资源、科技、立法，为水的投资创造更加有利的环境，以及建立相应的机制，来进一步释放各个国家治水的潜能。我们非常希望同各国加强交流，共同分享经验和智慧，进行通力合作，以全行业全系统的方式来应对水面临的挑战。"

联合国粮农组织土地与水资源司司长李利锋表示，"我觉得中国在协同治水这方面做得非常好，例如防汛抗旱跨部门协调机制，能够利用短缺的水资源支持农业和社会经济可持续发展，这是非常令人振奋的。中国实现了水资源管理水平的提高、水生态水环境的恢复和改善，中国的治水思路受到各国的欢迎。中国的经验是从生态系统出发，从节水到蓄水到洪水的管理，都有非常好的一系列方法和理念，都可以和其他国家分享。刚刚发布的《深入学习贯彻习近平关于治水的重要论述》（英文版）对其他国家具有积极的借鉴意义。这本书是第一本系统介绍中国治水理念及技术的著作，我相信肯定有助于世界各国未来的治水实践。"

世界水理事会荣誉主席本尼迪托·布拉加表示，"世界各国关注供水、卫生、灌溉等水资源利用方式是未来的趋势。气候和水之间的联系正在变得越来越明显，中国已经在水治理方面作出了积极贡献，《深入学习贯彻习近平关于治水的重要论述》（英文版）就是有力证明。我对中国政府与世界水理事会之间的合作表示赞赏。中国一直积极参与国际涉水合作，在国际舞台上展示中国治水成就、分享治水经验，例如南水北调工程和三峡工程。我们已经成为紧密的合作伙伴。"

　　流域组织国际网络秘书长、世界水理事会副主席达恩平表示，"《深入学习贯彻习近平关于治水的重要论述》（英文版）是一本关于治水理念的著作，非常重要，体现了中国跨部门综合管理的理念，我认为这是中国成功的核心所在。"

　　经济发展与合作组织全球环境参赞泽维尔·勒弗莱夫表示，"我认为发布《深入学习贯彻习近平关于治水的重要论述》（英文版）是很伟大的，这是中国五千年治水经验和实践的总结，可以真正成为其他国家治水的灵感来源。我已经阅读了书中的一些主要治水理念，例如节水优先等。中国治水有很多东西可以分享，亟须推广它们，以便激励其他国家。中国的治水经验为全球应对气候变化提供借鉴价值，我们愿意与中国水利部进行进一步的合作，学习更多来自中国的好经验、好做法，并在全球推广。"

　　葡萄牙环境与气候行动部原司长利博瑞特表示，"中国治水的重要经验是与时俱进的，在全球气候变化条件下，极端天气事件多发频发，中国积极推进基于自然的解决方案与工程措施相结合，建设了一批强大而重要的水利工程。自从中欧水资源交流平台在 2012 年第六届世界水论坛上成立以来，中国和欧洲国家之间建立了真正的合作伙伴关系。《深入学习贯彻习近平关于治水的重要论述》（英文版）的发布对世界治水领域来说是一个重要事件，将进一步推动国家之间的交流与合作。"

（记者　王菡娟，2024 年 5 月 22 日刊发）

《农民日报》│第十届世界水论坛在印尼举行

5月20日，记者从水利部获悉，以"水促进共享繁荣"为主题的第十届世界水论坛在印度尼西亚巴厘岛开幕。水利部部长李国英率中国水利代表团出席开幕式，并在高级别会议上致辞。

李国英指出，长期以来，中国和世界上大多数国家一样面临水灾害、水资源、水生态、水环境四大水问题。解决好这四大水问题，理论和实践均呼唤治水思路的变革。2014年，习近平总书记开创性提出"节水优先、空间均衡、系统治理、两手发力"治水思路，指引中国治水取得历史性成就。一是坚持节水优先，建立健全并实施一系列节水制度政策，近10年来，中国经济总量增长近一倍，但用水总量实现了"零增长"。二是坚持空间均衡，构建"系统完备、安全可靠，集约高效、绿色智能，循环通畅、调控有序"的国家水网，水资源供给和保障能力有效提升。三是坚持系统治理，强化流域统一治理管理，统筹山水林田湖草沙综合治理，统筹水利高质量发展和高水平安全，不仅让河流恢复生命、流域重现生机，而且最大程度保障了人民群众生命财产安全、最大限度减轻了洪旱灾害损失。四是坚持两手发力，推动有效市场和有为政府有机结合、形成合力，实现水利治理管理能力系统性提升。

李国英强调，当前和今后一个时期，解决水安全问题，以水促进共享繁荣，是全球共同面临的重大课题。基于中国治水实践和经验，李国英提出三点倡议：一是坚持"节水优先、空间均衡、系统治理、两手发力"治水思路，有效应对全球水挑战，实现人水和谐共生。二是坚持民生为本，聚焦人民群众最关心最直接最现实的涉水问题，增进全球以水惠民福祉，不断增强人民群众的获得感幸福感安全感。三是着力破解水领域的治理赤字，在确保防洪安全、供水安全、粮食安全、生态安全等方面协同协调协力，加快推进全球水治理进程。

李国英表示，中国水利部愿同国际社会一道，不舍追求、不懈努力，为共同谱写推动构建人类命运共同体的水治理新篇章作出新的更大贡献。

世界水论坛是目前全球规模最大的国际水事活动，由世界水理事会发起，每三年举办一届，旨在落实国际社会有关水与可持续发展问题的决议，促进各国在

水资源可持续利用方面进行交流与合作。第十届世界水论坛由世界水理事会与印度尼西亚政府联合主办，11位国家元首级代表出席，来自全球200多个国家和国际组织的官员、专家约5万人参加。论坛将围绕水安全与繁荣、保障人类与自然的水资源、减灾与风险管理、治理合作和水外交、可持续水融资、知识与创新等6个分主题举办278场会议。

（记者　李锐，2024年5月21日刊发）

《农民日报》｜《深入学习贯彻习近平关于治水的重要论述》（英文版）获国际社会高度赞誉

　　5月21日，水利部部长李国英出席第十届世界水论坛特别会议全球水安全高级别研讨会并宣介《深入学习贯彻习近平关于治水的重要论述》（英文版）。该著作获国际社会高度赞誉，与会代表纷纷表示非常期待通过《深入学习贯彻习近平关于治水的重要论述》（英文版）系统学习借鉴中国治水经验。

　　世界水理事会主席洛克·福勋表示，"《深入学习贯彻习近平关于治水的重要论述》（英文版）是一本非常重要的著作，书中分享了中国治水的最新政策和最佳实践。像中国这样的泱泱大国，有非常多的前沿理念和先进经验。《深入学习贯彻习近平关于治水的重要论述》（英文版）的发布既是中国治水经验的分享，也进一步验证了水和政治息息相关，水更超越了政治本身。我们非常关注水资源领域的经验和知识分享，因为通过经验和思路，我们可以推动务实可行的可持续方案的建立和落地，这也是世界水论坛的一个重要宗旨。在水论坛的倡议下，我们认为合作并不只是一种想法，而是基于现实以及切实的政策决策。合作并不只是一个目的，也不只是口头上宣扬去践行联合国2030年可持续发展议程涉水目标，合作是唯一能够共同解决和应对全球水问题和挑战的途径和出路。对于水而言，我们需要公平，需要尊严，需要更合理的分配和共享方式，通过水来促进共同繁荣。"

　　印度尼西亚公共工程与住房部部长巴苏基·哈迪穆尔约诺表示，"我对中国水利部在习近平总书记的领导下所取得的重要治水成就表示赞赏。在'节水优先、空间均衡、系统治理、两手发力'等重要论述的指引下，中国治水的成功实践和重要案例为世界贡献了中国智慧和中国方案，这彰显了中国坚定致力于全球水安全、水繁荣，坚定致力于人类命运共同体的决心。我们非常期待能够通过这本书进一步了解中国治水的最佳实践和经验，共同帮助国际社会实现联合国2030年可持续发展议程涉水目标。"

　　摩洛哥装备和水资源大臣尼拉尔·巴拉卡表示，"摩洛哥实际上和中国有着非常多的相似之处，我们在拜读了《深入学习贯彻习近平关于治水的重要论述》（英文版）著作之后，发现有非常多的可学习之处。对摩洛哥来说，我们需要有

水资源短缺危机的应对措施,并且尽可能多层次、多维度做好水资源的管理工作。"

突尼斯农业、水利和渔业部部长阿卜杜勒·莫奈姆·贝拉提表示,"在这一次的全球水安全高级别研讨会上,我们聚焦中国治水经验以及最前沿的技术和水管理的相关实践,会议的召开将进一步加强经验交流和合作,并进一步帮助我们达成联合国 2030 年可持续发展议程涉水目标。气候变化的影响是全人类共同面临的威胁,我们只有一个选择,也是我们人类的必由之路,那就是合作起来寻找解决之道。我在这里诚挚邀请中国水利行业的各位同仁来到突尼斯进行投资,希望能够借助中国水利同行的帮助,健全突尼斯水利行业的机制,扩大农业灌溉面积,提升高效灌溉能力。"

沙特环境、水利和农业部水利副大臣阿卜杜勒·阿齐兹·沙巴尼表示,"中国是一个充满哲学智慧的国度,我相信在《深入学习贯彻习近平关于治水的重要论述》(英文版)这本书中一定能汲取到中国治水智慧。各个国家过去几十年一直在努力解决的洪灾问题,对于沙特来讲是一个崭新的问题,我们非常希望以正确的方式和方法,通过全面系统的方式来解决洪灾的风险,通盘考虑水与气候变化的关系,通盘考虑水安全、水利基础设施和水利融资之间的相互关联。放眼全球,我们有很多的机遇,比如说资源、科技、立法,为水的投资创造更加有利的环境,以及建立相应的机制,来进一步释放各个国家治水的潜能。我们非常希望同各国加强交流,共同分享经验和智慧,进行通力合作,以全行业全系统的方式来应对水面临的挑战。"

联合国粮农组织土地与水资源司司长李利锋表示,"我觉得中国在协同治水这方面做得非常好,例如防汛抗旱跨部门协调机制,能够利用短缺的水资源支持农业和社会经济可持续发展,这是非常令人振奋的。中国实现了水资源管理水平的提高、水生态水环境的恢复和改善,中国的治水思路受到各国的欢迎。中国的经验是从生态系统出发,从节水到蓄水到洪水的管理,都有非常好的一系列方法和理念,都可以和其他国家分享。刚刚发布的《深入学习贯彻习近平关于治水的重要论述》(英文版)对其他国家具有积极的借鉴意义。这本书是第一本系统介绍中国治水理念及技术的著作,我相信肯定有助于世界各国未来的治水实践。"

世界水理事会荣誉主席本尼迪托·布拉加表示,"世界各国关注供水、卫生、灌溉等水资源利用方式是未来的趋势。气候和水之间的联系正在变得越来越明显,中国已经在水治理方面作出了积极贡献,《深入学习贯彻习近平关于治水的重要论述》(英文版)就是有力证明。我对中国政府与世界水理事会之间的合作表示赞赏。中国一直积极参与国际涉水合作,在国际舞台上展示中国治水成就、分享治水经验,例如南水北调工程和三峡工程。我们已经成为紧密的合作伙伴。"

流域组织国际网络秘书长、世界水理事会副主席达恩平表示，"《深入学习贯彻习近平关于治水的重要论述》（英文版）是一本关于治水理念的著作，非常重要，体现了中国跨部门综合管理的理念，我认为这是中国成功的核心所在。"

经济发展与合作组织全球环境参赞泽维尔·勒弗莱夫表示，"我认为发布《深入学习贯彻习近平关于治水的重要论述》（英文版）是很伟大的，这是中国五千年治水经验和实践的总结，可以真正成为其他国家治水的灵感来源。我已经阅读了书中的一些主要治水理念，例如节水优先等。中国治水有很多东西可以分享，亟须推广它们，以便激励其他国家。中国的治水经验为全球应对气候变化提供借鉴价值，我们愿意与中国水利部进行进一步的合作，学习更多来自中国的好经验、好做法，并在全球推广。"

葡萄牙环境与气候行动部原司长利博瑞特表示，"中国治水的重要经验是与时俱进的，在全球气候变化条件下，极端天气事件多发频发，中国积极推进基于自然的解决方案与工程措施相结合，建设了一批强大而重要的水利工程。自从中欧水资源交流平台在2012年第六届世界水论坛上成立以来，中国和欧洲国家之间建立了真正的合作伙伴关系。《深入学习贯彻习近平关于治水的重要论述》（英文版）的发布对世界治水领域来说是一个重要事件，将进一步推动国家之间的交流与合作。"

（记者 李锐，2024年5月22日刊发）

中国新闻社｜《河流伦理建构与中国实践》发布 中方愿携手各国推进河流保护治理

记者 22 日从中国水利部获悉，《河流伦理建构与中国实践》报告 21 日在第十届世界水论坛发布。

中国水利部部长李国英 21 日出席第十届世界水论坛"河流生命：水系连通与生态流量"议题分会暨《河流伦理建构与中国实践》报告推介会时表示，河流是地球的血脉、生命的源泉、文明的摇篮。一个时期以来，在人类活动、气候变化等因素多重作用下，人与河流的关系日趋紧张，部分地区河流健康生命受到严峻挑战。河流危机本质上是生存环境危机、人类存续危机。保护河流，就是保护人类自己，就是保障人类永续发展。

李国英表示，建构河流伦理，就是要把自然界河流视作生命体，尊重河流生存与健康的基本权利，调整人与河流关系的价值取向、道德准则、责任义务、行为规范，让河流永葆生机活力。坚持人与河流和谐共生，是建构河流伦理的核心理念。尊重河流生存与健康基本权利，是建构河流伦理的重要基础。形成符合河流伦理的行为规范，是建构河流伦理的重要内容。中国水利部愿与世界各国和国际组织携手合作，共同推进河流保护治理，加速实现联合国 2030 年可持续发展议程涉水目标。

当天，李国英与联合国教科文组织自然科学助理总干事莉迪亚·布里托共同为《河流伦理建构与中国实践》报告揭幕，与会专家高度认可中国建构河流伦理主张，认为报告对推动构建人类命运共同体、促进人与河流和谐共生具有重要的理论价值和现实意义。

来自有关国家和国际组织的官员、专家近 200 人参加会议。

（记者 陈溯，2024 年 5 月 22 日刊发）

中国新闻社｜第十届世界水论坛在印尼巴厘岛开幕

第十届世界水论坛 20 日在印度尼西亚巴厘岛开幕，这是世界水论坛首次在东南亚国家举办。

世界水论坛是目前全球规模最大的国际水事活动，由世界水理事会与东道国政府联合承办。据主办方介绍，本届论坛吸引了 100 多个国家和地区逾万名代表，多国政要或前政要出席。

印尼总统佐科表示，水资源的可持续性已成为世界面临的紧迫问题。随着人口和工业的增长，全球水需求急剧增加。与此同时，由于环境退化和气候变化，获得优质和可持续的水变得越来越困难。他呼吁各界共同努力克服挑战，使水资源得到管理和利用，实现共同繁荣。

世界水理事会主席洛克·福勋说，希望本届论坛能够成为保护水资源具体行动的转折点，推动全球共同为水安全和繁荣而战。

参加论坛的中国水利部部长李国英表示，当前和今后一个时期，解决水安全问题，以水促进共享繁荣，是全球共同面临的重大课题。基于中国的治水实践和经验，他提出三点倡议，其中提到着力破解水领域的治理赤字，在确保防洪安全、供水安全、粮食安全、生态安全等方面协同协调协力，加快推进全球水治理进程。

本次论坛汇聚世界各地的政策制定者、科学家和利益攸关方，旨在落实国际社会有关水与可持续发展问题的决议，促进各国在水资源可持续利用方面进行交流与合作。

（记者　李志全，2024 年 5 月 20 日刊发）

《中国财经报》｜全国水利工程供水能力达 9000 亿立方米

5 月 20 日，水利部部长李国英出席第十届世界水论坛部长级会议并致辞。

李国英指出，特殊的地理气候条件，决定了中国自古以来都面临异常繁重的治水任务。中国水利部深入践行习近平总书记"节水优先、空间均衡、系统治理、两手发力"治水思路，坚持问题导向，坚持底线思维，坚持预防为主，坚持系统观念，坚持创新发展，统筹解决水灾害、水资源、水生态、水环境问题，在实现联合国 2030 年可持续发展议程涉水目标上取得重大进展。一是加快完善流域防洪工程体系、雨水情监测预报体系、水旱灾害防御工作体系，成功战胜历史罕见洪水干旱灾害，最大程度保障了人民群众生命财产安全。二是加快构建国家水网，全国水利工程供水能力达 9000 亿立方米，农村自来水普及率达到 90%，农田灌溉率达到 55%。三是实施母亲河复苏行动，推进地下水超采和水土流失综合治理，越来越多的河流恢复生命、流域重现生机。四是推进数字孪生水利建设，为水利治理管理提供科学、高效、精准、安全的决策支持。五是建立健全并实施一系列节水制度政策，近 10 年来在经济总量增长近一倍的情况下，全国用水总量控制在 6100 亿立方米以内。六是强化体制机制法治管理，全面推行河湖长制，健全水法治体系，加强流域统一治理管理，持续提升水利治理管理能力和水平。

李国英表示，当前和今后一个时期，全球水安全形势更趋严峻，亟待世界各国加强团结协作、共谋良策。中国水利部将在全球发展倡议、全球安全倡议、全球文明倡议引领下，进一步深化与各国水领域交流合作，为推动落实联合国 2030 年可持续发展议程涉水目标作出新的更大贡献。

世界水理事会主席福勋，各国水主管部门部长、高级别官员，以及联合国教科文组织、联合国欧洲经济委员会等国际和地区组织领导人等出席会议。

（2024 年 5 月 21 日刊发）

《中国财经报》｜中国治水取得历史性成就

5月20日，以"水促进共享繁荣"为主题的第十届世界水论坛在印度尼西亚巴厘岛开幕。水利部部长李国英率中国水利代表团出席开幕式，并在高级别会议上致辞。

李国英指出，长期以来，中国和世界上大多数国家一样面临水灾害、水资源、水生态、水环境四大水问题。解决好这四大水问题，理论和实践均呼唤治水思路的变革。2014年，习近平总书记开创性提出"节水优先、空间均衡、系统治理、两手发力"治水思路，指引中国治水取得历史性成就。一是坚持节水优先，建立健全并实施一系列节水制度政策，近十年来，中国经济总量增长近一倍，但用水总量实现了"零增长"。二是坚持空间均衡，构建"系统完备、安全可靠，集约高效、绿色智能，循环通畅、调控有序"的国家水网，水资源供给和保障能力有效提升。三是坚持系统治理，强化流域统一治理管理，统筹山水林田湖草沙综合治理，统筹水利高质量发展和高水平安全，不仅让河流恢复生命、流域重现生机，而且最大程度保障了人民群众生命财产安全、最大限度减轻了洪旱灾害损失。四是坚持两手发力，推动有效市场和有为政府有机结合、形成合力，实现水利治理管理能力系统性提升。

李国英强调，当前和今后一个时期，解决水安全问题，以水促进共享繁荣，是全球共同面临的重大课题。基于中国治水实践和经验，李国英提出三点倡议：一是坚持"节水优先、空间均衡、系统治理、两手发力"治水思路，有效应对全球水挑战，实现人水和谐共生。二是坚持民生为本，聚焦人民群众最关心最直接最现实的涉水问题，增进全球以水惠民福祉，不断增强人民群众的获得感幸福感安全感。三是着力破解水领域的治理赤字，在确保防洪安全、供水安全、粮食安全、生态安全等方面协同协调协力，加快推进全球水治理进程。

李国英表示，中国水利部愿同国际社会一道，不舍追求、不懈努力，为共同谱写推动构建人类命运共同体的水治理新篇章作出新的更大贡献。

世界水论坛是目前全球规模最大的国际水事活动，由世界水理事会发起，每三年举办一届，旨在落实国际社会有关水与可持续发展问题的决议，促进各国在

水资源可持续利用方面进行交流与合作。第十届世界水论坛由世界水理事会与印度尼西亚政府联合主办，11 位国家元首级代表出席，来自全球 200 多个国家和国际组织的官员、专家约 5 万人参加。论坛将围绕水安全与繁荣、保障人类与自然的水资源、减灾与风险管理、治理合作和水外交、可持续水融资、知识与创新等 6 个分主题举办 278 场会议。

（2024 年 5 月 21 日刊发）

《中国财经报》｜深化水资源领域合作

5月20日，在第十届世界水论坛期间，水利部部长李国英出席第四届中日韩三国水资源部长会议并致辞，进一步落实第八次中日韩领导人会议精神，深化水资源领域合作。

李国英指出，在全球气候变化加剧和人类活动影响等多重作用下，颠覆传统认知的极端天气事件频繁发生，水旱灾害的极端性、反常性、复杂性、不确定性显著增强，本次会议以"应对气候变化，建设有韧性的水利基础设施"为主题，这是中日韩三国乃至全世界共同面临的重大治水课题。中国水利部积极践行习近平总书记"节水优先、空间均衡、系统治理、两手发力"治水思路，统筹高质量发展和高水平安全，适度超前建设有韧性的水利基础设施体系，优化水利基础设施布局、结构、功能和系统集成，全面提升国家水安全保障能力。

李国英指出，今年是中日韩合作启动25周年。多年来，中日韩三国水利同行开展了一系列合作交流，举办了多次部长级会议，推动区域水利合作发展，为促进全球水治理作出了积极贡献。未来希望进一步加强政策对话、科研合作、人才交流，加强极端天气下水旱灾害防御、洪水资源化利用、数字孪生水利等领域的联合研究及成果推广，推动中日韩水资源领域合作成为地区合作典范，为推动实现联合国2030年可持续发展议程涉水目标作出新的更大贡献。

本届中日韩三国水资源部长会议由中国水利部牵头举办。会上，中日韩三国水利部门代表共同签署了《中日韩三国水资源部长会议联合声明》。

（2024年5月21日刊发）

《中国财经报》｜水利部在第十届世界水论坛宣介《深入学习贯彻习近平关于治水的重要论述》（英文版）

5 月 21 日，水利部部长李国英出席第十届世界水论坛特别会议——全球水安全高级别研讨会暨《深入学习贯彻习近平关于治水的重要论述》（英文版）宣介会，并作重点宣介，与世界水理事会主席洛克·福勋、中国驻登巴萨总领事张志昇共同为《深入学习贯彻习近平关于治水的重要论述》（英文版）首发揭幕，与会嘉宾进行了深入交流研讨。

李国英宣介指出，当今世界，水安全形势发生了深刻复杂变化，水安全问题日益成为全球性挑战，各国都在为之付出艰辛努力。对于发展任务极其繁重、国情水情极其复杂、江河治理难度极大的中国，迫切需要回答为什么要做好治水工作、做好什么样的治水工作、怎样做好治水工作等一系列重大时代课题。习近平总书记从实现中华民族永续发展的战略高度，深刻洞察中国国情水情，深入总结中国治水历史经验，科学研判中国治水新形势，准确把握自然规律、经济规律、社会规律，开创性提出了"节水优先、空间均衡、系统治理、两手发力"治水思路和一系列治水新理念新思想新战略，谋划实施了一系列开创性、战略性举措，指引中国治水取得历史性成就、发生历史性变革。

李国英指出，习近平总书记关于治水的重要论述及其指引下的中国治水实践，主要体现在坚持治水安邦、兴水利民，将治水放在以中国式现代化全面推进强国建设、民族复兴伟业的全局中谋划和部署；坚持高度重视水安全风险，全面提升防范化解水安全风险的能力和水平；坚持以"节水优先、空间均衡、系统治理、两手发力"治水思路为引领；坚持始终把保障人民群众生命财产安全放在第一位，提升水旱灾害防御能力；坚持加快构建国家水网，全面提升水资源统筹调配能力、供水保障能力、战略储备能力；坚持实施国家"江河战略"，促进人与河流和谐共生；坚持保护传承弘扬中华水文化，为推进中国式现代化凝聚精神力量。

李国英表示，习近平总书记治水思路和关于治水的重要论述，是经过实践成功检验、取得巨大成效的治水之道，是推动强国建设、民族复兴伟业的治水之道，是饱含中国哲学、中国智慧的治水之道，是为人类谋进步、为世界谋大同的治水之道。当今中国，水旱灾害防御能力、水资源节约集约利用能力、水资源优化配置能力、江河湖泊生态保护治理能力实现了跨越式、历史性提升。中国以占全球6%的淡水资源，确保了世界近20%人口的粮食安全和饮水安全，创造了世界18%以上的经济总量，在实现联合国 2030 年可持续发展议程涉水目标上取得重大进展。在习近平总书记治水思路和关于治水的重要论述精神指引下，中国有信心、有能力继续应对好严峻的水安全挑战。中国水利部将继续与世界各国水利部门和国际组织深化务实合作，为解决全球共同面临的水安全问题、构建人类命运共同体而不懈努力。

世界水理事会主席洛克·福勋，印度尼西亚公共工程与住房部部长巴苏基·哈迪穆尔约诺，摩洛哥装备和水资源大臣尼拉尔·巴拉卡，突尼斯农业、水利和渔业部部长阿卜杜勒莫奈姆·贝拉提，沙特环境、水利和农业部水利副大臣阿卜杜勒·阿齐兹·沙巴尼，以及参会国家和国际组织的官员、专家在宣介会致辞、交流研讨、双边会见或接受访谈时纷纷表示，《深入学习贯彻习近平关于治水的重要论述》（英文版），分享了中国具有引领性的治水思想、政策和实践，为进一步了解和研究习近平总书记治水思路提供了系统丰富的内容。他们认为，全球共同面临的水安全挑战是严峻的，亟须制定科学措施、采取务实行动，"节水优先、空间均衡、系统治理、两手发力"治水思路在世界上很多国家和地区都适用，书中记载的习近平总书记关于治水的许多深刻思考，可以成为其他国家和地区治水的灵感来源。习近平总书记治水思路和关于治水重要论述，表明中国将治水放在优先地位，通过一系列切实努力创造了卓有成效的治水成果，为应对全球水安全挑战、实现联合国2030年可持续发展涉水目标贡献了中国智慧和中国方案，彰显了中国坚定致力于促进全球水安全，坚定致力于构建人类命运共同体的决心和能力，每一个国家都应该像中国一样深入思考治水方案、系统总结治水经验。他们表示，非常期待通过这本重要著作系统学习借鉴中国治水经验，希望这本重要著作能向更多国家和地区推广，以激励国际社会采取有力有效举措应对全球水安全挑战。

《深入学习贯彻习近平关于治水的重要论述》由水利部组织编写，其英文版近日由中国外文出版社翻译出版发行。

（2024 年 5 月 22 日刊发）

《中国财经报》｜李国英出席第十届世界水论坛《河流伦理建构与中国实践》报告推介会并致辞

　　5月21日，水利部部长李国英出席第十届世界水论坛"河流生命：水系连通与生态流量"议题分会暨《河流伦理建构与中国实践》报告推介会并致辞，与联合国教科文组织自然科学助理总干事莉迪亚·布里托共同为报告揭幕，与会嘉宾进行了交流研讨。

　　李国英指出，河流是地球的血脉、生命的源泉、文明的摇篮。一个时期以来，在人类活动、气候变化等因素多重作用下，人与河流的关系日趋紧张，部分地区河流健康生命受到严峻挑战。河流危机本质上是生存环境危机、人类存续危机。保护河流，就是保护人类自己，就是保障人类永续发展。

　　李国英强调，习近平总书记提出"节水优先、空间均衡、系统治理、两手发力"治水思路，强调要"让河流恢复生命、流域重现生机"，赋予了河流生命概念，指引新时代中国河流保护治理新方向，开启了中国河流保护治理新实践。基于习近平生态文明思想、习近平总书记治水思路和中国治水实践，建构河流伦理，就是要把自然界河流视作生命体，尊重河流生存与健康的基本权利，调整人与河流关系的价值取向、道德准则、责任义务、行为规范，让河流永葆生机活力，推动人类社会可持续发展。坚持人与河流和谐共生，是建构河流伦理的核心理念。尊重河流生存与健康基本权利，是建构河流伦理的重要基础。形成符合河流伦理的行为规范，是建构河流伦理的重要内容。

　　李国英表示，中国水利部愿与世界各国和国际组织携手合作，在习近平总书记提出的全球发展倡议、全球安全倡议、全球文明倡议引领下，共同推进河流保护治理，加速实现联合国2030年可持续发展议程涉水目标，为共建人类命运共同体、共建清洁美丽世界作出新的贡献。

　　荷兰水特使梅克·冯·吉尼肯、世界银行东亚太平洋地区副行长曼努埃拉·菲罗、法国生物多样性公署署长奥利维亚·蒂博、国际水利与环境工程学会主席菲利普·顾博维尔、世界水资源学会副主席拉比·莫塔尔等出席研讨会。国际灌排委员会主席马可·阿西里，国际水电协会副首席执行官巴勃罗·瓦尔韦德等专家纷纷发表观点，高度认可中国建构河流伦理主张，认为报告对推动构建人类命运共同体、促进人与河流和谐共生具有重要的理论价值和现实意义。

来自有关国家和国际组织的官员、专家近 200 人参加会议。

（2024 年 5 月 22 日刊发）

《中国财经报》｜《深入学习贯彻习近平关于治水的重要论述》（英文版）获国际社会高度赞誉

　　5 月 21 日，水利部部长李国英出席第十届世界水论坛特别会议全球水安全高级别研讨会并宣介《深入学习贯彻习近平关于治水的重要论述》（英文版）。该著作获国际社会高度赞誉，与会代表纷纷表示非常期待通过《深入学习贯彻习近平关于治水的重要论述》（英文版）系统学习借鉴中国治水经验。

　　世界水理事会主席洛克·福勋表示，"《深入学习贯彻习近平关于治水的重要论述》（英文版）是一本非常重要的著作，书中分享了中国治水的最新政策和最佳实践。像中国这样的泱泱大国，有非常多的前沿理念和先进经验。《深入学习贯彻习近平关于治水的重要论述》（英文版）的发布既是中国治水经验的分享，也进一步验证了水和政治息息相关，水更超越了政治本身。我们非常关注水资源领域的经验和知识分享，因为通过经验和思路，我们可以推动务实可行的可持续方案的建立和落地，这也是世界水论坛的一个重要宗旨。在水论坛的倡议下，我们认为合作并不只是一种想法，而是基于现实以及切实的政策决策。合作并不只是一个目的，也不只是口头上宣扬去践行联合国 2030 年可持续发展议程涉水目标，合作是唯一能够共同解决和应对全球水问题和挑战的途径和出路。对于水而言，我们需要公平，需要尊严，需要更合理的分配和共享方式，通过水来促进共同繁荣。"

　　印度尼西亚公共工程与住房部部长巴苏基·哈迪穆尔约诺表示，"我对中国水利部在习近平总书记的领导下所取得的重要治水成就表示赞赏。在'节水优先、空间均衡、系统治理、两手发力'等重要论述的指引下，中国治水的成功实践和重要案例为世界贡献了中国智慧和中国方案，这彰显了中国坚定致力于全球水安全、水繁荣，坚定致力于人类命运共同体的决心。我们非常期待能够通过这本书进一步了解中国治水的最佳实践和经验，共同帮助国际社会实现联合国 2030 年可持续发展议程涉水目标。"

　　摩洛哥装备和水资源大臣尼拉尔·巴拉卡表示，"摩洛哥实际上和中国有着非常多的相似之处，我们在拜读了《深入学习贯彻习近平关于治水的重要论述》（英文版）著作之后，发现有非常多的可学习之处。对摩洛哥来说，我们需要有

水资源短缺危机的应对措施，并且尽可能多层次、多维度做好水资源的管理工作。"

突尼斯农业、水利和渔业部部长阿卜杜勒·莫奈姆·贝拉提表示，"在这一次的全球水安全高级别研讨会上，我们聚焦中国治水经验以及最前沿的技术和水管理的相关实践，会议的召开将进一步加强经验交流和合作，并进一步帮助我们达成联合国 2030 年可持续发展议程涉水目标。气候变化的影响是全人类共同面临的威胁，我们只有一个选择，也是我们人类的必由之路，那就是合作起来寻找解决之道。我在这里诚挚邀请中国水利行业的各位同仁来到突尼斯进行投资，希望能够借助中国水利同行的帮助，健全突尼斯水利行业的机制，扩大农业灌溉面积，提升高效灌溉能力。"

沙特环境、水利和农业部水利副大臣阿卜杜勒·阿齐兹·沙巴尼表示，"中国是一个充满哲学智慧的国度，我相信在《深入学习贯彻习近平关于治水的重要论述》（英文版）这本书中一定能汲取到中国治水智慧。各个国家过去几十年一直在努力解决的洪灾问题，对于沙特来讲是一个崭新的问题，我们非常希望以正确的方式和方法，通过全面系统的方式来解决洪灾的风险，通盘考虑水与气候变化的关系，通盘考虑水安全、水利基础设施和水利融资之间的相互关联。放眼全球，我们有很多的机遇，比如说资源、科技、立法，为水的投资创造更加有利的环境，以及建立相应的机制，来进一步释放各个国家治水的潜能。我们非常希望同各国加强交流，共同分享经验和智慧，进行通力合作，以全行业全系统的方式来应对水面临的挑战。"

联合国粮农组织土地与水资源司司长李利锋表示，"我觉得中国在协同治水这方面做得非常好，例如防汛抗旱跨部门协调机制，能够利用短缺的水资源支持农业和社会经济可持续发展，这是非常令人振奋的。中国实现了水资源管理水平的提高、水生态水环境的恢复和改善，中国的治水思路受到各国的欢迎。中国的经验是从生态系统出发，从节水到蓄水到洪水的管理，都有非常好的一系列方法和理念，都可以和其他国家分享。刚刚发布的《深入学习贯彻习近平关于治水的重要论述》（英文版）对其他国家具有积极的借鉴意义。这本书是第一本系统介绍中国治水理念及技术的著作，我相信肯定有助于世界各国未来的治水实践。"

世界水理事会荣誉主席本尼迪托·布拉加表示，"世界各国关注供水、卫生、灌溉等水资源利用方式是未来的趋势。气候和水之间的联系正在变得越来越明显，中国已经在水治理方面作出了积极贡献，《深入学习贯彻习近平关于治水的重要论述》（英文版）就是有力证明。我对中国政府与世界水理事会之间的合作表示赞赏。中国一直积极参与国际涉水合作，在国际舞台上展示中国治水成就、分享治水经验，例如南水北调工程和三峡工程。我们已经成为紧密的合作伙伴。"

流域组织国际网络秘书长、世界水理事会副主席达恩平表示，"《深入学习贯彻习近平关于治水的重要论述》（英文版）是一本关于治水理念的著作，非常重要，体现了中国跨部门综合管理的理念，我认为这是中国成功的核心所在。"

经济发展与合作组织全球环境参赞泽维尔·勒弗莱夫表示，"我认为发布《深入学习贯彻习近平关于治水的重要论述》（英文版）是很伟大的，这是中国五千年治水经验和实践的总结，可以真正成为其他国家治水的灵感来源。我已经阅读了书中的一些主要治水理念，例如节水优先等。中国治水有很多东西可以分享，亟须推广它们，以便激励其他国家。中国的治水经验为全球应对气候变化提供借鉴价值，我们愿意与中国水利部进行进一步的合作，学习更多来自中国的好经验、好做法，并在全球推广。"

葡萄牙环境与气候行动部原司长利博瑞特表示，"中国治水的重要经验是与时俱进的，在全球气候变化条件下，极端天气事件多发频发，中国积极推进基于自然的解决方案与工程措施相结合，建设了一批强大而重要的水利工程。自从中欧水资源交流平台在 2012 年第六届世界水论坛上成立以来，中国和欧洲国家之间建立了真正的合作伙伴关系。《深入学习贯彻习近平关于治水的重要论述》（英文版）的发布对世界治水领域来说是一个重要事件，将进一步推动国家之间的交流与合作。"

（2024 年 5 月 22 日刊发）

《中国财经报》|《河流伦理建构与中国实践》报告引发国际人士热烈反响

5月21日，水利部部长李国英出席第十届世界水论坛《河流伦理建构与中国实践》报告推介会，与联合国教科文组织自然科学助理总干事莉迪亚·布里托共同为报告揭幕。推介会上，国际专家纷纷发表观点，高度认可中国建构河流伦理主张。

联合国教科文组织自然科学助理总干事莉迪亚·布里托表示，"关于生态系统的一些技术应用以及创新方法，联合国教科文组织是高度关注的，尤其是如何恢复水生态系统，是我们重要的议题。联合国教科文组织的生态水文示范项目于1996年正式建立，用以展示可持续创新的跨学科水管理实践项目，并且进一步推进生态水文的创新解决方案。江河水文与生态保障不仅需要科学支撑，也需要伦理依据，让我们共同保护水生态系统，为实现联合国可持续发展涉水目标而加速努力。"

荷兰水特使梅克·冯·吉尼肯表示，"基于自然的解决方案和生态水文，对于荷兰来讲是非常重要的议题。荷兰响应有关水伦理、水生态环境伦理的倡议，并且在此倡议之下推出了很多有关水文和生态教育、人文伦理教育的活动，很高兴看到中国和我们在这个方面同频共振。我们同中国的水利合作历史悠久，同时也非常愿意向中国学习。我们生活在同一个星球，我们同属人类命运共同体，因此无论是在流域尺度的跨界合作，还是比流域尺度更大的合作都至关重要。"

世界银行东亚太平洋地区副行长曼努埃拉·菲罗表示，"河流为我们提供了关键的水资源，为人们的健康、可持续发展、社会经济发展提供了命脉资源。然而在过去，我们可能对河流缺乏关怀，甚至缺乏尊重，没有考虑到河流自身的生命需求。放眼全球，很多河流都被过度使用，河道遭受侵占，生态环境被破坏，生态系统的服务功能正在不断恶化。中国在河流治理方面有非常好的优秀案例，世界银行在欧洲也投资了河道清洁和整治项目，以求进一步改善水生态环境。这些案例都证明了如何通过协作来保护自然，与自然共行。"

法国生物多样性公署署长奥利维亚·蒂博表示，"水是无国界的，它在国家之间、国家内部、区域和城市之间流动。一条健康的河流是畅通的，从源头到入海口都是连通良好的；一条健康的河流也是多种多样的，在停滞的水流和更汹涌的水流之间交替，具有不同的深度和长度，携带不同形态的沉积物，为寄居生物提供了生物多样性的良好栖息地；一条健康的河流是运动的，在自然状态下，河流可以通过沉积物的运输和沉积而演变，也可能因为洪水事件而急剧改变，比如在洪水事件中河流溢出其主河道并淹没洪泛平原。因此，一条健康的河流是被赋予空间的河流。"

国际水利与环境工程学会主席菲利普·顾博维尔表示，"中国政府强调要加快推进人与自然和谐共生的现代化，我认为这是一个非常直接的承诺，而且是一个坚定的承诺。我们必须保护自然资源，因为我们正在使用它们，我们在使用这些资源时必须尊重它们。中国鉴于经济体量和人口规模提出这一观点，将对其他国家具有很大的借鉴意义。"

国际洪水管理大会主席斯洛博丹·西蒙诺维奇表示，"在讨论与河流有关的伦理问题时，最基本的是要采用一种全局的观点，即不把人类置于河流之上，而是把它们视为一个复杂系统中相互联系的元素。这一观点是认识到河流不仅是为人类利益而开发的资源存在，而且是具有自身内在价值和权利的动态生态系统。我认为，在讨论河流伦理时需要考虑五个要点：一是尊重河流的权利；二是可持续管理实践，防止因取水造成污染、破坏生境和其他破坏河流健康的活动；三是公平获取资源；四是合作决策，确保有关河流管理决策反映的广泛利益视角；五是促进环境正义。"

世界工程组织联合会前主席何塞·维埃拉表示，"河流作为我们星球的血管，维持生态系统、社区和文化，但是人类活动却继续蚕食这些至关重要的生态系统。人们从来没有这么紧迫地需要河流伦理。作为河流伦理的倡导者，我坚定地相信促进人与自然和谐共生不仅仅是一项道德上的要求，更是生存的必需品。中国的这份报告很有潜力，作为一场关于保护我们生命重要性的河流生态系统的报告，这可能会给全世界敲响警钟，让他们分清轻重缓急，开展可持续河流管理实践，激发全球倡议，倡导保护我们的生命线。"

国际水电协会副首席执行官巴勃罗·瓦尔韦德表示，"祝贺中国出版了这份河流伦理报告，我认为它让我们关注到一个非常热门、非常重要的问题，就是人与自然保持平衡的重要性。面对全球气候变化，人类需要更多的能源、更多的灌溉、更多的水资源等等，这些都需要确保河流是干净的、绿色的、没有污染的，也就是如何可持续发展。在这一点上，国际水电协会所采取的方法非常一致——发展水电，因为水电是一种清洁、绿色、负担得起的气候变化解决方案。"

新加坡国立大学李光耀公共政策学院客座教授阿西特·K·彼斯瓦斯表示，

"在 21 世纪，当河流在数量和质量上都被过度开发时，要看到在管理方面的道德要求是什么。河流在人们的生活中起着重要的作用：维护生态系统，改善人们的社会和经济状况。那么问题来了，人类管理河流，使其与自然和生态系统和谐相处的道德要求是什么？李国英部长在 2023 年联合国水大会期间提出，我们应该把河流伦理作为水管理的四个重要领域之一。我很高兴这个倡议由中国提出，因为河流保护一直是一个被忽视的话题，人类应该遵循河流伦理的原则，这样河流才能与人类和谐共生。"

（2024 年 5 月 22 日刊发）

人民网｜水利部：实现 2030 年可持续发展议程涉水目标取得重大进展

5 月 20 日，水利部部长李国英出席第十届世界水论坛部长级会议并致辞。李国英表示，中国水利部将在全球发展倡议、全球安全倡议、全球文明倡议引领下，进一步深化与各国水领域交流合作，为推动落实联合国 2030 年可持续发展议程涉水目标作出新的更大贡献。

李国英指出，中国水利部坚持问题导向，坚持底线思维，坚持预防为主，坚持系统观念，坚持创新发展，统筹解决水灾害、水资源、水生态、水环境问题，在实现联合国 2030 年可持续发展议程涉水目标上取得重大进展。

一是加快完善流域防洪工程体系、雨水情监测预报体系、水旱灾害防御工作体系，成功战胜历史罕见洪水干旱灾害，最大程度保障了人民群众生命财产安全。

二是加快构建国家水网，全国水利工程供水能力达 9000 亿立方米，农村自来水普及率达到 90%，农田灌溉率达到 55%。

三是实施母亲河复苏行动，推进地下水超采和水土流失综合治理，越来越多的河流恢复生命、流域重现生机。

四是推进数字孪生水利建设，为水利治理管理提供科学、高效、精准、安全的决策支持。

五是建立健全并实施一系列节水制度政策，近 10 年来在经济总量增长近一倍的情况下，全国用水总量控制在 6100 亿立方米以内。

六是强化体制机制法治管理，全面推行河湖长制，健全水法治体系，加强流域统一治理管理，持续提升水利治理管理能力和水平。

（记者　欧阳易佳，2024 年 5 月 21 日刊发）

人民网｜第四届中日韩三国水资源部长会议召开

据水利部消息，5月20日，在第十届世界水论坛期间，水利部部长李国英出席第四届中日韩三国水资源部长会议。

李国英表示，在全球气候变化加剧和人类活动影响等多重作用下，颠覆传统认知的极端天气事件频繁发生，水旱灾害的极端性、反常性、复杂性、不确定性显著增强。中国水利部统筹高质量发展和高水平安全，适度超前建设有韧性的水利基础设施体系，优化水利基础设施布局、结构、功能和系统集成，全面提升国家水安全保障能力。

李国英指出，今年是中日韩合作启动25周年。多年来，中日韩三国水利同行开展了一系列合作交流，举办了多次部长级会议，推动区域水利合作发展，为促进全球水治理作出了积极贡献。

李国英表示，未来希望进一步加强政策对话、科研合作、人才交流，加强极端天气下水旱灾害防御、洪水资源化利用、数字孪生水利等领域的联合研究及成果推广，推动中日韩水资源领域合作成为地区合作典范，为推动实现联合国2030年可持续发展议程涉水目标作出新的更大贡献。

据悉，本届中日韩三国水资源部长会议由中国水利部牵头举办。会上，中日韩三国水利部门代表共同签署了《中日韩三国水资源部长会议联合声明》。

（记者　欧阳易佳，2024年5月21日刊发）

人民网｜水利部部长李国英：保护河流 保障人类永续发展

5 月 21 日，水利部部长李国英出席第十届世界水论坛"河流生命：水系连通与生态流量"议题分会暨《河流伦理建构与中国实践》报告推介会。李国英表示，河流是地球的血脉、生命的源泉、文明的摇篮。保护河流，就是保护人类自己，就是保障人类永续发展。

李国英认为，"节水优先、空间均衡、系统治理、两手发力"治水思路，强调要"让河流恢复生命、流域重现生机"，赋予了河流生命概念，指引新时代中国河流保护治理新方向，开启了中国河流保护治理新实践。

"建构河流伦理，就是要把自然界河流视作生命体，尊重河流生存与健康的基本权利，调整人与河流关系的价值取向、道德准则、责任义务、行为规范，让河流永葆生机活力，推动人类社会可持续发展。"李国英表示，坚持人与河流和谐共生，是建构河流伦理的核心理念。尊重河流生存与健康基本权利，是建构河流伦理的重要基础。形成符合河流伦理的行为规范，是建构河流伦理的重要内容。

李国英表示，中国水利部愿与世界各国和国际组织携手合作，共同推进河流保护治理，加速实现联合国 2030 年可持续发展议程涉水目标，为共建人类命运共同体、共建清洁美丽世界作出新的贡献。

（记者 欧阳易佳，2024 年 5 月 22 日刊发）

人民网｜李国英出席第十届世界水论坛《河流伦理建构与中国实践》报告推介会并致辞

5月21日，水利部部长李国英出席第十届世界水论坛"河流生命：水系连通与生态流量"议题分会暨《河流伦理建构与中国实践》报告推介会并致辞，与联合国教科文组织自然科学助理总干事莉迪亚·布里托共同为报告揭幕，与会嘉宾进行了交流研讨。

李国英指出，河流是地球的血脉、生命的源泉、文明的摇篮。一个时期以来，在人类活动、气候变化等因素多重作用下，人与河流的关系日趋紧张，部分地区河流健康生命受到严峻挑战。河流危机本质上是生存环境危机、人类存续危机。保护河流，就是保护人类自己，就是保障人类永续发展。

李国英强调，习近平总书记提出"节水优先、空间均衡、系统治理、两手发力"治水思路，强调要"让河流恢复生命、流域重现生机"，赋予了河流生命概念，指引新时代中国河流保护治理新方向，开启了中国河流保护治理新实践。基于习近平生态文明思想、习近平总书记治水思路和中国治水实践，建构河流伦理，就是要把自然界河流视作生命体，尊重河流生存与健康的基本权利，调整人与河流关系的价值取向、道德准则、责任义务、行为规范，让河流永葆生机活力，推动人类社会可持续发展。坚持人与河流和谐共生，是建构河流伦理的核心理念。尊重河流生存与健康基本权利，是建构河流伦理的重要基础。形成符合河流伦理的行为规范，是建构河流伦理的重要内容。

李国英表示，中国水利部愿与世界各国和国际组织携手合作，在习近平总书记提出的全球发展倡议、全球安全倡议、全球文明倡议引领下，共同推进河流保护治理，加速实现联合国2030年可持续发展议程涉水目标，为共建人类命运共同体、共建清洁美丽世界作出新的贡献。

荷兰水特使梅克·冯·吉尼肯、世界银行东亚太平洋地区副行长曼努埃拉·菲罗、法国生物多样性公署署长奥利维亚·蒂博、国际水利与环境工程学会主席菲利普·顾博维尔、世界水资源学会副主席拉比·莫塔尔等出席研讨会。国际灌排委员会主席马可·阿西里，国际水电协会副首席执行官巴勃罗·瓦尔韦德等专家纷纷发表观点，高度认可中国建构河流伦理主张，认为报告对推动构建人类命运共同体、促进人与河流和谐共生具有重要的理论价值和现实意义。

来自有关国家和国际组织的官员、专家近 200 人参加会议。

（记者　曹师韵，2024 年 5 月 22 日刊发）

人民网｜《河流伦理建构与中国实践》报告引发国际人士高度认可

近日，水利部部长李国英出席第十届世界水论坛《河流伦理建构与中国实践》报告推介会，与联合国教科文组织自然科学助理总干事莉迪亚·布里托共同为报告揭幕。与会嘉宾高度认可中国建构河流伦理主张。

联合国教科文组织自然科学助理总干事莉迪亚·布里托表示，"联合国教科文组织高度关注生态系统的一些技术应用以及创新方法，如何恢复水生态系统是我们重要的议题。江河水文与生态保障不仅需要科学支撑，也需要伦理依据，让我们共同保护水生态系统，为实现联合国可持续发展涉水目标而加速努力。"

荷兰水特使梅克·冯·吉尼肯表示，"基于自然的解决方案和生态水文，对于荷兰来讲是非常重要的议题。荷兰响应有关水伦理、水生态环境伦理的倡议，并且在此倡议之下推出了很多有关水文和生态教育、人文伦理教育的活动，很高兴看到中国和我们在这个方面同频共振。"

世界银行东亚太平洋地区副行长曼努埃拉·菲罗表示，"河流为我们提供了关键的水资源，为人们的健康、可持续发展、社会经济发展提供了命脉资源。中国在河流治理方面有非常好的优秀案例，世界银行在欧洲也投资了河道清洁和整治项目，以求进一步改善水生态环境。这些案例都证明了如何通过协作来保护自然，与自然共行。"

法国生物多样性公署署长奥利维亚·蒂博表示，"水是无国界的，它在国家之间、国家内部、区域和城市之间流动。一条健康的河流是畅通的，从源头到入海口都是连通良好的；一条健康的河流也是多种多样的，为寄居生物提供了生物多样性的良好栖息地；一条健康的河流是运动的，在自然状态下，河流可以通过沉积物的运输和沉积而演变，也可能因为洪水事件而急剧改变。"

国际水利与环境工程学会主席菲利普·顾博维尔表示，"我们必须保护自然资源，因为我们正在使用它们，我们在使用这些资源时必须尊重它们。中国鉴于经济体量和人口规模提出这一观点，将对其他国家具有很大的借鉴意义。"

世界工程组织联合会前主席何塞·维埃拉表示，"河流作为我们星球的血管，维持生态系统、社区和文化，但是人类活动却继续蚕食这些至关重要的生态系统。

作为河流伦理的倡导者，我坚定地相信促进人与自然和谐共生不仅仅是一项道德上的要求，更是生存的必需品。"

国际水电协会副首席执行官巴勃罗·瓦尔韦德表示，"面对全球气候变化，人类需要更多的能源、更多的灌溉、更多的水资源等等，这些都需要确保河流是干净的、绿色的、没有污染的，也就是如何可持续发展。在这一点上，国际水电协会所采取的方法非常一致——发展水电，因为水电是一种清洁、绿色、负担得起的气候变化解决方案。"

新加坡国立大学李光耀公共政策学院客座教授阿西特·K·彼斯瓦斯表示，"李国英部长在 2023 年联合国水大会期间提出，我们应该把河流伦理作为水管理的四个重要领域之一。我很高兴这个倡议由中国提出，因为河流保护一直是一个被忽视的话题，人类应该遵循河流伦理的原则，这样河流才能与人类和谐共生。"

（记者 欧阳易佳，2024 年 5 月 23 日刊发）

新华网｜世界水论坛特别对话会聚焦文化作为水可持续发展的关键力量

　　"2024长江文化南京论坛——世界水论坛特别对话会"22日在印度尼西亚巴厘岛第十届世界水论坛期间举办。会议以"共创和谐水未来：文化作为水可持续发展的关键力量"为主题，来自联合国教科文组织、水事领域机构和中国的代表就如何应对当前水资源公平分配、获取和管理方面的伦理挑战展开讨论。

　　联合国教科文组织自然科学助理总干事利迪娅·布里托在致辞中说，文化的多样性让人们能够理解和欣赏不同社区在水资源管理方面的独特观点、实践方法和智慧。这也强调了一个重要观点，即在进行水资源管理时，不仅需要依据科学的实证数据，还需要尊重并融合当地知识和文化传统，这样才能塑造出既可持续又公平的水资源管理实践。

　　此次对话会是2024南京长江文化国际传播活动的一部分。与会代表还围绕迈向文化多元化和包容性的水未来、利益相关方的普遍参与和合乎伦理的水资源共同管理等议题进行了讨论。

　　第十届世界水论坛20日在印度尼西亚巴厘岛开幕。该论坛是目前水事领域规模最大的国际盛会，一般每三年举办一次。

（记者　戴燕，2024年5月22日刊发）

新华网｜第四届中日韩三国水资源部长会议在印尼巴厘岛举行

第四届中日韩三国水资源部长会议 20 日在印度尼西亚巴厘岛举行。中国水利部部长李国英、日本国土交通省副大臣小鑓隆史、韩国环境部副部长朴宰贤出席会议。

本届会议由中国水利部牵头举办，以"应对气候变化，建设有韧性的水利基础设施"为主题，旨在进一步落实第八次中日韩领导人会议精神，深化水资源领域合作。

会议围绕三国共同关心的议题和各自最新的政策和实践经验进行了分享交流，探讨了如何推动东亚、东南亚乃至亚太地区的水资源治理，提高防灾减灾能力。会上，中日韩三国水利部门代表共同签署了《中日韩三国水资源部长会议联合声明》。

李国英表示，未来希望三国进一步加强政策对话、科研合作、人才交流，加强极端天气下水旱灾害防御、洪水资源化利用、数字孪生水利等领域的联合研究及成果推广，推动中日韩水资源领域合作成为地区合作典范，为推动实现联合国2030 年可持续发展议程涉水目标作出新的更大贡献。

中日韩三国水资源部长会议机制建立于 2012 年，每三年举办一届。

（记者　陶方伟、郑世波，2024 年 5 月 21 日刊发）

央广网｜第十届世界水论坛今日开幕　中国就解决水问题贡献中国智慧和中国方案

据中央广播电视总台中国之声《新闻和报纸摘要》报道，第十届世界水论坛20日将在印度尼西亚巴厘岛开幕，论坛以"水促进共享繁荣"为主题，将围绕水安全与繁荣等重要议题，为参会各方提供交流分享先进治水理念、经验、政策以及前沿治水科技的重要平台，中国也将就解决水问题贡献中国智慧和中国方案。

第十届世界水论坛于5月18日至25日在印尼巴厘岛举行。

水利部国际经济技术合作交流中心主任郝钊：第十届世界水论坛将致力于解决水安全问题，包括改善清洁饮用水安全，制定解决方案，推动联合决策，认识到实现全球水安全是可持续发展的关键。

郝钊表示，中国在推进全社会节水、防御特大洪水、综合治理地下水超采、实施河湖长制保护水资源等方面积累了丰富的实践经验，可供国际社会借鉴。

郝钊：本次论坛期间，中国水利机构牵头主办、协办气候变化下的流域管理等9场分会。此外，中国还设立了面积为150平方米的中国馆，全面展示中国在河湖生态环境修复、完善防洪工程体系、智慧水利建设等方面的成就和实践。

（记者　刘梦雅，2024年5月20日刊发）

央广网｜水利部部长李国英出席第十届世界水论坛

　　记者从水利部获悉，近日，第十届世界水论坛在印度尼西亚巴厘岛开幕。水利部部长李国英出席论坛时指出，河流是地球的血脉、生命的源泉、文明的摇篮。一个时期以来，在人类活动、气候变化等因素多重作用下，人与河流的关系日趋紧张，部分地区河流健康生命受到严峻挑战。河流危机本质上是生存环境危机、人类存续危机。保护河流，就是保护人类自己，就是保障人类永续发展。

　　李国英强调，习近平总书记提出"节水优先、空间均衡、系统治理、两手发力"治水思路，强调要"让河流恢复生命、流域重现生机"，赋予了河流生命概念，指引新时代中国河流保护治理新方向，开启了中国河流保护治理新实践。中国水利部愿与世界各国和国际组织携手合作，在习近平总书记提出的全球发展倡议、全球安全倡议、全球文明倡议引领下，共同推进河流保护治理，加速实现联合国2030 年可持续发展议程涉水目标，为共建人类命运共同体、共建清洁美丽世界作出新的贡献。

　　来自有关国家和国际组织的官员、专家近 200 人参加会议。

（记者　陈锐海，2024 年 5 月 22 日刊发）

央广网｜水利部在第十届世界水论坛宣介《深入学习贯彻习近平关于治水的重要论述》（英文版）

记者从水利部获悉，近日，第十届世界水论坛在印度尼西亚巴厘岛开幕。水利部部长李国英出席论坛特别会议，重点宣介《深入学习贯彻习近平关于治水的重要论述》（英文版），与世界水理事会主席洛克·福勋、中国驻登巴萨总领事张志昇共同为《深入学习贯彻习近平关于治水的重要论述》（英文版）首发揭幕，与会嘉宾进行了深入交流研讨。

李国英宣介指出，当今世界，水安全形势发生了深刻复杂变化，水安全问题日益成为全球性挑战，各国都在为之付出艰辛努力。对于发展任务极其繁重、国情水情极其复杂、江河治理难度极大的中国，迫切需要回答为什么要做好治水工作、做好什么样的治水工作、怎样做好治水工作等一系列重大时代课题。习近平总书记从实现中华民族永续发展的战略高度，深刻洞察中国国情水情，深入总结中国治水历史经验，科学研判中国治水新形势，准确把握自然规律、经济规律、社会规律，开创性提出了"节水优先、空间均衡、系统治理、两手发力"治水思路和一系列治水新理念新思想新战略，谋划实施了一系列开创性、战略性举措，指引中国治水取得历史性成就、发生历史性变革。

李国英表示，习近平总书记治水思路和关于治水的重要论述，是经过实践成功检验、取得巨大成效的治水之道，是推动强国建设、民族复兴伟业的治水之道，是饱含中国哲学、中国智慧的治水之道，是为人类谋进步、为世界谋大同的治水之道。当今中国，水旱灾害防御能力、水资源节约集约利用能力、水资源优化配置能力、江河湖泊生态保护治理能力实现了跨越式、历史性提升。中国以占全球6%的淡水资源，确保了世界近20%人口的粮食安全和饮水安全，创造了世界18%以上的经济总量，在实现联合国 2030 年可持续发展议程涉水目标上取得重大进展。在习近平总书记治水思路和关于治水的重要论述精神指引下，中国有信心、有能力继续应对好严峻的水安全挑战。中国水利部将继续与世界各国水利部门和国际组织深化务实合作，为解决全球共同面临的水安全问题、构建人类命运共同体而不懈努力。

《深入学习贯彻习近平关于治水的重要论述》由水利部组织编写，其英文版近日由中国外文出版社翻译出版发行。

（记者　陈锐海，2024 年 5 月 22 日刊发）

中国网｜第四届中日韩三国水资源部长会议举行　聚焦重大治水课题深化水资源领域合作

记者从水利部了解到，5月20日，在第十届世界水论坛举行期间，水利部部长李国英出席第四届中日韩三国水资源部长会议并致辞，进一步落实第8次中日韩领导人会议精神，深化水资源领域合作。

李国英指出，在全球气候变化加剧和人类活动影响等多重作用下，颠覆传统认知的极端天气事件频繁发生，水旱灾害的极端性、反常性、复杂性、不确定性显著增强，本次会议以"应对气候变化，建设有韧性的水利基础设施"为主题，这是中日韩三国乃至全世界共同面临的重大治水课题。中国水利部统筹高质量发展和高水平安全，适度超前建设有韧性的水利基础设施体系，优化水利基础设施布局、结构、功能和系统集成，全面提升国家水安全保障能力。

李国英指出，今年是中日韩合作启动25周年。多年来，中日韩三国水利同行开展了一系列合作交流，举办了多次部长级会议，推动区域水利合作发展，为促进全球水治理作出了积极贡献。未来，希望进一步加强政策对话、科研合作、人才交流，加强极端天气下水旱灾害防御、洪水资源化利用、数字孪生水利等领域的联合研究及成果推广，推动中日韩水资源领域合作成为地区合作典范，助力实现联合国2030年可持续发展议程涉水目标。

本届中日韩三国水资源部长会议由中国水利部牵头举办。会上，中日韩三国水利部门代表共同签署了《中日韩三国水资源部长会议联合声明》。

（记者　张艳玲，2024年5月21日刊发）

中国网｜中国在实现联合国 2030 年可持续发展议程涉水目标上取得重大进展

5 月 20 日，水利部部长李国英出席第十届世界水论坛部长级会议并致辞。

李国英指出，特殊的地理气候条件，决定了中国自古以来都面临异常繁重的治水任务。中国水利部坚持预防为主，坚持创新发展，统筹解决水灾害、水资源、水生态、水环境问题，在实现联合国 2030 年可持续发展议程涉水目标上取得重大进展。

中国加快完善流域防洪工程体系、雨水情监测预报体系、水旱灾害防御工作体系，成功战胜历史罕见洪水干旱灾害，最大程度保障了人民群众生命财产安全；加快构建国家水网，全国水利工程供水能力达 9000 亿立方米，农村自来水普及率达到 90%，农田灌溉率达到 55%；实施母亲河复苏行动，推进地下水超采和水土流失综合治理，越来越多的河流恢复生命、流域重现生机；推进数字孪生水利建设，为水利治理管理提供科学、高效、精准、安全的决策支持；建立健全并实施一系列节水制度政策，近 10 年来在经济总量增长近一倍的情况下，全国用水总量控制在 6100 亿立方米以内；强化体制机制法治管理，全面推行河湖长制，健全水法治体系，加强流域统一治理管理，持续提升水利治理管理能力和水平。

李国英表示，当前和今后一个时期，全球水安全形势更趋严峻，亟待世界各国加强团结协作、共谋良策。中国水利部将在全球发展倡议、全球安全倡议、全球文明倡议引领下，进一步深化与各国水领域交流合作，为推动落实联合国 2030 年可持续发展议程涉水目标作出新的更大贡献。

（记者　张艳玲，2024 年 5 月 21 日刊发）

澎湃新闻｜李国英率团出席第十届世界水论坛开幕式并致辞

5月20日，以"水促进共享繁荣"为主题的第十届世界水论坛在印度尼西亚巴厘岛开幕。水利部部长李国英率中国水利代表团出席开幕式，并在高级别会议上致辞。

李国英指出，长期以来，中国和世界上大多数国家一样面临水灾害、水资源、水生态、水环境四大水问题。解决好这四大水问题，理论和实践均呼唤治水思路的变革。2014年，习近平总书记开创性提出"节水优先、空间均衡、系统治理、两手发力"治水思路，指引中国治水取得历史性成就。一是坚持节水优先，建立健全并实施一系列节水制度政策，近十年来，中国经济总量增长近一倍，但用水总量实现了"零增长"。二是坚持空间均衡，构建"系统完备、安全可靠，集约高效、绿色智能，循环通畅、调控有序"的国家水网，水资源供给和保障能力有效提升。三是坚持系统治理，强化流域统一治理管理，统筹山水林田湖草沙综合治理，统筹水利高质量发展和高水平安全，不仅让河流恢复生命、流域重现生机，而且最大程度保障了人民群众生命财产安全、最大限度减轻了洪旱灾害损失。四是坚持两手发力，推动有效市场和有为政府有机结合、形成合力，实现水利治理管理能力系统性提升。

李国英强调，当前和今后一个时期，解决水安全问题，以水促进共享繁荣，是全球共同面临的重大课题。基于中国治水实践和经验，李国英提出三点倡议：一是坚持"节水优先、空间均衡、系统治理、两手发力"治水思路，有效应对全球水挑战，实现人水和谐共生。二是坚持民生为本，聚焦人民群众最关心最直接最现实的涉水问题，增进全球以水惠民福祉，不断增强人民群众的获得感幸福感安全感。三是着力破解水领域的治理赤字，在确保防洪安全、供水安全、粮食安全、生态安全等方面协同协调协力，加快推进全球水治理进程。

李国英表示，中国水利部愿同国际社会一道，不舍追求、不懈努力，为共同谱写推动构建人类命运共同体的水治理新篇章作出新的更大贡献。

世界水论坛是目前全球规模最大的国际水事活动，由世界水理事会发起，每三年举办一届，旨在落实国际社会有关水与可持续发展问题的决议，促进各国在

水资源可持续利用方面进行交流与合作。第十届世界水论坛由世界水理事会与印度尼西亚政府联合主办，11 位国家元首级代表出席，来自全球 200 多个国家和国际组织的官员、专家约 5 万人参加。论坛将围绕水安全与繁荣、保障人类与自然的水资源、减灾与风险管理、治理合作和水外交、可持续水融资、知识与创新等 6 个分主题举办 278 场会议。

（2024 年 5 月 21 日刊发）

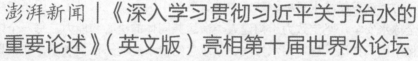

澎湃新闻｜《深入学习贯彻习近平关于治水的重要论述》（英文版）亮相第十届世界水论坛

5月21日，水利部部长李国英出席第十届世界水论坛特别会议——全球水安全高级别研讨会暨《深入学习贯彻习近平关于治水的重要论述》（英文版）宣介会，并作重点宣介，与世界水理事会主席洛克·福勋、中国驻登巴萨总领事张志昇共同为《深入学习贯彻习近平关于治水的重要论述》（英文版）首发揭幕，与会嘉宾进行了深入交流研讨。

李国英宣介指出，当今世界，水安全形势发生了深刻复杂变化，水安全问题日益成为全球性挑战，各国都在为之付出艰辛努力。对于发展任务极其繁重、国情水情极其复杂、江河治理难度极大的中国，迫切需要回答为什么要做好治水工作、做好什么样的治水工作、怎样做好治水工作等一系列重大时代课题。

习近平总书记从实现中华民族永续发展的战略高度，深刻洞察中国国情水情，深入总结中国治水历史经验，科学研判中国治水新形势，准确把握自然规律、经济规律、社会规律，开创性提出了"节水优先、空间均衡、系统治理、两手发力"治水思路和一系列治水新理念新思想新战略，谋划实施了一系列开创性、战略性举措，指引中国治水取得历史性成就、发生历史性变革。

李国英表示，当今中国，水旱灾害防御能力、水资源节约集约利用能力、水资源优化配置能力、江河湖泊生态保护治理能力实现了跨越式、历史性提升。中国以占全球 6%的淡水资源，确保了世界近 20%人口的粮食安全和饮水安全，创造了世界18%以上的经济总量，在实现联合国2030年可持续发展议程涉水目标上取得重大进展。在习近平总书记治水思路和关于治水的重要论述精神指引下，中国有信心、有能力继续应对好严峻的水安全挑战。中国水利部将继续与世界各国水利部门和国际组织深化务实合作，为解决全球共同面临的水安全问题、构建人类命运共同体而不懈努力。

世界水理事会主席洛克·福勋等与会专家认为，全球共同面临的水安全挑战是严峻的，亟须制定科学措施、采取务实行动，"节水优先、空间均衡、系统治理、两手发力"治水思路在世界上很多国家和地区都适用，书中记载的习近平总书记关于治水的许多深刻思考，可以成为其他国家和地区治水的灵感来源。习近平总书记治水思路和关于治水重要论述，表明中国将治水放在优先地位，通过一系列切实努力创造了卓有成效的治水成果，为应对全球水安全挑战、实现联合国 2030 年可持续发展涉水目标贡献了中国智慧和中国方案，彰显了中国坚定致力于促进全球水安全，坚定致力于构建人类命运共同体的决心和能力，每一个国家都应该像中国一样深入思考治水方案、系统总结治水经验。他们表示，非常期待通过这本重要著作系统学习借鉴中国治水经验，希望这本重要著作能向更多国家和地区推广，以激励国际社会采取有力有效举措应对全球水安全挑战。

《深入学习贯彻习近平关于治水的重要论述》由水利部组织编写，其英文版近日由中国外文出版社翻译出版发行。

（记者　习凡超，2024 年 5 月 22 日刊发）

澎湃新闻｜水利部部长出席第十届世界水论坛：保护河流就是保障人类永续发展

水利部部长李国英近日在出席第十届世界水论坛"河流生命：水系连通与生态流量"议题分会暨《河流伦理建构与中国实践》报告推介会致辞时指出，一个时期以来，在人类活动、气候变化等因素多重作用下，人与河流的关系日趋紧张，部分地区河流健康生命受到严峻挑战。河流危机本质上是生存环境危机、人类存续危机。保护河流，就是保护人类自己，就是保障人类永续发展。

李国英说，建构河流伦理，就是要把自然界河流视作生命体，尊重河流生存与健康的基本权利，调整人与河流关系的价值取向、道德准则、责任义务、行为规范，让河流永葆生机活力，推动人类社会可持续发展。坚持人与河流和谐共生，是建构河流伦理的核心理念。尊重河流生存与健康基本权利，是建构河流伦理的重要基础。形成符合河流伦理的行为规范，是建构河流伦理的重要内容。

李国英与联合国教科文组织自然科学助理总干事莉迪亚·布里托共同为报告揭幕，与会嘉宾进行了交流研讨。

李国英表示，中国水利部愿与世界各国和国际组织携手合作，在习近平总书记提出的全球发展倡议、全球安全倡议、全球文明倡议引领下，共同推进河流保护治理，加速实现联合国2030年可持续发展议程涉水目标，为共建人类命运共同体、共建清洁美丽世界作出新的贡献。

荷兰水特使梅克·冯·吉尼肯、世界银行东亚太平洋地区副行长曼努埃拉·菲罗、法国生物多样性公署署长奥利维亚·蒂博、国际水利与环境工程学会主席菲利普·顾博维尔、世界水资源学会副主席拉比·莫塔尔等出席研讨会。国际灌排委员会主席马可·阿西里，国际水电协会副首席执行官巴勃罗·瓦尔韦德等专家纷纷发表观点，高度认可中国建构河流伦理主张，认为报告对推动构建人类命运共同体、促进人与河流和谐共生具有重要的理论价值和现实意义。

来自有关国家和国际组织的官员、专家近200人参加会议。

（记者 刁凡超，2024年5月22日刊发）

封面新闻 | 水利部部长：实现 2030 年可持续发展议程涉水目标取得重大进展

5 月 20 日，水利部部长李国英出席第十届世界水论坛部长级会议并致辞。李国英表示，中国水利部坚持问题导向，坚持底线思维，坚持预防为主，坚持系统观念，坚持创新发展，统筹解决水灾害、水资源、水生态、水环境问题，在实现联合国 2030 年可持续发展议程涉水目标上取得重大进展。

一是加快完善流域防洪工程体系、雨水情监测预报体系、水旱灾害防御工作体系，成功战胜历史罕见洪水干旱灾害，最大程度保障了人民群众生命财产安全。

二是加快构建国家水网，全国水利工程供水能力达 9000 亿立方米，农村自来水普及率达到 90%，农田灌溉率达到 55%。

三是实施母亲河复苏行动，推进地下水超采和水土流失综合治理，越来越多的河流恢复生命、流域重现生机。

四是推进数字孪生水利建设，为水利治理管理提供科学、高效、精准、安全的决策支持。

五是建立健全并实施一系列节水制度政策，近 10 年来在经济总量增长近一倍的情况下，全国用水总量控制在 6100 亿立方米以内。

六是强化体制机制法治管理，全面推行河湖长制，健全水法治体系，加强流域统一治理管理，持续提升水利治理管理能力和水平。

李国英表示，当前和今后一个时期，全球水安全形势更趋严峻，亟待世界各国加强团结协作、共谋良策。中国水利部将在全球发展倡议、全球安全倡议、全球文明倡议引领下，进一步深化与各国水领域交流合作，为推动落实联合国 2030 年可持续发展议程涉水目标作出新的更大贡献。

（记者　代睿，2024 年 5 月 21 日刊发）

封面新闻｜水利部部长出席第十届世界水论坛：保护河流就是保障人类永续发展

5月21日，水利部部长李国英在出席第十届世界水论坛"河流生命：水系连通与生态流量"议题分会暨《河流伦理建构与中国实践》报告推介会指出，河流危机本质上是生存环境危机、人类存续危机，保护河流，就是保护人类自己，就是保障人类永续发展。

会上，李国英与联合国教科文组织自然科学助理总干事莉迪亚·布里托共同为报告揭幕，与会嘉宾进行了交流研讨。

"河流是地球的血脉、生命的源泉、文明的摇篮"，李国英指出，一个时期以来，在人类活动、气候变化等因素多重作用下，人与河流的关系日趋紧张，部分地区河流健康生命受到严峻挑战。

他说，建构河流伦理，就是要把自然界河流视作生命体，尊重河流生存与健康的基本权利，调整人与河流关系的价值取向、道德准则、责任义务、行为规范，让河流永葆生机活力，推动人类社会可持续发展。坚持人与河流和谐共生，是建构河流伦理的核心理念。尊重河流生存与健康基本权利，是建构河流伦理的重要基础。形成符合河流伦理的行为规范，是建构河流伦理的重要内容。

"中国水利部愿与世界各国和国际组织携手合作，在全球发展倡议、全球安全倡议、全球文明倡议引领下，共同推进河流保护治理，加速实现联合国2030年可持续发展议程涉水目标，为共建人类命运共同体、共建清洁美丽世界作出新的贡献。"李国英表示。

国际灌排委员会主席马可·阿西里，国际水电协会副首席执行官巴勃罗·瓦尔韦德等专家纷纷发表观点，高度认可中国建构河流伦理主张，认为报告对推动构建人类命运共同体、促进人与河流和谐共生具有重要的理论价值和现实意义。

（记者 戴云，2024年5月22日刊发）

中国经济网｜水利部部长李国英：推动中日韩水资源领域合作成为地区合作典范

5 月 20 日，在第十届世界水论坛期间，水利部部长李国英出席第四届中日韩三国水资源部长会议并致辞，进一步落实第 8 次中日韩领导人会议精神，深化水资源领域合作。

李国英指出，在全球气候变化加剧和人类活动影响等多重作用下，颠覆传统认知的极端天气事件频繁发生，水旱灾害的极端性、反常性、复杂性、不确定性显著增强，本次会议以"应对气候变化，建设有韧性的水利基础设施"为主题，这是中日韩三国乃至全世界共同面临的重大治水课题。中国水利部积极践行习近平总书记"节水优先、空间均衡、系统治理、两手发力"治水思路，统筹高质量发展和高水平安全，适度超前建设有韧性的水利基础设施体系，优化水利基础设施布局、结构、功能和系统集成，全面提升国家水安全保障能力。

李国英指出，今年是中日韩合作启动 25 周年。多年来，中日韩三国水利同行开展了一系列合作交流，举办了多次部长级会议，推动区域水利合作发展，为促进全球水治理作出了积极贡献。未来希望进一步加强政策对话、科研合作、人才交流，加强极端天气下水旱灾害防御、洪水资源化利用、数字孪生水利等领域的联合研究及成果推广，推动中日韩水资源领域合作成为地区合作典范，为推动实现联合国 2030 年可持续发展议程涉水目标作出新的更大贡献。

本届中日韩三国水资源部长会议由中国水利部牵头举办。会上，中日韩三国水利部门代表共同签署了《中日韩三国水资源部长会议联合声明》。

（2024 年 5 月 21 日刊发）

中国经济网｜水利部：坚持人与河流和谐共生保障人类永续发展

5月21日，水利部部长李国英出席第十届世界水论坛"河流生命：水系连通与生态流量"议题分会暨《河流伦理建构与中国实践》报告推介会并致辞。来自有关国家和国际组织的官员、专家近200人参加会议。

李国英指出，河流是地球的血脉、生命的源泉、文明的摇篮。一个时期以来，在人类活动、气候变化等因素多重作用下，人与河流的关系日趋紧张，部分地区河流健康生命受到严峻挑战。河流危机本质上是生存环境危机、人类存续危机。保护河流，就是保护人类自己，就是保障人类永续发展。

李国英强调，习近平总书记提出"节水优先、空间均衡、系统治理、两手发力"治水思路，强调要"让河流恢复生命、流域重现生机"，赋予了河流生命概念，指引新时代中国河流保护治理新方向，开启了中国河流保护治理新实践。基于习近平生态文明思想、习近平总书记治水思路和中国治水实践，建构河流伦理，就是要把自然界河流视作生命体，尊重河流生存与健康的基本权利，调整人与河流关系的价值取向、道德准则、责任义务、行为规范，让河流永葆生机活力，推动人类社会可持续发展。坚持人与河流和谐共生，是建构河流伦理的核心理念。尊重河流生存与健康基本权利，是建构河流伦理的重要基础。形成符合河流伦理的行为规范，是建构河流伦理的重要内容。

李国英表示，中国水利部愿与世界各国和国际组织携手合作，在习近平总书记提出的全球发展倡议、全球安全倡议、全球文明倡议引领下，共同推进河流保护治理，加速实现联合国2030年可持续发展议程涉水目标，为共建人类命运共同体、共建清洁美丽世界作出新的贡献。

会上，国际灌排委员会主席马可·阿西里，国际水电协会副首席执行官巴勃罗·瓦尔韦德等专家高度认可中国建构河流伦理主张，认为报告对推动构建人类命运共同体、促进人与河流和谐共生具有重要的理论价值和现实意义。

（2024年5月22日刊发）

参考消息网 | "凝聚保护传承水文化的合力"
——长江文化在世界水论坛广受关注

"当我们环视全球，南京无疑在合理开发利用水资源和保护流域文化遗产方面树立了典范，这座城市正通过长江文化论坛为世界搭建交流互鉴的平台。"日前在印度尼西亚巴厘岛举办的第十届世界水论坛特别对话会上，联合国教科文组织自然科学助理总干事莉迪亚·布里托如是说。

此次对话会是 2024 南京长江文化国际传播系列活动之一，被纳入同期在巴厘岛举办的第十届世界水论坛议程，旨在围绕弘扬全人类共同价值，共商河流文化、生态、经济面临的机遇与挑战，共同探讨大河流域文化的可持续发展与包容性。

保护传承长江文化

一部长江文化史蕴藏着中华民族的文明基因，承载着中华民族的共同记忆，灌溉出中华民族共有的精神家园。

千百年来，水脉与文脉交融，滋养着城市血脉。把长江文化保护好、传承好、弘扬好，是南京这座城市与生俱来的历史自觉。

蘸着长江水描摹长江大桥，泛舟玄武湖记录南京至高楼紫峰大厦，探秘隐于闹市区的昆虫工作室……在南京参加青年漫画家全球驻地创作活动时，法国漫画家贝诺瓦·艾美特感慨南京对历史文化遗产的保护力度，"在寸土寸金的市政府旁建一座'世界文学客厅'，足见这座城市对文化的重视"。

贝诺瓦口中的"世界文学客厅"位于南京鸡笼山下，1500 多年前，中国第一座文学馆诞生于此。如今，南京面向全市中小学生的"鸡笼山下文学课"已开讲约百期。全市近 900 家阅读组织，年举办阅读活动 1.5 万余场，超六成人每天阅读 1 小时以上。

联合国教科文组织东亚地区办事处主任夏泽翰在致辞中介绍，自去年以来，长江文化南京论坛在全球范围内产生了巨大的积极影响，今天在一些偏远村庄都能看到保护水文化的极好案例。他希望此次论坛能助力南京长江文化走出去，在全球范围内凝聚起保护传承水文化的合力。

改善人与自然关系

古今中外，人类发展因水而兴、城镇逐水而居是一个普遍规律。人类在理水、治水、用水的过程中，逐步厘清自然法则和生态足迹的边界。

联合国前副秘书长兼环境规划署执行主任埃里克·索尔海姆在主题为"可持续的大河流域包容性文化：共创与共享"2024大河文明对话——国际水文化研讨会上的视频致辞中说，时至今日，中国已基本赢得与污染抗争的战斗，并从跟跑者变身领跑者，在绿色发展方面，中国贡献了全球60%以上的绿色技术。

随着工业化进程的深入，全球气候变化、环境污染、生物多样性丧失、滨水空间文化遗产的破坏，对文明的发展带来新挑战，人类、城市与河流的关系成了全球共性问题。联合国2030可持续发展议程17个目标中有7个目标关注河流相关领域，此次论坛的重要目标之一便是凝聚全球共识，促进大型河流的可持续管理，改善人与自然的关系。曾经的南京滨江不见江，工厂、码头占据了长江南京段的南北岸线。如今，长江两岸运动步道、湿地公园、纪念馆、风光打卡地、植物园、工业旅游景区等一应俱全。

南京保护长江的努力从未停止。数据显示，仅2018年以来，南京全市已清退生产型岸线超过32公里。如今的长江南京段鱼类种群大面积修复，被称作"活化石"的"微笑天使"江豚再现长江南京段，种群数量由5年前的20多头增加到50多头。南京也成为中国唯一在市中心江段就可以稳定看到野生江豚活动的城市。

南京在长江生态保护领域付出的努力和取得的成效引发与会嘉宾的热议。索尔海姆说，期待当下全球重新发掘郑和从南京出发、沿长江下西洋与各国开展和平交流合作的国际主义精神，解决人类面临的共性问题。

构建对话合作网络

哈德逊河由北向南，注入大西洋；长江由西向东，流入太平洋。亿万年来，它们并未产生过明显交集。不过，中美贸易和人文交流却将二者紧密联系在一起。

4月19日，为庆祝第十五个联合国中文日南京带着"汉字"走进哈德逊河上的重要城市纽约——一场名为"遇鉴汉字，和合共生"的中文日主题活动在纽约联合国总部开幕，活动主题中的"和""合"二字传递的正是和谐、合作之意。

南京通江达海，早在六朝时期，咸咸的海风就已吹拂到这座古城。沿着海上丝绸之路而来的各国商船溯江而来。明代初年，伟大的航海家郑和七下西洋。南京不仅是郑和下西洋的决策地，也是下西洋船只的重要建造基地，更是郑和船队扬帆远航的起终点。如今，在长江南京段两岸，可见多处海上丝绸之路遗址点。

世界上的水都是相通的，长江不仅是中国的长江，也是世界的长江。正如中国工程院院士、东南大学建筑学院教授王建国在论坛上的发言，水文化是人类智慧的结晶，是人类的共同财富，希望以长江为纽带，聚焦国际共同关切，构建开放包容的对话合作网络，为构建人类命运共同体贡献智慧和力量。

（记者　陈圣炜、陶方伟，2024 年 5 月 23 日刊发）

中国东盟报道 | 第十届世界水论坛在印尼开幕，中国为全球治水贡献智慧

5月20日，第十届世界水论坛在印度尼西亚巴厘岛开幕。这是该论坛首次在东南亚国家举办。

世界水论坛自1997年起每三年举办一次，是全球规模最大的国际水事活动。本次论坛由世界水理事会与印度尼西亚政府联合主办，主题为"水促进共享繁荣"，旨在搭建国际平台，让各国的利益攸关方分享经验，通过水资源的可持续利用和管理，应对全球水资源管理方面的各种挑战，助力经济社会的全面繁荣。本届论坛将持续至5月25日，100多个国家和地区逾万名代表出席。论坛同期还将举行世界水展。

印尼总统佐科表示，合作是世界成功克服与水有关的全球挑战的关键词。地球表面约72%的面积被水覆盖，但只有不到1%的面积可用于生产生活。水资源的减少已经成为当前的全球挑战。在过去10年中，印尼通过修建42座水坝、118万公顷的灌溉网络、2156公里的防洪和海岸保护设施以及修复430万公顷的灌溉网络，加强了水利基础设施。第十届世界水论坛对于实现水资源综合管理的实际行动和共同承诺具有战略意义。他呼吁各界携手合作，共同努力克服挑战，使水资源得到管理和利用，实现共同繁荣。

世界水理事会主席洛克·福勋表示，希望本届论坛能够成为保护水资源实际行动的转折点。他鼓励各国政府继续加强数字源管理，为水安全和繁荣而战。

中国水利部部长李国英表示，解决水安全问题，以水促进共享繁荣，是全球共同面临的重大课题。中国和世界上大多数国家一样面临水灾害、水资源、水生态、水环境四大水问题。基于中国的治水实践和经验，他提出三点倡议，坚持"节水优先、空间均衡、系统治理、两手发力"治水思路；坚持民生为本，聚焦人民群众最关心最直接最现实的涉水问题；着力破解水领域的治理赤字，确保防洪安全、供水安全、粮食安全、生态安全等方面协同协调协力，加快推进全球水治理进程。

论坛期间，中国水利机构将牵头主办、协办气候变化下的流域管理等9场分会。其中，在"河流生命：水系连通与生态流量"议题分会上，将举行《河

流伦理建构与中国实践》报告（英文版）发布会，面向国际社会推介有关河流伦理的理论研究和中国实践。此外，中国还设立了面积为 150 平方米的中国馆，全面展示中国为完善全球水治理体系，构建人类命运共同体贡献的中国智慧和中国方案。

（2024 年 5 月 20 日刊发）

中国东盟报道｜建构河流伦理　促进人与河流和谐共生——《河流伦理建构与中国实践》发布

5月21日，在第十届世界水论坛"河流生命：水系连通与生态流量"议题分会上，《河流伦理建构与中国实践》报告（英文版）正式发布，面向国际社会推介有关河流伦理的理论研究和中国实践，为推动构建人类命运共同体，促进人与河流和谐共生积极贡献中国智慧和中国方案。中国水利部部长李国英与联合国教科文组织自然科学助理总干事莉迪亚·布里托共同为报告揭幕。

水是人类和一切地球生命赖以生存的基本物质条件。河流作为水循环的陆面通道，源源不断提供淡水资源，为人类生产生活提供条件，支撑并滋养着不同地域的经济社会及生态系统，在人类文明进程中扮演了极其重要的角色。

近年来，全球颠覆传统认知的极端天气事件频繁发生，水旱灾害的极端性、反常性、复杂性和不确定性显著增强。严峻的形势迫使我们对人与河流的关系开始进行重新审视，什么才是正确的人与河流的关系，怎样才能以水资源的可持续利用支撑经济社会的可持续发展？河流伦理的提出具有历史和现实的必然性。

李国英在致辞中强调，河流保护治理，事关民族生存，事关长远发展，事关人民福祉。中国国家主席习近平站在人类社会永续发展、全球命运共同体的战略高度，强调要"让河流恢复生命、流域重现生机"，赋予了河流生命概念，确立了河流道德主体地位。在习近平治水思路指引下，中国开启了河流保护治理新实践，越来越多的河流恢复了生命，越来越多的流域重现了生机。李国英表示，中国河流保护治理取得突破性进展和标志性成果，主要体现在以下六个方面：第一，不断强化河流保护治理的体制机制法治保障；第二，流域防洪工程体系不断完善；第三，流域水资源利用效益不断提升；第四，江河湖泊面貌实现历史性改善；第五，全国水利工程供水能力再上新台阶；第六，加快建设数字孪生流域，河流保护治理数字化、网络化、智能化水平不断提升。

加拿大皇家学会院士、国际洪水管理大会（ICFM）主席斯洛博丹·西蒙诺维奇表示，河流伦理学让我们认识到河流不仅是为人类利益而开发的资源，而是具有自身内在价值和权利的动态生态系统。他提出了五点建议：尊重河流权利、可持续管理、公平获取资源、开展多方合作以及促进环境正义。

葡萄牙米尼奥大学教授何塞·维埃拉表示，随着人类活动继续侵蚀这些重要的生态系统，河流伦理的需求变得前所未有的紧迫。《河流伦理建构与中国实践》报告是一次关于保护河流生态系统重要性的全球对话。它将为人类敲响警钟，面对日益严峻的环境和气候变化挑战，我们需要重申对河流伦理的承诺，并不懈努力，确保我们的河流继续为子孙后代自由流动。

荷兰水特使梅克·冯·吉尼肯、世界银行东亚太平洋地区副行长曼努埃拉·菲罗、法国生物多样性公署署长奥利维亚·蒂博、国际水利与环境工程学会主席菲利普·顾博维尔、世界水资源学会副主席拉比·莫塔尔等出席研讨会，来自有关国家和国际组织的官员、专家近 200 人参加会议。国际灌排委员会主席马可·阿西里，国际水电协会副首席执行官巴勃罗·瓦尔韦德等专家纷纷发表观点，高度认可中国建构河流伦理主张，认为报告对推动构建人类命运共同体、促进人与河流和谐共生具有重要的理论价值和现实意义。

河流伦理把仅限于人与人之间的道德关系扩展到河流生命体，确立了河流新的价值尺度，提出维护河流永续生存的权利，以及人类在开发利用河流时应遵循的基本原则等一系列全新的理论观点。河流伦理观的确定结束了人与河流数千年来的敌对状态，为我们重新认识人与河流的关系打开了一扇大门。

（2024 年 5 月 22 日刊发）

中国东盟报道｜《深入学习贯彻习近平关于治水的重要论述》（英文版）首发

5 月 21 日，第十届世界水论坛特别会议——全球水安全高级别研讨会暨《深入学习贯彻习近平关于治水的重要论述》（英文版）宣介会在印度尼西亚巴厘岛举行，中国水利部部长李国英、世界水理事会主席洛克·福勋与中国驻登巴萨总领事张志昇共同为《深入学习贯彻习近平关于治水的重要论述》（英文版）首发揭幕，与会嘉宾进行了深入交流研讨。

李国英指出，当今世界，水安全形势发生了深刻复杂变化，水安全问题日益成为全球性挑战。对于发展任务极其繁重、国情水情极其复杂、江河治理难度极大的中国，迫切需要回答为什么要做好治水工作、做好什么样的治水工作、怎样做好治水工作等一系列重大时代课题。中国国家主席习近平开创性提出了"节水优先、空间均衡、系统治理、两手发力"治水思路和一系列治水新理念新思想新战略，指引中国治水取得历史性成就、发生历史性变革。

当前，中国以占全球 6%的淡水资源，确保了世界近 20%人口的粮食安全和饮水安全，创造了世界 18%以上的经济总量，在实现联合国 2030 年可持续发展议程涉水目标上取得重大进展。《深入学习贯彻习近平关于治水的重要论述》（英文版）对习近平治水思路及中国治水实践进行了系统研究。

李国英表示，习近平治水思路和关于治水的重要论述，是经过实践成功检验、取得巨大成效的治水之道，是推动强国建设、民族复兴伟业的治水之道，是饱含中国哲学、中国智慧的治水之道，是为人类谋进步、为世界谋大同的治水之道。

洛克·福勋表示，《深入学习贯彻习近平关于治水的重要论述》（英文版）是一本非常重要的著作，书中分享了中国治水的最新政策和最佳实践。该书的发布既是中国治水经验的分享，也进一步验证了水和政治息息相关，水更超越了政治本身。通过经验和思路，我们可以推动务实可行的可持续方案的建立和落地，这也是世界水论坛的一个重要宗旨。合作是唯一能够共同解决和应对全球水问题和挑战的途径和出路。对于水而言，我们需要公平，需要尊严，需要更合理的分配和共享方式，通过水来促进共同繁荣。

印度尼西亚公共工程与住房部部长巴苏基·哈迪穆尔约诺表示，在"节水优先、空间均衡、系统治理、两手发力"等重要论述的指引下，中国治水的成功实践和重要案例为世界贡献了中国智慧和中国方案，这彰显了中国坚定致力于全球水安全、水繁荣，坚定致力于人类命运共同体的决心。

联合国粮农组织土地与水资源司司长李利锋表示，中国实现了水资源管理水平的提高、水生态环境的恢复和改善，从节水到蓄水到洪水的管理都有系统的方法和理念，中国的治水思路受到各国的欢迎。刚刚发布的《深入学习贯彻习近平关于治水的重要论述》（英文版）对其他国家具有积极的借鉴意义。这是第一本系统介绍中国治水理念及技术的著作，将有助于世界各国未来的治水实践。

摩洛哥装备和水资源大臣尼拉尔·巴拉卡，突尼斯农业、水利和渔业部部长阿卜杜勒莫奈姆·贝拉提，沙特环境、水利和农业部水利副大臣阿卜杜勒·阿齐兹·沙巴尼，以及其他参会成员纷纷表示，《深入学习贯彻习近平关于治水的重要论述》（英文版）分享了中国具有引领性的治水思想、政策和实践，希望这本重要著作能激励国际社会采取有力有效举措应对全球水安全挑战。

《深入学习贯彻习近平关于治水的重要论述》由中国水利部组织编写，其英文版近日由中国外文出版社翻译出版发行。

（2024 年 5 月 22 日刊发）

第二章

第三届亚洲国际水周

《人民日报》｜十年来，在国内生产总值增长近一倍的情况下　我国用水总量实现零增长

　　9 月 24 日，以"共促未来水安全"为主题的第三届亚洲国际水周在北京开幕。记者从开幕式上获悉：水利部深入践行"节水优先、空间均衡、系统治理、两手发力"治水思路，我国水资源利用方式实现了从粗放低效向集约高效的转变。最近 10 年来，在国内生产总值增长近一倍的情况下，我国用水总量实现零增长。我国以占全球 6% 的淡水资源，保障了全球近 20% 的人口用水，创造了全球 18% 以上的经济总量。

　　近年来，我国坚持水资源节约集约利用，全面增强水资源统筹调配能力、供水保障能力、战略储备能力，加快构建国家水网，初步形成"南北调配、东西互济"的水资源配置格局。水利工程供水能力超过 9000 亿立方米，农村自来水普及率达到 90%。

　　水利部大力推进灌区现代化建设和改造，开展数字孪生灌区建设，推动农田灌溉自动化、灌溉方式高效化、用水计量精准化、灌区管理智能化，我国建成了较为完备的农田水利基础设施体系。截至 2023 年建成大中型灌区 7000 多处，灌溉面积达 10.75 亿亩，在占全国 56% 的耕地面积上生产了全国 77% 的粮食和 90% 以上的经济作物；深化流域统一规划、统一治理、统一调度、统一管理，全面推行河长制、湖长制，深入推进母亲河复苏行动，科学确定江河生态流量保障目标，强化地下水超采、水土流失综合治理，推动江河湖泊面貌逐步改善。华北地区地下水超采得到治理、地下水水位总体回升，不少曾经干涸的泉眼实现复涌。加快完善水库、河道及堤防、蓄滞洪区为主要组成的流域防洪工程体系，气象卫星和测雨雷达、雨量站、水文站"三道防线"及相应数学模型构成的雨水情监测预报体系，全面提升全社会抵御自然灾害的综合防范能力。

　　亚洲国际水周于 2017 年正式启动，每三年召开一次，由亚洲水理事会和主办国相关单位联合举办，旨在交流共享亚洲水问题的实用解决方案、宣传和推广亚洲水治理成果，将亚洲水事务提升至全球水议程。本届大会包含"亚洲水问题"

"亚洲水声明""水项目商业论坛"等活动，设置"水战略与水政策创新""数字孪生赋能智慧水利""水与粮食能源安全""水与流域生态系统""知识集成与传播"等议题。

（记者　王浩、付一凡，2024 年 9 月 25 日刊发）

《人民日报》（海外版）｜全国治理水土流失面积 62 万平方公里

记者 23 日从国际泥沙研究培训中心成立四十周年泥沙与土壤侵蚀国际研讨会上获悉，党的十八大以来，我国开展大规模江河湖库治理、水土保持和生态环境保护。十年来，全国共治理水土流失面积 62 万平方公里。

近年来，我国开展了大规模江河湖库治理、水土保持和生态环境保护，出台《关于加强新时代水土保持工作的意见》，水土流失面积持续下降，水土保持率持续提升，河湖生态持续改善。

为应对世界性泥沙难题、促进世界各国在泥沙和土壤侵蚀领域的知识共享和科技合作，由中国泥沙专家倡议，经联合国教科文组织第 22 届大会通过，中国政府与联合国教科文组织 1984 年在北京建立国际泥沙研究培训中心。40 年来，国际泥沙研究培训中心引领泥沙领域科技进步，促进泥沙领域学术交流合作，提升全球学术影响，发挥了国际泥沙研究合作的重要桥梁与纽带作用。

据介绍，国际泥沙研究培训中心作为世界泥沙领域的领军单位，将进一步按照联合国教科文组织和中国政府的要求，瞄准世界科技前沿，瞄准河湖保护、流域水土保持和生态文明建设，瞄准清洁美丽世界建设，勇于创新，发挥好在国际泥沙领域和联合国教科文组织二类中心的引领作用，继续支撑联合国教科文组织政府间水文计划第九阶段战略计划目标的实现。

（记者　刘诗平，2024 年 9 月 24 日刊发）

《人民日报》（海外版）｜第三届亚洲国际水周开幕

以"共促未来水安全"为主题的第三届亚洲国际水周日前在北京开幕。本届大会由中国水利部和亚洲水理事会共同主办，中国水科院牵头承办。来自70个国家和地区、20余个国际组织和涉水机构的近600名国际代表以及国内约700名水利行业人士参加大会。

亚洲国际水周每三年召开一次，由亚洲水理事会和主办国相关单位联合举办，旨在交流共享亚洲水问题的实用解决方案、宣传和推广亚洲水治理成果，将亚洲水事务提升至全球水议程。本届大会包含"亚洲水问题""亚洲水声明""水项目商业论坛"三大主体活动，设置"水战略与水政策创新""数字孪生赋能智慧水利""气候变化与涉水灾害""水与粮食能源安全""水与流域生态系统""知识集成与传播"六大议题。

（记者　潘旭涛、张尤佳，2024年9月26日刊发）

《人民日报》（海外版）｜第三届亚洲国际水周在北京举办　共话水合作　共促水安全

第三届亚洲国际水周日前在北京举办，来自 70 个国家和地区、20 余个国际组织和涉水机构的近 600 名国际代表以及国内约 700 名水利行业人士参加大会。与会各方围绕"共促未来水安全"主题交流探讨、共话合作。

中国治水成就赢得外方代表称赞。联合国发展系统驻华协调员常启德表示："中国在水治理方面取得的巨大成就，是按照水资源保护原则、平衡发展和可持续发展这些原则来实现的，值得全球借鉴。"

近年来，中国坚持"节水优先，空间均衡，系统治理，两手发力"治水思路，全面增强水资源统筹调配能力、供水保障能力、战略储备能力，有力保障了供水安全。数据显示，最近 10 年来，在国内生产总值增长近 1 倍的情况下，中国用水总量实现"零增长"。中国以占全球 6% 的淡水资源，保障了全球近 20% 的人口用水，创造了全球 18% 以上的经济总量。

中国治水经验在海外受欢迎。东帝汶农业、畜牧业、渔业和林业部部长达克鲁斯表示，东帝汶对全国 15 条河流进行了初步研究，正在进行大坝选址工作，中国已派出技术专家到东帝汶考察可能的坝址。"相信中国技术专家已经收集到所需的信息，我们期待他们提交最终的报告。"达克鲁斯说，大坝是关键基础设施，建成后将为东帝汶提供急需的储水能力，支持农业和家庭用水需求。

在本届亚洲国际水周现场，中国水利水电科学研究院展位上精巧的合页活动闸模型引人注目。"这项工程主要适用于拦蓄高度 1～5 米的河道景观、灌溉及生态蓄水等场景。目前，合页活动闸已实现产业化，在泰国、孟加拉国、缅甸等国得到广泛应用。"中国水利水电科学研究院高级工程师李昆介绍。

团结合作是应对水安全挑战的必然选择。澜沧江—湄公河合作是中国、柬埔寨、老挝、缅甸、泰国、越南共同发起和建设的新型次区域合作机制。老挝自然资源与环境部副部长博拉塔表示，澜湄成员国在水资源领域的交流取得了众多成果："我们十分感谢在此机制基础上所开展的农村供水试点合作，这种合作如同希望的灯塔。"

沙特水务局局长阿卜杜拉·阿卜杜勒卡里姆表示，国际合作有效助推实现可持续的水资源管理，"沙特与中国的深度合作是一个杰出的合作模式，我们推动了海水淡化相关研究项目的落地以及高效、大型水利项目的建设。"

乌兹别克斯坦水利部部长哈姆拉耶夫表示："我们希望通过国际合作解决水争议问题，尤其是跨境水争议问题。乌兹别克斯坦同邻国以及相关国际组织进行了紧密合作并取得了丰硕成果。"

"各国都在积极探索和寻找可资借鉴的治水理念、治水方案。"水利部部长李国英说，中国有信心、有能力继续应对水安全挑战，也愿与包括亚洲在内的世界各国共享治水经验和方案。

（记者　潘旭涛、张尤佳，2024 年 10 月 8 日刊发）

新华社 | 十年来全国治理水土流失面积 62 万平方公里

党的十八大以来，我国开展大规模江河湖库治理、水土保持和生态环境保护。十年来，全国共治理水土流失面积 62 万平方公里。这是记者 23 日从国际泥沙研究培训中心成立四十周年泥沙与土壤侵蚀国际研讨会上了解到的。

水利部副部长、国际泥沙研究培训中心理事会主席李良生说，中国是世界上泥沙问题最严重的国家之一。近年来，我国开展了大规模江河湖库治理、水土保持和生态环境保护，出台《关于加强新时代水土保持工作的意见》，水土流失面积持续下降，水土保持率持续提升，河湖生态持续改善。

为应对世界性泥沙难题、促进世界各国在泥沙和土壤侵蚀领域的知识共享和科技合作，由中国泥沙专家倡议，经联合国教科文组织第 22 届大会通过，中国政府与联合国教科文组织 1984 年在北京建立国际泥沙研究培训中心。40 年来，国际泥沙研究培训中心引领泥沙领域科技进步，促进泥沙领域学术交流合作，提升全球学术影响，发挥了国际泥沙研究合作的重要桥梁与纽带作用。

李良生表示，随着全球气候变化影响加剧，人类活动的增加和工业化进程的加速，极端天气事件多发频发，许多国家在江河治理、防洪减灾、水资源开发利用、生态环境保护等方面仍然面临着泥沙和土壤侵蚀问题的严峻挑战。同时，我国江河生态格局也发生了新的变化，例如河道冲淤转换、河床与河势演变、江湖关系变化、河口三角洲造陆减缓与蚀退等问题，给江河湖库防洪安全、生态安全带来新的课题和挑战。

"国际泥沙研究培训中心作为世界泥沙领域的领军单位，将进一步按照联合国教科文组织和中国政府的要求，瞄准世界科技前沿，瞄准河湖保护、流域水土保持和生态文明建设，瞄准清洁美丽世界建设，勇于创新，发挥好在国际泥沙领域和联合国教科文组织二类中心的引领作用，继续支撑联合国教科文组织政府间水文计划第九阶段战略计划目标的实现。"李良生说。

（记者　刘诗平，2024 年 9 月 23 日刊发）

新华社｜第三届亚洲国际水周在京开幕

以"共促未来水安全"为主题的第三届亚洲国际水周（Third Asia International Water Week，3rd AIWW）在北京开幕。本届大会由中国水利部和亚洲水理事会共同主办，中国水科院牵头承办。来自 70 个国家和地区、20 余个国际组织和涉水机构近 600 位国际代表，以及国内约 700 位水利行业人士参加大会。

本届大会包含"亚洲水问题""亚洲水声明""水项目商业论坛"三大主体活动，设置"水战略与水政策创新""数字孪生赋能智慧水利""气候变化与涉水灾害""水与粮食能源安全""水与流域生态系统""知识集成与传播"六大议题，以促进国际水社会深入交流、深化合作，共同谱写构建人类命运共同体的水治理新篇章。

（2024 年 9 月 24 日刊发）

新华社 | 第三届亚洲国际水周发布宣言 呼吁共同应对气候变化等带来的水问题

第三届亚洲国际水周 24 日在北京开幕。水利部部长李国英与亚洲水理事会主席尹锡大共同签署《北京宣言——第三届亚洲国际水周亚洲水声明》，呼吁共同应对气候变化、城市化加速和人口增长带来的水问题，通过创新驱动、国际合作和知识共享寻找解决方案，促进可持续发展，保障亚洲以及全球的未来水安全。

围绕本届亚洲国际水周设立的六大议题，宣言做出如下承诺：

水战略与水政策创新方面，树立节水优先理念，强化流域综合管理，采用政府与市场协同等灵活的融资方式推进水和卫生基础设施项目建设，倡导多利益相关方共同参与水治理。

数字孪生赋能智慧水利方面，通过大数据、人工智能和数字孪生技术应用，发展智能大坝理论与实践，模拟和预测水资源动态变化，优化水资源配置与调度，加强水质监测与净化过程控制，全面提升水资源管理的精细化水平。

气候变化与涉水灾害方面，制定有效的灾害防御和气候变化适应战略，通过工程与非工程措施结合的方式应对流域洪水及山洪灾害。

水与粮食能源安全方面，促进农业节水增效，引进先进、经济、高效的灌区开发技术，深入认识水—能—粮纽带关系，通过跨部门协作实现供水、能源与粮食安全。

水与流域生态系统方面，推动人与自然和谐共生，强化河湖生态流量与河湖健康管理，在生态系统修复中提倡基于自然的解决方案，让河流恢复生命、流域重现生机。

知识集成与传播方面，面向年轻一代开展水科普教育，鼓励政策制定者共享治水优秀实践经验和专业知识，挖掘、保护、传承与弘扬水文化。

李国英在开幕式上说："在亚洲乃至全球面临的水安全挑战日趋严峻的形势下，围绕'共促未来水安全'主题，共商水治理良策，携手应对水安全风险挑战，意义十分重大。"

　　本届亚洲国际水周由水利部和亚洲水理事会共同主办，以"共促未来水安全"为主题，通过多元化的水管理合作，应对全球气候变化背景下的水安全挑战。来自 70 个国家和地区、20 余个国际组织和涉水机构近 600 位国际代表、国内约 700 位水利行业人士参加会议。

（记者　刘诗平，2024 年 9 月 24 日刊发）

新华社 | 共促未来水安全！我国倡议协同推进四大创新

第三届亚洲国际水周 24 日在北京开幕。着眼当前亚洲各国共同面临的水安全风险挑战，基于中国治水实践和治水经验，水利部部长李国英在开幕式上倡议，协同推进理念创新、治理创新、科技创新、合作创新。

李国英说，近年来，中国成功战胜一系列大江大河历史罕见洪水灾害，有力保障了防洪安全；坚持水资源节约集约利用，有力保障了供水安全；始终把水利作为农业的命脉，有力保障了粮食安全；实施山水林田湖草沙一体化保护和系统治理，有力保障了生态安全。

最近 10 年来，中国洪涝灾害损失占国内生产总值的比例由上一个 10 年的 0.51%降至 0.24%，在国内生产总值增长近一倍的情况下用水总量实现"零增长"。中国以占全球 6%的淡水资源，保障了全球近 20%的人口用水，创造了全球 18%以上的经济总量。

"在气候变化和人类活动影响加剧的双重作用下，水安全风险日益成为全球性挑战，危及人类福祉和共同繁荣，各国都在积极探索和寻找可资借鉴的治水理念、治水方案。"李国英说，"节水优先、空间均衡、系统治理、两手发力"的治水思路，为全球应对水安全挑战提供了宝贵思想财富。

李国英提出如下四点倡议：

——协同推进理念创新。转变传统治水思路，坚持节水优先、空间均衡、系统治理、两手发力，以新的理念谋划治水方略、制定治水政策，开创亚洲水治理新局面。

——协同推进治理创新。积极探索制度变革，充分发挥政府和市场的作用，适度超前完善水利基础设施体系，最大限度减轻气候变化带来的水灾害影响，推动实现人人普遍和公平获得安全和负担得起的饮用水目标，共同维护人水和谐共生的美好家园。

——协同推进科技创新。坚持科技开放合作，强化洪旱灾害预报预警、超标准洪水下的库坝安全保障、水资源节约集约利用、河湖生态保护与修复等问题的研究和创新协作，大力推动数字孪生水利建设，提升水治理管理数字化、网络化、智能化能力。

　　——协同推进合作创新。充分发挥亚洲水理事会和亚洲国际水周等平台作用，积极推动知识交流、项目合作、人才培养和能力建设，推动亚洲水治理领域合作走深走实。

　　本届亚洲国际水周由水利部和亚洲水理事会共同主办，以"共促未来水安全"为主题，通过多元化的水管理合作，应对全球气候变化背景下的水安全挑战。

（记者　刘诗平，2024 年 9 月 25 日刊发）

新华社｜应对挑战　凝聚共识！第三届亚洲国际水周闭幕

9月26日，第三届亚洲国际水周在京闭幕，水利部举行新闻发布会介绍成果。水利部副部长李良生表示，本届水周期间，各国代表针对亚洲乃至全球面临的严峻水挑战，提出了富有建设性的解决方案，凝聚了各国就下一步合作达成的诸多共识，也为未来水利领域的区域和全球合作提供了新的契机。

本届水周以"共促未来水安全"为主题，围绕"水战略与水政策创新""数字孪生赋能智慧水利""气候变化与涉水灾害""水与粮食能源安全""水与流域生态系统""知识集成与传播"六大议题，举行了开闭幕式、3场全体大会和56场平行会议，举办了13场多双边水利国际合作机制性会议，还专门举办了中国水利科技创新成果展，生动展现了中国水利高质量发展的科技成果与建设成效。

据悉，会议交流活动吸引了来自政府部门、科研机构、高等院校、涉水企业及国际组织的近1300名代表参加。来自9个亚洲国家的部长级官员出席水周活动，分享了各国的治水政策与实践。此外，本届水周还发布了《北京宣言——第三届亚洲国际水周亚洲水声明》，签署了十余项多双边合作协议。

（2024年9月27日刊发）

新华社｜我国在解决农村饮水安全问题上取得重大进展

近年来，我国在解决农村饮水安全问题上取得重大进展。截至 2023 年底，全国共有农村供水工程 563 万处，服务农村人口 8.7 亿人；农村自来水普及率达 90%，规模化供水工程覆盖农村人口比例达 60%。

这是记者近日从在北京举行的第三届亚洲国际水周成果介绍新闻发布会上得到的消息。

水利部国际合作与科技司司长金海介绍，按照现行标准，中国已于 2020 年全面解决农村居民饮水安全问题。水利部把农村饮水安全作为巩固脱贫攻坚成果、推动乡村全面振兴的重要标志，持续推动农村供水高质量发展。具体来看，其经验和做法主要体现在以下几个方面：

加强顶层设计。建立健全从水源到水龙头的农村饮水安全政策保障和技术标准体系，力争再用 3 到 5 年时间，初步形成体系布局完善、设施集约安全、管护规范专业、服务优质高效的农村供水高质量发展格局。

推行县域统管。全面落实农村供水管理县政府主体、水利部门行业监管、供水单位运行管理等"三个责任"，县级农村供水工程运行管理机构、办法和经费等"三项制度"，确保每处工程都有制度管、都有人管、都有钱管。

强化投入保障。2021 年以来，完成农村供水工程建设投资 3979 亿元，巩固提升了 2.8 亿农村人口的供水保障水平。

加强动态监测。健全农村供水问题快速发现和响应解决机制，确保农村供水问题动态清零，兜牢农村饮水安全底线。

（记者　魏弘毅，2024 年 9 月 27 日刊发）

中央广播电视总台央视《新闻联播》｜第三届亚洲国际水周在北京开幕

以"共促未来水安全"为主题的第三届亚洲国际水周今天（9 月 24 日）在北京开幕，来自 66 个国家和地区的代表参加大会，会上签署了《北京宣言——第三届亚洲国际水周亚洲水声明》。

（2024 年 9 月 24 日播报）

中央广播电视总台央视《朝闻天下》｜第三届亚洲国际水周在北京开幕

　　第三届亚洲国际水周昨天在北京开幕，以"共促未来水安全"为主题，通过多元化的水管理合作，应对全球气候变化背景下的水安全挑战。来自 70 个国家和地区、20 余个国际组织和涉水机构、近 600 位国际代表，以及国内约 700 位水利行业人士参加大会。会上签署了《北京宣言——第三届亚洲国际水周亚洲水声明》，呼吁共同应对气候变化、城市化加速和人口增长带来的水问题，通过创新驱动、国际合作和知识共享寻找解决方案，促进可持续发展，保障亚洲以及全球的未来水安全。

（2024 年 9 月 25 日播报）

中央广播电视总台央视《午夜新闻》｜第三届亚洲国际水周闭幕

26 号，第三届亚洲国际水周在北京闭幕，来自 9 个亚洲国家的部长级官员出席水周活动，分享了各国的治水政策与实践。水周期间，各国代表针对亚洲乃至全球面临的严峻水挑战提出了富有建设性的解决方案，签署了 10 余项多双边合作协议，多家中方机构与泰国、马来西亚等多国签署合作备忘录、技术合同、合作协议等。为推动高质量共建一带一路、促进中国与亚洲各国乃至全球涉水合作，奠定了更加坚实的基础。

（2024 年 9 月 27 日播报）

中央广播电视总台央视《朝闻天下》｜第三届亚洲国际水周闭幕

　　第三届亚洲国际水周昨天在北京闭幕。水周期间，多家中方机构与泰国、马来西亚等多国签署合作备忘录、技术合同、合作协议等。为推动高质量共建一带一路、促进中国与亚洲各国乃至全球涉水合作奠定了更加坚实的基础。

（2024 年 9 月 27 日播报）

中央广播电视总台央视《午夜新闻》｜第三届亚洲国际水周闭幕　国际人士赞誉中国治水成就

亚洲国际水周会议期间，与会各国嘉宾纷纷赞誉中国在治水领域所取得的各项成就，为促进国际合作，推动全球水安全作出了贡献。

10 年来，我国水利基础设施网络效益不断增强，国家水安全保障能力显著提升，初步形成了"南北调配、东西互济"的水资源配置总体格局，全国水利工程供水能力从 2012 年的 7000 亿立方米提高至 2022 年的近 9000 亿立方米。与会嘉宾纷纷表示，中国在水资源利用、管理方面的经验值得借鉴。

英国格拉斯哥大学荣誉客座教授阿西特·比斯瓦斯：中国在供水方面取得了巨大的进步。我们看到，特别是南水北调工程发挥了相当大的作用。

10 年来，我国强化水资源刚性约束机制，以农业节水增效、工业节水减排、城镇节水降损为重点，加强水资源节约集约利用，全面建成节水型社会。在粮食总产量稳步增长的情况下，全国农业灌溉用水总量实现零增长。中国的节水实践得到了与会嘉宾的高度认可。

国际灌排委员会主席马可·阿西里：真正让我震惊的是中国采用的水资源系统性管理方法，因为精细管理可以大范围减少水资源的浪费。我非常希望这些优秀的例子可以带到中国以外，特别是发展中国家。

此外各国专家还认为，中国将数字化、人工智能等新一代信息技术应用到水旱灾害的防御，这方面的探索可以为世界各国提供经验。

英国格拉斯哥大学荣誉客座教授阿西特·比斯瓦斯：在中国，我们已经看到了在数据收集、数据分析和模型开发方面的巨大进步，已经采取了非常积极的方法来应对许多灾害，预警系统，无论是在城市层面还是流域层面。

（2024 年 9 月 27 日播报）

中央广播电视总台央广《中国之声》｜以"共促未来水安全"为主题，第三届亚洲国际水周在京开幕

第三届亚洲国际水周 9 月 24 日在北京开幕并发布《北京宣言》，本届大会以"共促未来水安全"为主题，由中国水利部和亚洲水理事会共同主办，大会期间，各国共商水治理良策，携手应对水安全风险挑战。

本届大会共有来自 70 个国家和地区、20 多个国际组织和涉水机构近 600 位国际代表以及国内约 700 位水利行业人士参加。中国水利水电科学研究院总工程师彭文启介绍，亚洲国际水周于 2017 年正式启动，目的是交流共享亚洲水问题的实用解决方案、宣传和推广亚洲水治理成果，将亚洲水事务提升至全球水议程。

彭文启：本次大会围绕"共促未来水安全"的水周主题及其六大议题：水战略与水政策创新、数字孪生赋能智慧水利、气候变化与涉水灾害、水与粮食能源安全、水与流域生态系统、知识集成与传播，共同做出承诺，发表《北京宣言》，将为应对当前亚洲乃至全球水治理面临的突出问题提供指引。

面对气候变化、城市化加速和人口增长所带来的水问题，亚洲是高脆弱性地区。彭文启介绍，中国与亚洲国家在水利工程建设、水资源保护与利用、平台建设等领域开展了深入的合作。

彭文启：在巴基斯坦，中国企业参与了卡洛特水电站项目建设。这是中巴经济走廊的标志性项目之一，极大提升了当地的水资源调控能力。在"小而美"民生项目方面，我国在老挝、柬埔寨和缅甸等国发起澜湄甘泉行动，开展农村供水技术示范务实合作，为当地百姓带来安全的饮用水。中国与亚洲国家这些合作不仅推动了各国在水资源高效利用、供水安全保障等方面的技术进步，还与亚洲国家加强了互联互通与伙伴关系，共同促进了区域的可持续发展。

在开幕式上，水利部部长李国英介绍，近年来，我国坚持"节水优先、空间均衡、系统治理、两手发力"，统筹解决水灾害、水资源、水生态、水环境问题，水旱灾害防御能力不断提升，水资源利用方式实现转变，水资源配置格局持续优化，江河湖泊面貌逐步改善。

李国英：最近十年来，中国洪涝灾害损失占国内生产总值的比例由上一个十

年的 0.51%下降至 0.24%。今年，中国大江大河发生 25 次编号洪水，我们发布洪水预警 4238 次，调度运用 6293 座（次）大中型水库拦蓄洪水 1404 亿立方米，最大程度保障了人民群众生命财产安全。

保护好、利用好珍贵的水资源是各国的共同使命。在大会开幕式上发布的《北京宣言》呼吁，通过创新驱动、国际合作和知识共享寻找解决方案，促进可持续发展，保障亚洲以及全球的未来水安全。

李国英：坚持科技开放合作，强化洪旱灾害预报预警、水资源节约集约利用、河湖生态保护与修复等问题的研究和创新协作，大力推动数字孪生水利建设，提升水治理管理数字化、网络化、智能化能力。坚持平等协商、交流互鉴、合作共赢，推动亚洲水治理领域合作走深走实。

（2024 年 9 月 24 日播报）

中央广播电视总台央广《中国之声》｜第三届亚洲国际水周落下帷幕，取得一系列务实成果

第三届亚洲国际水周 9 月 26 日在北京落下帷幕，取得了一系列务实成果。针对日益严峻的水安全挑战，各国代表提出了富有建设性的解决方案，为未来水利领域的区域和全球合作提供了新的契机。

第三届亚洲国际水周以"共促未来水安全"为主题，举行了内容丰富、形式多样的交流活动，包括开闭幕式、3 场全体大会和 56 场平行会议，同期举办了 13 场多双边水利国际合作机制性会议。水利部副部长李良生介绍，水周期间还专门举办了中国水利科技创新成果展，展现中国水利高质量发展的科技成果与建设成效。

李良生：来自政府部门、科研机构、高等院校、涉水企业及国际组织的近 1300 名代表参加会议，其中包括国外代表约 600 人。各国代表针对亚洲乃至全球面临的严峻水挑战，提出了富有建设性的解决方案，凝聚了各国就下一步合作达成的诸多共识，也为未来水利领域的区域和全球合作提供了新的契机。

在全球气候变暖的大背景下，水安全问题日益成为全球性挑战。根据世界气象组织的数据，自 2000 年以来，与洪水有关的灾害比前 20 年增加了 134%。中国是世界上水情最复杂、江河治理难度最大、治水任务最繁重的国家之一。水利部国际合作与科技司司长金海表示，多年来，中国与世界各国在水利工程建设、水资源保护与利用、平台建设等领域开展了深入的合作，积极与各国分享中国治水智慧，提供中国治水方案。

金海：我们与亚洲以及世界广大发展中国家在"一带一路"合作的框架下，共同实施了包括中哈霍尔果斯河友谊联合引水枢纽在内的民生工程，以及澜湄甘泉行动计划等暖民心的"小而美"项目。我们还与巴基斯坦、印度尼西亚共建小水电等技术联合实验室，分享中国的治理技术和管理经验，助力当地水利建设发展，也切实增进了当地民生福祉。

（2024 年 9 月 27 日播报）

中央广播电视总台央广《全国新闻联播》｜
第三届亚洲国际水周开幕并发布《北京宣言》

以"共促未来水安全"为主题，第三届亚洲国际水周今天在北京开幕并发布《北京宣言》。各国共商水治理良策，携手应对水安全风险挑战。

本届大会共有来自 70 个国家和地区、20 多个国际组织和涉水机构、近 600 位国际代表以及国内约 700 位水利行业人士参加。中国水利水电科学研究院总工程师彭文启介绍，亚洲国际水周于 2017 年正式启动，目的是交流共享亚洲水问题的实用解决方案，宣传和推广亚洲水治理成果。

本次大会围绕"共促未来水安全"的主题，聚焦六大议题，包括"水战略与水政策创新""数字孪生赋能智慧水利""气候变化与涉水灾害"等。共同作出承诺发表《北京宣言》，将为应对当前亚洲乃至全球水治理面对的突出问题提供指引。

面对气候变化、城市化加速和人口增长所带来的水问题，亚洲是高脆弱性地区。水利部部长李国英介绍，近年来，我国坚持节水优先、空间均衡、系统治理、两手发力，统筹解决水灾害、水资源、水生态、水环境问题，水旱灾害防御能力不断提升，水资源配置格局持续优化，江河湖泊面貌逐步改善。

最近十年来，中国洪涝灾害损失占国内生产总值的比例，由上一个十年的 0.51% 下降至 0.24%。今年中国大江大河发生了 25 次编号洪水，我们调度运用 6293 座大中型水库拦蓄洪水 1404 亿立方米，最大程度保障了人民群众生命财产安全。

（记者　刘梦雅，2024 年 9 月 24 日播报）

中央广播电视总台 CGTN | Water Security: China, UNESCO mark 40 years of cooperation in soil conservation and research

Global water experts have gathered in Beijing to mark the 40th year of the establishment of the International Training Center on Erosion and Sediment. The Center was jointly established by China and UNESCO in 1984. China is among the countries that suffer from serious soil erosion. Official data from the ministry of water resources shows that the area of soil erosion in China has been decreasing, thanks to various conservation efforts. Since 2012, more than 470 thousand square kilometers of soil erosion have been controlled nationwide. The erosion has been reduced by an average of 1-point-6 billion metric tons per year during the same period.

Li Liangsheng, China's Vice Minister of Water Resources "The Ministry of Water Resources will, as always, honor its commitments and provide comprehensive support and guidance to IRTCES. We also look forward to more guidance and assistance from UNESCO in the center's development, as well as continued scientific research, information exchange, and technical cooperation among countries in the fields of sediment and soil erosion."

（2024 年 9 月 24 日播报）

中央广播电视总台 CGTN | 3rd Asia International Water Week opens in Beijing

Global water security faces growing uncertainties under the dual impact of climate change and human activities, posing a threat to people's well-being and common prosperity. At the 3rd Asia International Water Week in Beijing, participants from around the world are exploring new strategies and solutions to jointly build a more resilient and sustainable future.

（2024 年 9 月 24 日播报）

中央广播电视总台 CGTN | Water Security: 3rd Asia International Water Week opens in Beijing

Global water security faces uncertainties under the dual impact of climate change and human activities, posing a threat to people's well-being and common prosperity. At the 3rd Asia International Water Week in Beijing, participants from around the world are pooling wisdom to address water challenges. Sun Tianyuan reports.

Experts and officials in water-related issues from 70 countries and regions have gathered at this year's Asia International Water Week in Beijing to explore new strategies and solutions to water security challenges. China shared its water management experiences in sectors including flood control and smart irrigation. It promised to deepen cooperation with the international community on the issue of water security.

Li Guoying, China's Minister of Water Resources "We are willing to work together with all countries and international organizations, under the guidance of the Global Development Initiative, Global Security Initiative, and Global Civilization Initiative, to jointly promote future water security. Together, we will make greater contributions to achieving water-related targets of the UN 2030 Sustainable Development Agenda and jointly write a new chapter in water governance for building a community with a shared future for mankind."

China has ensured water for nearly a fifth of the global population and generated over 18 percent of the world's total economic output with only 6 percent of the planet's freshwater resources. It is also among the countries that suffer from floods. This year, over 140 billion cubic meters of floodwater was stored and diverted to protect people's lives and property.

Loic Fauchon, President, World Water Council "We are very, very interested in the Chinese experience in water security and river security. We need the experience of the Chinese experts in a world which needs a lot of innovative governance and financing solutions for water."

A joint statement was released at the opening ceremony. The Beijing Declaration called for concerted efforts in solving water issues arising from climate change, rapid urbanization, and population boom – through innovation, collaboration, and knowledge-sharing.

Sun Tianyuan, CGTN，Beijing "In addition to Asian countries and regions, delegations from Europe and Saudi Arabia have also attended this year's Asia International Water Week. The participants are expected to deepen water-related cooperation and exchanges, across various sectors, with China during the week.

（2024 年 9 月 25 日播报）

中央广播电视总台 CGTN | Water Security: 3rd Asia International Water Week concludes in Beijing

The third Asia International Water Week has concluded in Beijing. More than 1300 participants gathered in the Chinese capital to share water management practices and explore new solutions to enhance global water security. Climate change and water related disasters have been key topics on the agenda this year. As extreme weather continues to intensify, the world is experiencing more frequent disasters, and China is among the countries affected by serious floods. In 2024, nearly 1300 rivers have suffered floods, exceeding warning levels in China. That's nearly double the number for the same period for previous years. China's Ministry of Water Resources says a range of measures have been introduced during this year's flood season to prevent disasters and ensure safety.

Peng Jing, President, China Institute of Water Resources and Hydropower Research "Since the flooding season began on the first of April, water management departments swiftly entered flood control mode, issuing a total of 4266 flood warnings nationwide. We've been closely monitoring and simulating the progress of floods and assessing risks, with the help of our digital twin water management system. Since the start of the flooding season, large and medium-sized reservoirs across the seven major river basins have retained approximately 142.5 billion cubic meters of floodwater. This has effectively reduced flood control pressures on downstream areas, and strongly protected the safety of people's lives and property."

（2024 年 9 月 27 日播报）

《光明日报》| 第三届亚洲国际水周在京开幕

第三届亚洲国际水周 24 日在北京开幕。本届大会由中国水利部和亚洲水理事会共同主办，以"共促未来水安全"为主题，来自 70 个国家和地区、20 余个国际组织和涉水机构的近 600 位国际代表，以及国内约 700 位水利行业人士参加大会。

水利部部长李国英与亚洲水理事会主席尹锡大共同签署《北京宣言——第三届亚洲国际水周亚洲水声明》，呼吁共同应对气候变化、城市化加速和人口增长带来的水问题，通过创新驱动、国际合作和知识共享寻找解决方案，促进可持续发展，保障亚洲以及全球的未来水安全。

本届大会包含"亚洲水问题""亚洲水声明""水项目商业论坛"三大主体活动，设置"水战略与水政策创新""数字孪生赋能智慧水利""气候变化与涉水灾害""水与粮食能源安全""水与流域生态系统""知识集成与传播"六大议题，以促进国际水社会深入交流、深化合作，共同谱写构建人类命运共同体的水治理新篇章。

亚洲国际水周于 2017 年正式启动，每三年召开一次，旨在交流共享亚洲水问题的实用解决方案、宣传和推广亚洲水治理成果，将亚洲水事务提升至全球水议程。

（记者　陈晨，2024 年 9 月 26 日刊发）

《经济日报》｜第三届亚洲国际水周在北京开幕

以"共促未来水安全"为主题的第三届亚洲国际水周 24 日在北京开幕。开幕式上，水利部部长李国英与亚洲水理事会主席尹锡大共同签署《北京宣言——第三届亚洲国际水周亚洲水声明》，呼吁共同应对气候变化、城市化加速和人口增长带来的水问题，通过创新驱动、国际合作和知识共享寻找解决方案，促进可持续发展，保障亚洲以及全球的未来水安全。

亚洲国际水周是亚洲水理事会的旗舰活动，于 2017 年正式启动，每三年召开一次，由亚洲水理事会和主办国相关单位联合举办，旨在交流共享亚洲水问题的实用解决方案、宣传和推广亚洲水治理成果，将亚洲水事务提升至全球水议程。

据了解，本届大会由中国水利部和亚洲水理事会共同主办，中国水利水电科学研究院牵头承办。来自 70 个国家和地区、20 余个国际组织和涉水机构近 600 位国际代表，以及国内约 700 位水利行业人士参加大会。本届大会包含"亚洲水问题""亚洲水声明""水项目商业论坛"三大主体活动，设置"水战略与水政策创新""数字孪生赋能智慧水利""气候变化与涉水灾害""水与粮食能源安全""水与流域生态系统""知识集成与传播"六大议题，以促进国际水社会深入交流、深化合作，共同谱写构建人类命运共同体的水治理新篇章。

（记者　吉蕾蕾，2024 年 9 月 24 日刊发）

《经济日报》｜亚洲水理事会第 21 次董事会会议在北京召开

9 月 23 日，亚洲水理事会第 21 次董事会会议在北京召开。

水利部部长李国英表示，在全球气候变化和人类活动影响加剧的双重作用下，包括亚洲在内的世界各国普遍面临更趋严峻的水安全风险挑战，保护好、利用好珍贵的水资源是各国的共同使命。中国水利部深入贯彻落实"节水优先、空间均衡、系统治理、两手发力"治水思路，统筹高质量发展和高水平安全，统筹解决水灾害、水资源、水生态、水环境问题，水旱灾害防御能力不断提升，水资源利用方式实现转变，水资源配置格局持续优化，江河湖泊面貌逐步改善，中国治水取得历史性成就、发生历史性变革。

李国英指出，亚洲水理事会是亚洲各国在水治理领域合作交流的重要平台，中国水利部将在全球发展倡议、全球安全倡议、全球文明倡议引领下，与亚洲水理事会及各董事单位一道，凝聚共识、团结合作，应对挑战、共促发展。

亚洲水理事会主席尹锡大表示，亚洲水理事会自成立以来，始终秉持使命和愿景，在水资源管理领域持续发声，积极推动解决亚洲水问题。未来，希望亚洲各国继续加强合作，共同应对气候变化背景下的水挑战。

印尼公共工程与住房部部长巴苏基、乌兹别克斯坦水利部部长哈姆拉耶夫、世界水理事会主席福勋等高级别代表出席会议并致辞。

据了解，亚洲水理事会成立于 2016 年，目前共有来自 25 个国家的 168 个会员单位，旨在加强亚洲水利机构务实合作，推动亚洲国家实现联合国 2030 年可持续发展议程涉水目标。

（记者　吉蕾蕾，2024 年 9 月 24 日刊发）

《经济日报》｜第三届亚洲国际水周在京闭幕

在刚刚闭幕的第三届亚洲国际水周成果介绍新闻发布会上，水利部副部长李良生介绍，本届水周以"共促未来水安全"为主题，举行了开闭幕式、3 场全体大会、56 场平行会议、13 场多双边水利国际合作机制性会议。

本届水周首次以《北京宣言》的形式发布《亚洲水声明》。《北京宣言》高度认同中国"节水优先、空间均衡、系统治理、两手发力"的治水思路，充分吸收数字孪生水利等中国治水智慧和方案，可为破解亚洲各国普遍关心的水问题提供可行、适用的中国治水良策。

（记者　吉蕾蕾，2024 年 9 月 29 日刊发）

《中国日报》| Sustainability promoting is applauded to research center

Officials have lauded the International Research and Training Center on Erosion and Sedimentation for its significant contribution to promoting sustainability, especially as the threat from the global climate crisis looms larger.

They made the remarks in a Monday event in Beijing to celebrate the 40th anniversary of the center, which was jointly established by the Chinese government and the United Nations Educational, Scientific, and Cultural Organization on July 21, 1984.

Since its founding, IRTCES has devoted itself to research and training to solve scientific and engineering problems related to erosion and sedimentation. It has conducted many international and domestic technical cooperative research and consulting programs and projects in this regard and organized international and domestic training courses, symposiums, and workshops.

Sediment and soil erosion are not just technical issues. They are existential threats to food security, human livelihoods, and the health of our ecosystems, UN Resident Coordinator in China Siddharth Chatterjee stressed when addressing the event.

The loss of fertile topsoil, the clogging of waterways and the destruction of agricultural land all contribute to a vicious cycle that worsens poverty, decreases food security, displaces communities and destabilizes these regions. "This is why the work of IRTCES has been vital," he noted.

Over the past four decades, IRTCES has brought together experts and contributed to global research and capacity building in erosion and sedimentation management by developing cutting-edge tools for monitoring sediment transport, the UN official said. To provide crucial training programs, it has played a key role in supporting countries around the world in managing their natural resources and sustainability.

"Today, as we reflect on these achievements, we must also look ahead to the challenges that remain as we approach the deadline for the sustainable development goals. Climate change continues to exacerbate soil erosion with more intense storms, rising sea levels and changing precipitation patterns," he emphasized.

"As these challenges intensify, the need for integrated, innovative solutions becomes even more urgent... We all have a responsibility to future generations to safeguard the health of our planet, soil and water systems," he said.

Li Liangsheng, Vice Minister of Water Resources, has especially highlighted the role of IRTCES in promoting technological advancement and academic exchange in the domain of erosion and sedimentation management.

The center has hosted over 50 international training sessions, with more than 5,000 participants from over 40 countries across five continents, he said.

"This has provided valuable experiences for global sediment management research and decision-making in addressing the issue, offering robust technical support for socioeconomic development, and the construction of ecological civilization in China and across the globe," he said.

By hosting many international seminars on the management of river sediment, estuary and conservation of water and soil, the center has established a global academic exchange platform for sediment and soil erosion research, he said.

To date, IRTCES has signed over 10 cooperation agreements with more than 50 countries, international organizations, research institutions, universities, and other category 2 centers under the auspices of UNESCO, he disclosed, adding it has been visited by over 2,000 international representatives.

（2024 年 9 月 23 日刊发）

《中国日报》｜第三届亚洲国际水周在京开幕

9 月 24 日，以"共促未来水安全"为主题的第三届亚洲国际水周（3rd AIWW）在北京开幕。本届大会由中国水利部和亚洲水理事会共同主办，中国水利水电科学研究院牵头承办。来自 70 个国家和地区、20 余个国际组织和涉水机构近 600 位国际代表以及国内约 700 位水利行业人士参加大会。中国水利部部长李国英出席开幕式并作主旨报告，中国水利部副部长李良生主持开幕式。

开幕式上，亚洲水理事会主席尹锡大、世界水理事会主席洛克·福勋、联合国驻华协调员常启德先后致辞。印尼公共工程与住房部部长巴苏基·哈迪穆尔约诺，东帝汶农业、畜牧业、渔业和林业部部长马科斯·达克鲁斯，乌兹别克斯坦水利部部长沙夫卡特·哈姆拉耶夫，沙特水务局局长阿卜杜拉·阿卜杜勒卡里姆，柬埔寨水资源与气象部国务秘书安·皮奇·哈达，吉尔吉斯斯坦水利、农业和加工业部副部长苏克耶夫，老挝自然资源与环境部副部长查特奈特·博拉塔，马来西亚能源及水务转型部副部长阿克玛先后作部长级发言。

亚洲水理事会秘书长赵镕德、中国水利部国际合作与科技司司长金海共同介绍《北京宣言——第三届亚洲国际水周亚洲水声明》的发布背景和主要内容。李国英与尹锡大共同签署《北京宣言——第三届亚洲国际水周亚洲水声明》，呼吁共同应对气候变化、城市化加速和人口增长带来的水问题，通过创新驱动、国际合作和知识共享寻找解决方案，促进可持续发展，保障亚洲以及全球的未来水安全。

亚洲国际水周是亚洲水理事会的旗舰活动，于 2017 年正式启动，每三年召开一次，由亚洲水理事会和主办国相关单位联合举办，旨在交流共享亚洲水问题的实用解决方案、宣传和推广亚洲水治理成果，将亚洲水事务提升至全球水议程。本届大会包含"亚洲水问题""亚洲水声明""水项目商业论坛"三大主体活动，设置"水战略与水政策创新""数字孪生赋能智慧水利""气候变化与涉水灾害""水与粮食能源安全""水与流域生态系统""知识集成与传播"六大议题，以促进国际水社会深入交流、深化合作，共同谱写构建人类命运共同体的水治理新篇章。

（2024 年 9 月 24 日刊发）

《中国日报》 | Water security solutions are worth sharing

China's successes in tackling flooding, conserving water and building smart irrigation systems are worth sharing with other countries as climate change and rapid urbanization exacerbate water issues around the world, experts said on Tuesday.

Yun Seog-dae, President of the Asia Water Council, said that Asian countries are particularly vulnerable to water problems, with collaboration and knowledge sharing playing an important role in helping to advance sustainable development.

He spoke during the opening ceremony of the Third Asia International Water Week in Beijing on Tuesday.

Water Resources Minister Li Guoying said in his keynote speech that water security risks have emerged as a global challenge under the twin effects of climate change and human activities.

"China is confident and capable of coping with severe water security issues and is willing to share its experiences and action plans with the rest of the world," he said.

For instance, as flooding has become increasingly acute and abnormal in recent years, Li said that China has built a flood control system comprising reservoirs, embankments and flood storage areas, and has also enhanced its rainwater monitoring, forecasting and early warning abilities.

"In the past decade, the proportion of flood disaster losses to gross domestic product dropped from 0.51 percent to 0.24 percent," he said. "This year, China's major rivers have experienced 25 significant flood events — the highest since records began in 1998 — and effective measures have been implemented to protect people's lives and properties and minimize related losses."

Li said that China, with only 6 percent of the world's freshwater resources, has succeeded in ensuring water supply for nearly 20 percent of the global population and generating over 18 percent of the world's economic output.

He attributed the success to promoting water conservation across all aspects of society and constructing an efficient, safe and intelligent national water resources network.

Li added that China has advanced modernization of irrigation areas and improved agricultural water conservancy infrastructure to make them more automated, efficient, precise and intelligent.

"In 2022, the Yangtze River region — a conventional area with abundant water resources — experienced its most severe drought since 1961," he said.

"Through scientific management, we precisely controlled 75 large and medium-sized reservoirs to meet irrigation needs for 12.2 million hectares of autumn grain crops and achieved a bountiful harvest that year."

Based on Chinese experiences, Li called on all Asian countries to promote comprehensive innovative efforts such as proactively improving water conservancy infrastructure and strengthening research into early warnings of flooding and droughts, water conservation technologies and the protection and restoration of river and lake ecosystems.

On Tuesday, Yun and Li jointly signed a document called the Beijing Declaration that calls for innovation-driven and cooperative solutions to address water problems.

（2024 年 9 月 25 日刊发）

《中国日报》 | Global meeting paves new path to address water issues

The Third Asia International Water Week, which concluded in Beijing on Thursday, has paved the way for deeper cooperation aimed at addressing Asian and global water problems in the future, said officials.

Li Liangsheng, Vice Minister of China's Ministry of Water Resources, said that representatives from different countries put forward constructive solutions for severe water issues facing Asia and the world during the four-day event.

The event consolidated a lot of consensus on the next steps for global collaboration and provided a new opportunity for regional and global cooperation in the field of water resources in the future, he said during a news conference on Thursday.

The Asia International Water Week is a triennial gathering for officials and experts to seek tangible implementation for resolving Asian water problems.

This year, the event was jointly held by China's Ministry of Water Resources and the Asia Water Council. Nearly 1,300 personnel from government departments, research institutes, universities, water-related enterprises and international organizations participated in the event, including about 600 foreign representatives.

Duan Hong, Secretary General of the Chinese Hydraulic Engineering Society, said that during the event, the Beijing Declaration — a document that urges global cooperation to tackle water problems caused by climate change, accelerated urbanization and population growth — had been signed.

Efforts had also been made to advance compilation of a report on water-related innovations and technologies led by the United Nations Educational, Scientific and Cultural Organization, he said.

Duan added that the event saw the signing of over ten bilateral or multilateral cooperation agreements. A number of Chinese institutes also signed cooperation memorandums, technical contracts and cooperation agreements with foreign countries such as Thailand, Malaysia and South Korea.

"This has laid a solid foundation for promoting high-quality construction of China's Belt and Road Initiative and facilitating water-related cooperation between China and various Asian countries, and even globally," he said.

（2024 年 9 月 27 日刊发）

《中国日报》 | Can water security in Asia be ensured?

The main theme of the 3rd Asia International Water Week, being held in Beijing from Tuesday to Saturday, is enhancing water security in Asia. As the lead organizer of the meeting, the Institute of Water Resources and Hydropower Research of the Ministry of Water Resources of China, a leading global institute for water-related research, has taken a timely step toward securing water resources in the region.

If one picks a newspaper on any day in any Asian city, there is likely to be at least one report on water-related issues, either on too much or too little water, unreliable availability of water, water quality-related issues, or socioeconomic and political institutions or environmental implications. Global warming has made water management increasingly more complex and a problem very difficult to solve.

Both among water professionals and in the media there are often extensive discussions on national and international water crises. However, all water problems and their solutions are local. There may be a few common aspects but the contexts of and solutions to the water problems differ from one country to another. In large and medium-sized countries, water problems and their solutions often differ from one part of the country to another. It is the context that dictates the correct solutions.

Take China for example. The water problems faced by Beijing and their solutions are likely to be different from those faced by the Inner Mongolia autonomous region for numerous reasons, including the levels and structures of population, urbanization, hydro-climatic conditions, financial and institutional capacities, historical water management practices, and cultural and social backgrounds. Accordingly, solutions that may work very well in one part of China, may not work in other parts of the country.

Some three to four decades ago, water professionals realized that in terms of solutions, one size does not fit all. Even then, many institutions, both national and international, are still proposing universal solutions to water problems, irrespective of the contexts of the problems. Not surprisingly, these universal solutions have been, for the most part, failures.

The water problems of each Asian country, or different parts of one country, are specific to it, and cannot be generalized into one set of conditions where one universal solution would be applicable. Consider Japan and the Republic of Korea. An important water-related issue for them is their steadily declining populations in recent decades, due to which these two countries are trying to find ways to downsize their water utilities, especially in medium-sized urban centers.

Throughout recorded history, water utilities had to expand progressively as a country's population increased. Business models were developed to provide increasing water supply for an increasing number of users.

In contrast, in Asian countries such as Bangladesh, Brunei, India, Indonesia and Malaysia, the populations are steadily increasing. And in the absence of proper demand management policies, water requirements for all purposes are going up.

Therefore, the water problems of Japan and the Republic of Korea and their solutions have to be very different from those of Bangladesh, India or Indonesia. As we enter the second quarter of the 21st century, there cannot be a universal solution to the water problems faced by different Asian countries.

In this context, China's water management policies and practices in the post-2000 period have undergone a remarkable change up to about 2000, China's water management was similar to those of most other developing countries in Asia.

However, developments since 2000 have radically improved China's water management practices. For example, in the post-2000 period, China's top policy- and decision-makers, unlike those of many other developing (and some developed) countries, have consistently focused on addressing water-related issues.

President Xi Jinping has been consistently highlighting the importance of water- and environment-related issues and ways to address them. This interest can be seen in the book, Water Governance in China — Perspectives of Xi Jinping, published by the Ministry of Water Resources earlier this year.

An important aspect of President Xi's thinking is that the development policies and solutions should have unique Chinese characteristics. This includes water problems and their solutions. Water management practices must be ideally suited to China's culture, real conditions and development requirements. Among the many new water management practices China has formulated and implemented in recent years are sponge cities, river chiefs, digital twins, revitalization of China's "mother rivers", and improving water quality.

As a direct result of consistent high-level political interest in water, China's management practices have radically improved over the past two decades. Consequently, the country has improved its water management practices from being similar to an average developing country to becoming one of the most innovative and effective in the world.

The 3rd Asia International Water Week provides its participants from other Asian countries with an opportunity to reflect upon why China's water management has significantly improved over the past two decades. Asia's water problems are solvable, provided two important conditions are fulfilled. First, water issues must receive strong and consistent attention from national leaders. Second, each country must develop solutions that reflect its national characteristics. If Asian countries can meet these two conditions, they can address their respective water problems in the next two decades.

（2024 年 9 月 24 日刊发）

《科技日报》｜十年来全国治理水土流失面积 62万平方公里

23日，国际泥沙研究培训中心成立40周年 泥沙与土壤侵蚀国际研讨会在北京举办。会上，记者了解到，党的十八大以来，我国开展大规模江河湖库治理、水土保持和生态环境保护。十年来，全国共治理水土流失面积62万平方公里。

水利部副部长李良生介绍，近年来，随着大规模江河湖库治理、水土保持和生态环境保护工作的开展，中国水土流失面积持续下降，水土保持率持续提升，河湖生态持续改善，水土保持措施年均减少土壤流失16亿吨。

为应对世界性泥沙难题，1984年，中国政府与联合国教科文组织在北京建立了国际泥沙研究培训中心，成为联合国教科文组织在全球设立的第一个二类中心，也是中国水利行业第一个国际中心。

研讨会上，中国科学院教育部水土保持与生态环境研究中心研究员邵明安分享了其团队关于黄土高原植被建设与土壤水分消耗的研究成果。他建议，黄土高原未来的植被建设应该以水定植、合理配置、科学管理，从而提升植被建设这一接近自然解决方案在区域土壤侵蚀和泥沙控制上的效能。

（记者 付丽丽，2024年9月24日刊发）

《科技日报》｜干旱和洪水在全球已是同一场战斗　专家呼吁：必须携起手来共同应对

"干旱和洪水在全球已是同一场战斗，这将在创新、金融、治理方面产生重要影响。"9月24日，在由中国水利部与亚洲水理事会联合举办的第三届亚洲国际水周开幕式上，世界水理事会主席洛克·福勋在致辞时说。

洛克·福勋表示，世界存在干旱区和湿润区两个区域，不仅湿润区存在与水相关的灾难，干旱区也同样存在，从这个意义上讲，干旱和洪水均是围绕水资源安全而展开的。随着世界人口的不断增长，水资源短缺问题将更加凸显，如何应对水危机将成为各国面临的共同问题。因此，各国要节约用水，要采用新技术回收废水，重复利用水资源，因地制宜地进行可持续的水资源管理。

本届亚洲水周的主题是"共促未来水安全"。亚洲水理事会主席尹锡大认为，水问题是全球问题、区域问题，亚洲国家面临更严峻的水资源挑战，各国必须联手共同应对，要强化各国之间的合作，共享水问题解决方案，推动可持续发展。

联合国驻华协调员常启德表示，水资源缺乏问题在全球愈演愈烈，水安全问题备受关注。目前，全球22亿人缺乏安全的饮用水。亚洲水挑战更严重，多国出现缺水问题。中国在水资源保护、水平衡发展方面做得很好，水治理经验值得借鉴推广。

中国水利部部长李国英指出，在全球气候变化和人类活动影响加剧的双重作用下，包括亚洲在内的世界各国普遍面临更趋严峻的水安全风险挑战，保护好、利用好珍贵的水资源是各国的共同使命。

"亚洲各国山水相连、人文相亲，是你中有我、我中有你的命运共同体。"李国英说，着眼当前亚洲各国共同面临的水安全风险挑战，基于中国治水实践和治水经验，他提出四点倡议。

在协同推进理念创新方面，转变传统治水思路，坚持节水优先、空间均衡、系统治理、两手发力，以新的理念谋划治水方略、制定治水政策，开创亚洲水治理新局面。

在协同推进治理创新方面，积极探索制度变革，充分发挥政府和市场的作用，适度超前完善水利基础设施体系，最大限度减轻气候变化带来的水灾害影响，推动实现人人普遍和公平获得安全和负担得起的饮用水目标，共同维护人水和谐共生的美好家园。

在协同推进科技创新方面，坚持科技开放合作，强化洪旱灾害预报预警、超标准洪水下的库坝安全保障、水资源节约集约利用、河湖生态保护与修复等问题的研究和创新协作，加快发展水利新质生产力，大力推动数字孪生水利建设，提升水治理管理数字化、网络化、智能化能力。

在协同推进合作创新方面，充分发挥亚洲水理事会和亚洲国际水周等平台作用，坚持平等协商、交流互鉴、合作共赢，积极推动知识交流、项目合作、人才培养和能力建设，推动亚洲水治理领域合作走深走实。

（记者　付丽丽，2024 年 9 月 24 日刊发）

《工人日报》｜第三届亚洲国际水周在北京开幕

第三届亚洲国际水周 9 月 24 日在北京开幕，以"共促未来水安全"为主题，共商水治理良策，携手应对水安全风险挑战。水利部部长李国英出席开幕式并作主旨报告，与亚洲水理事会主席尹锡大共同签署《北京宣言——第三届亚洲国际水周亚洲水声明》。

李国英在主旨报告中指出，兴水利、除水害，一直都是治国安邦的大事。在可以预见的未来，随着全球气候变化影响加剧，水安全风险日益成为全球性挑战，各国都在积极探索和寻找可资借鉴的治水理念、治水方案。

李国英基于中国治水实践和治水经验，提出四点倡议。一是协同推进理念创新，坚持"节水优先、空间均衡、系统治理、两手发力"治水思路，以此指引谋划治水方略、制定治水政策；二是协同推进治理创新，适度超前完善水利基础设施体系，推动实现人人普遍和公平获得安全和负担得起的饮用水目标，共同维护人水和谐共生的美好家园；三是协同推进科技创新，强化涉水科技问题研究和创新协作，加快发展水利新质生产力，大力推动数字孪生水利建设，提升水治理管理数字化、网络化、智能化能力；四是协同推进合作创新，充分发挥亚洲水理事会和亚洲国际水周等平台作用，积极推动知识交流、项目合作、人才培养和能力建设。

李国英表示，中国水利部将以进一步全面深化改革为动力，同各国和国际组织一道，在全球发展倡议、全球安全倡议、全球文明倡议引领下，携手共促未来水安全，为推动实现联合国 2030 年可持续发展议程涉水目标、共同谱写推动构建人类命运共同体的水治理新篇章作出更大贡献。

开幕式上，亚洲水理事会主席尹锡大，世界水理事会主席福勋，联合国驻华协调员常启德，印尼公共工程与住房部部长巴苏基，东帝汶农业、畜牧业、渔业和林业部部长达克鲁斯，乌兹别克斯坦水利部部长哈姆拉耶夫，沙特水务局局长阿卜杜勒卡里姆，柬埔寨水资源与气象部国务秘书哈达，吉尔吉斯斯坦水利、农业和加工业部副部长苏克耶夫，老挝自然资源与环境部副部长博拉塔，马来西亚能源及水务转型部副部长阿克玛先后致辞，充分认同中国的治水思路，高度赞赏中国在保障水安全方面取得的成效和经验，呼吁亚洲各国持续加强水合作，共同应对水挑战，提升水治理能力和水平。

作为本届亚洲国际水周的主要成果，《北京宣言》以亚洲各国最关注的水问题为重点，积极响应 2023 年联合国水大会通过的《水行动议程》，围绕"水战略与水政策创新""数字孪生赋能智慧水利""气候变化与涉水灾害""水与粮食能源安全""水与流域生态系统""知识集成与传播"六大议题作出承诺，强调付诸实际行动，以保障亚洲以及全球的未来水安全。

（2024 年 9 月 25 日刊发）

《农民日报》｜第三届亚洲国际水周在北京开幕

9月24日，由中国水利部和亚洲水理事会共同主办，中国水利水电科学研究院牵头承办的第三届亚洲国际水周（3rd AIWW）在北京开幕，来自70个国家和地区、20余个国际组织和涉水机构近600位国际代表以及国内约700位水利行业人士参加大会。

开幕式上，亚洲水理事会主席尹锡大、世界水理事会主席洛克·福勋、联合国驻华协调员常启德先后致辞。印尼公共工程与住房部部长巴苏基·哈迪穆尔约诺，东帝汶农业、畜牧业、渔业和林业部部长马科斯·达克鲁斯，乌兹别克斯坦水利部部长沙夫卡特·哈姆拉耶夫，沙特水务局局长阿卜杜拉·阿卜杜勒卡里姆，柬埔寨水资源与气象部国务秘书安·皮奇·哈达，吉尔吉斯斯坦水利、农业和加工业部副部长苏克耶夫，老挝自然资源与环境部副部长查特奈特·博拉塔，马来西亚能源及水务转型部副部长阿克玛先后作部长级发言。

亚洲水理事会秘书长赵镕德、中国水利部国际合作与科技司司长金海共同介绍《北京宣言——第三届亚洲国际水周亚洲水声明》的发布背景和主要内容。中国水利部部长李国英与亚洲水理事会主席尹锡大共同签署《北京宣言——第三届亚洲国际水周亚洲水声明》，呼吁共同应对气候变化、城市化加速和人口增长带来的水问题，通过创新驱动、国际合作和知识共享寻找解决方案，促进可持续发展，保障亚洲以及全球的未来水安全。

亚洲国际水周是亚洲水理事会的旗舰活动，于2017年正式启动，每三年召开一次，由亚洲水理事会和主办国相关单位联合举办，旨在交流共享亚洲水问题的实用解决方案、宣传和推广亚洲水治理成果，将亚洲水事务提升至全球水议程。

本届大会以"共促未来水安全"为主题，包含"亚洲水问题""亚洲水声明""水项目商业论坛"三大主体活动，设置"水战略与水政策创新""数字孪生赋能智慧水利""气候变化与涉水灾害""水与粮食能源安全""水与流域生态系统""知识集成与传播"六大议题，促进国际水社会深入交流、深化合作，共同谱写构建人类命运共同体的水治理新篇章。

（2024年9月24日刊发）

《农民日报》｜第三届亚洲国际水周签署《北京宣言》

9月24日，在由中华人民共和国水利部与亚洲水理事会联合举办的第三届亚洲国际水周上，中国水利部部长李国英与亚洲水理事会主席尹锡大共同签署《北京宣言——第三届亚洲国际水周亚洲水声明》（以下简称《宣言》），以亚洲各国最关注的水问题为重点，强调实际行动与具体落实，呼吁共同应对气候变化、城市化加速和人口增长带来的水问题，通过创新驱动、国际合作和知识共享寻找解决方案，促进可持续发展，保障亚洲以及全球的未来水安全。

《宣言》中强调，面对气候变化、城市化加速和人口增长所带来的水问题，亚洲是高脆弱性地区。为应对多重水资源挑战，要通过创新驱动、国际合作和知识共享寻找解决方案，促进可持续发展。

围绕第三届亚洲国际水周的六大议题，参与者共同做出以下承诺：

水战略与水政策创新：面对变化环境下新的涉水挑战，树立节水优先理念，强化流域综合管理，提高用水效率，开发利用再生水等非常规水，实施可持续水价机制，采用政府与市场协同等灵活的融资方式推进水和卫生基础设施项目建设，倡导多利益相关方共同参与水治理。

数字孪生赋能智慧水利：推动水资源多元监测与感知，通过大数据、人工智能和数字孪生技术应用，发展智能大坝理论与实践，模拟和预测水资源动态变化，优化水资源配置与调度，加强水质监测与净化过程控制，全面提升水资源管理的精细化水平。

气候变化与涉水灾害：秉持人民至上、生命至上的理念，制定有效的灾害防御和气候变化适应战略，通过工程与非工程措施结合的方式应对流域洪水及山洪灾害，提升早期预警和预报系统，加强场景预演和预案编制，提升极端降雨事件中城市内涝应急处理能力，减轻气候变化导致的涉水灾害影响。

水与粮食能源安全：促进农业节水增效，引进先进、经济、高效的灌区开发技术，深入认识水—能—粮纽带关系，通过跨部门协作实现供水、能源与粮食安全，提升绿色、可持续水电的优化调控功能，通过水风光一体化开发促进能源绿色转型和碳减排。

水与流域生态系统：认可"绿水青山就是金山银山"理念，共同践行河流伦理，推动人与自然和谐共生，强化河湖生态流量与河湖健康管理，在生态系统修复中提倡基于自然的解决方案，让河流恢复生命、流域重现生机。

知识集成与传播：充分调动各利益相关方参与积极性，面向年轻一代开展水科普教育，针对社会机构持续推进能力建设和技术转化，鼓励政策制定者共享治水优秀实践经验和专业知识，挖掘、保护、传承与弘扬水文化。

（记者　李锐，2024 年 9 月 25 日刊发）

《农民日报》｜管理　创新　合作——第三届亚洲国际水周部长级发言摘要

当前，人类正在通过过度水消耗和不可持续的水利用，在使人类水资源枯竭，这会影响到人类的生存，对人类的健康、食品安全、粮食安全、能源和和平都带来巨大的威胁。目前，全球有22亿人缺乏安全饮用水，在亚洲这里有一半的世界人口，许多国家的人民都面临着水缺乏、水资源分配不公平、不均衡的问题。

如何应对日益严峻的水挑战？正如世界水理事会主席洛克·福勋所说：我们也要成为全球和平和水资源共同发展的卫士，共促未来水安全。在金秋9月下旬举行的第三届亚洲国际水周上，亚洲各国政府涉水部门部长共同寻求创新解决方案，促进亚洲地区及全世界水资源可持续利用和水安全保障能力的提升。

中华人民共和国水利部部长李国英：

亚洲各国山水相连、人文相亲，是你中有我、我中有你的命运共同体。着眼当前亚洲各国共同面临的水安全风险挑战，基于中国治水实践和治水经验，我们提出四点倡议：

一是协同推进理念创新。转变传统治水思路，坚持节水优先、空间均衡、系统治理、两手发力，以新的理念谋划治水方略、制定治水政策，开创亚洲水治理新局面。

二是协同推进治理创新。积极探索制度变革，充分发挥政府和市场的作用，适度超前完善水利基础设施体系，最大限度减轻气候变化带来的水灾害影响，推动实现人人普遍和公平获得安全和负担得起的饮用水目标，共同维护人水和谐共生的美好家园。

三是协同推进科技创新。坚持科技开放合作，强化洪旱灾害预报预警、超标准洪水下的库坝安全保障、水资源节约集约利用、河湖生态保护与修复等问题的研究和创新协作，加快发展水利新质生产力，大力推动数字孪生水利建设，提升水治理管理数字化、网络化、智能化能力。

四是协同推进合作创新。充分发挥亚洲水理事会和亚洲国际水周等平台作用，坚持平等协商、交流互鉴、合作共赢，积极推动知识交流、项目合作、人才培养和能力建设，推动亚洲水治理领域合作走深走实。

印度尼西亚公共工程与住房部部长巴苏基：

我们在重建新首都努桑塔拉的过程中，为了保障水安全，采纳了森林智能城市概念，这种方法确保了我们的基础设施在水供应需求和气候相关灾害所带来的不确定性之间保持微妙的平衡。

因此，我们在下游山区成功建造了 15 座综合小型水库和 4 座蓄水池，这些水库和蓄水池作为水源保护的设施，提供非饮用源水、景观美学、公共休闲空间和蓝色开放空间，以创造舒适的湿度，并降低周围的温度。这一系统既支持水资源的保护，也支持自然栖息地和公共空间的保护。该系统的一个创新特征，包括蓄水池之间的互联供水传输和智能灌溉技术，确保景观和河岸地区的高效用水，同时依托水库和蓄水池中的水位和水质传感器运行，根据需要自动调节供水传输。

尽管取得了一些进展，但我们认识到仍然有许多工作要做，我们承诺要继续努力与我们的邻国和国际社会紧密合作，弥合这些差距，为所有人确保一个可持续的水未来。

东帝汶农业、畜牧业、渔业和林业部部长达克鲁斯：

东帝汶是一个以农业为主的国家，农业维持着 69% 以上人口的生计。2023 年，我们只耕种了 2.6 万公顷的稻田和 3.4 万公顷左右的玉米，而利用不足的主要原因是我们获得水资源的渠道十分有限，尤其是我们缺乏可靠的灌溉系统。此外，由于缺乏基础设施，譬如像水坝和水库等基础设施，也阻碍了有效的水资源管理。

东帝汶政府也已经采取解决缺水问题的许多措施，对全国 15 条河流进行了初步研究，确定潜在建设大坝地点，这些研究已经确定了 3 条十分适合修建大坝的河流，目前我们正在进行可行性研究。我们现在要在农业、畜牧业、渔业和林业部门推广智能的农业做法，这将是我们最重要的工作之一，这样的做法能够帮助我们节约用水，改善土壤健康，提高农作物的韧性。具体来说包括雨水收集、梯田耕种和使用耐旱作物品种，这些有助于减轻缺水所带来的风险。除此之外，我们也正在促进农林业重新植树造林的举措，恢复退化的土地，保护水源，通过减少径流和增加地下水的补给，实现更为优化的水循环调节，通过植树造林的计划，我们的目标是恢复流域面积，减少土壤侵蚀，提高保水性，从而确保水资源能够得到充分的保护，造福子孙后代。

乌兹别克斯坦水利部部长哈姆拉耶夫：

我们落实 2022—2026 年乌兹别克斯坦发展新战略当中有关于水资源管理改革和节水技术普及的国家纲要，相关的政府决议规定在今年要加大财政支持，对大型水库和水渠进行混凝土加固工作。根据 2024 年 1 月份乌兹别克斯坦总统令，我们成立了一个专门的国家机构来提供水服务，这个专门的机构主要是推广节水灌溉技术，并且为相关的节水技术项目提供相关的优惠信贷支持，并且向农业生产者提供补贴和优惠。乌兹别克斯坦还制定了近期、长期和中期的水资源管理主要目标，希望国际开发性金融机构能够为我们相关的项目提供支持，能够进一步拓展 PPP 模式的合作，提升水资源管理系统改革效率和运作效率。我们还对本国的水管理系统和节水系统进行了充分的现代化改造，为了进一步提升农业领域水资源利用的效率，提升土地灌溉效率，在乌兹别克斯坦所有地区都建立了专门的水专家培养学校，在这个学校的基础上我们经常会举办相关的培训和人才培养。我们也会同邻国进行合作，每年大概有 70 亿立方米的水资源在我们积极有效的管理下得到充分利用。

目前，乌兹别克斯坦在双边和多边层面上同邻国进行紧密合作，同邻国就跨境和取水工作和取水总量进行密集磋商，并且达成了积极成果，这有助于相关邻国高效利用节水技术。我们也清楚地意识到，只有中亚国家共同努力才能够加强合作，实现中亚的水安全、环境稳定和社会可持续发展，这也符合我们各国的根本利益。

沙特水务局局长阿卜杜拉·阿卜杜勒卡里姆：

沙特王国坐落在世界上最干旱的地区，为此，我们采取了一套综合的方法来管理水资源，来平衡经济、社会和环境的需要。该战略最重要的目标是重组水务部门，组织和治理水资源供应链，提高能力、增长经验，并且支持可持续的研究和创新；创建与私营部门在生产、运输、储存、分配和再利用方面的合作模式，来提高效率，减少不可再生水资源的消耗，为民众提供更好的服务。

当前，世界正在面临着与水资源相关的种种挑战。因此，沙特王国积极与亚洲的合作伙伴建立投资关系，加强产业供应链合作和战略合作，并且借鉴各国在规划与管理水资源领域的先进经验，这是因为水资源是我们经济发展的重要推动因素。

我想强调，国际合作对实现可持续发展目标极其重要。各国应该重视对科研的投资，支持发展先进技术，并且交流在水资源管理和服务方面的实践经验。对于发达国家和发展中国家而言，提供清洁、安全的水源，始终是保障公众健康、推动经济发展，实现社会繁荣的基础。

吉尔吉斯斯坦水利、农业和加工业部副部长苏克耶夫：

近年来，我们非常重视水资源管理设施建设，对于吸引灌溉领域的投资也非常感兴趣，这些投资将用于水库建设、灌溉设施修复和现代化改造工程，其中也包括建设一些水净化的设施。此外，我们需要建造一些小型的水库，从而能够减少水资源的流失，现代节水设施对我们来说是至关重要的，从而更能有效地管理水资源。

吉尔吉斯斯坦是一系列河流的上游，我们倍感水资源管理和节水的责任重大，我们可以以河流上游国家的身份跟你们共同探讨高效管理利用水资源和制定措施来开展节水合作。

老挝自然资源与环境部副部长博拉塔：

自 2016 年澜沧江湄公河的合作机制成立以来，6 个湄公河澜沧江成员国在中国的大力支持和领导下，在水资源领域的培训、会议和论坛等方面取得了重大进展，我们 6 个湄公河澜沧江合作成员国获得了大量帮助。因此，我们十分感谢在此机制基础上所开展的农村供水试点合作，这种合作伙伴关系将是我们希望的灯塔。

水资源管理是一项集体的责任，它需要从政府到民间社会的所有利益相关方共同参与，并且需要我们尤其关注穷人、弱势群体的需求，只有采取包容性的水资源管理，才能实现水安全的加强，维护社会和经济发展的有序进行。

马来西亚能源及水务转型部副部长阿克玛副部长：

公平获得水这样的需要仍然是一个紧迫问题，城市地区可能享有更好的基础设施，农村社区他们在获得清洁用水方面往往面临着重大挑战，我们必须要确保水治理框架能够解决供水方面的差异，并促进社会公平。

马来西亚致力于采取果断行动，行动计划将关注三个关键领域：一是加强应对气候变化的韧性。我们将加强气候适应战略，确保水系统能够承受气候变化的影响，这包括投资绿色基础设施，帮助管理和改善水质。二是加强水质管理。我们将实施更严格的污染控制条例，并促进可持续的农业实践和做法，以减少径流。我们的目标是确保河流、湖泊和含水层免受污染，保障我们的生态系统和社区的健康。三是促进包容性水治理。我们将与当地社区，尤其是边缘化的群体接触，以确保在水治理决策层当中他们的声音能够被人们听取，通过促进参与性的方法，可以创造更加公平有效的水资源管理战略。

共促未来水安全的旅程是一个集体的旅程，它需要我们合作、创新和对可持续发展的共同承诺，进一步努力为所有人建设一个有韧性和安全的水资源未来。

（记者　李锐、王子涵，2024 年 9 月 26 日刊发）

《法治日报》｜第三届亚洲国际水周在京开幕

9 月 24 日，以"共促未来水安全"为主题的第三届亚洲国际水周（3rd AIWW）在北京开幕。本届大会由中国水利部和亚洲水理事会共同主办，中国水利水电科学研究院牵头承办。来自 70 个国家和地区、20 余个国际组织和涉水机构近 600 位国际代表，以及国内约 700 位水利行业人士参加大会。中国水利部部长李国英出席开幕式并作主旨报告，中国水利部副部长李良生主持开幕式。

开幕式上，亚洲水理事会主席尹锡大、世界水理事会主席洛克·福勋、联合国驻华协调员常启德先后致辞。印尼公共工程与住房部部长巴苏基·哈迪穆尔约诺，东帝汶农业、畜牧业、渔业和林业部部长马科斯·达克鲁斯，乌兹别克斯坦水利部部长沙夫卡特·哈姆拉耶夫，沙特水务局局长阿卜杜拉·阿卜杜勒卡里姆，柬埔寨水资源与气象部国务秘书安·皮奇·哈达，吉尔吉斯斯坦水利、农业和加工业部副部长苏克耶夫，老挝自然资源与环境部副部长查特奈特·博拉塔，马来西亚能源及水务转型部副部长阿克玛先后作部长级发言。

亚洲水理事会秘书长赵镕德、中国水利部国际合作与科技司司长金海共同介绍《北京宣言——第三届亚洲国际水周亚洲水声明》的发布背景和主要内容。李国英与尹锡大共同签署《北京宣言——第三届亚洲国际水周亚洲水声明》，呼吁共同应对气候变化、城市化加速和人口增长带来的水问题，通过创新驱动、国际合作和知识共享寻找解决方案，促进可持续发展，保障亚洲以及全球的未来水安全。

亚洲国际水周是亚洲水理事会的旗舰活动，于 2017 年正式启动，每三年召开一次，由亚洲水理事会和主办国相关单位联合举办，旨在交流共享亚洲水问题的实用解决方案、宣传和推广亚洲水治理成果，将亚洲水事务提升至全球水议程。本届大会包含"亚洲水问题""亚洲水声明""水项目商业论坛"三大主体活动，设置"水战略与水政策创新""数字孪生赋能智慧水利""气候变化与涉水灾害""水与粮食能源安全""水与流域生态系统""知识集成与传播"六大议题，以促进国际水社会深入交流、深化合作，共同谱写构建人类命运共同体的水治理新篇章。

（记者 刘欣，2024 年 9 月 24 日刊发）

中国新闻社｜第三届亚洲国际水周在北京开幕

24 日，以"共促未来水安全"为主题的第三届亚洲国际水周（3rd AIWW）在北京开幕。

本届大会由中国水利部和亚洲水理事会共同主办。来自 70 个国家和地区、20 余个国际组织和涉水机构近 600 位国际代表以及约 700 位中国水利行业人士参加大会。

中国水利部部长李国英出席开幕式并作主旨报告，中国水利部副部长李良生主持开幕式。亚洲水理事会主席尹锡大、世界水理事会主席洛克·福勋、联合国驻华协调员常启德先后致辞。

亚洲水理事会秘书长赵镕德、中国水利部国际合作与科技司司长金海共同介绍《北京宣言——第三届亚洲国际水周亚洲水声明》的发布背景和主要内容。李国英与尹锡大共同签署《北京宣言——第三届亚洲国际水周亚洲水声明》，呼吁共同应对气候变化、城市化加速和人口增长带来的水问题，通过创新驱动、国际合作和知识共享寻找解决方案，促进可持续发展，保障亚洲以及全球的未来水安全。

据介绍，亚洲国际水周是亚洲水理事会的旗舰活动，于 2017 年正式启动，每三年召开一次，由亚洲水理事会和主办国相关单位联合举办，旨在交流共享亚洲水问题的实用解决方案、宣传和推广亚洲水治理成果，将亚洲水事务提升至全球水议程。

本届大会包含"亚洲水问题""亚洲水声明""水项目商业论坛"三大主体活动，设置"水战略与水政策创新""数字孪生赋能智慧水利""气候变化与涉水灾害""水与粮食能源安全""水与流域生态系统""知识集成与传播"六大议题，以促进国际水社会深入交流、深化合作，共同谱写构建人类命运共同体的水治理新篇章。

（记者　陈康亮，2024 年 9 月 24 日刊发）

中国新闻社｜亚洲水理事会第 21 次董事会会议在北京召开

亚洲水理事会第 21 次董事会会议 23 日在北京召开。

中国水利部部长李国英出席会议时表示，在全球气候变化和人类活动影响加剧的双重作用下，包括亚洲在内的世界各国普遍面临更趋严峻的水安全风险挑战，保护好、利用好珍贵的水资源是各国的共同使命。中国水利部统筹解决水灾害、水资源、水生态、水环境问题，水旱灾害防御能力不断提升，水资源利用方式实现转变，水资源配置格局持续优化，江河湖泊面貌逐步改善，中国治水取得历史性成就、发生历史性变革。

李国英指出，亚洲水理事会是亚洲各国在水治理领域合作交流的重要平台，中国水利部将在全球发展倡议、全球安全倡议、全球文明倡议引领下，与亚洲水理事会及各董事单位一道，凝聚共识、团结合作，应对挑战、共促发展。

亚洲水理事会主席尹锡大表示，亚洲水理事会自成立以来，始终秉持使命和愿景，在水资源管理领域持续发声，积极推动解决亚洲水问题。未来，希望亚洲各国继续加强合作，共同应对气候变化背景下的水挑战。

印尼公共工程与住房部部长巴苏基、乌兹别克斯坦水利部部长哈姆拉耶夫、世界水理事会主席福勋等高级别代表出席会议并致辞，共同表示，亚洲国家面临共同的水挑战，需要加强对话与合作，提升对水问题的重视程度，提高应对气候变化挑战的能力，为经济社会可持续发展作出积极贡献。

亚洲水理事会成立于 2016 年，目前共有来自 25 个国家的 168 个会员单位，旨在加强亚洲水利机构务实合作，推动亚洲国家实现联合国 2030 年可持续发展议程涉水目标。

（2024 年 9 月 24 日刊发）

中国新闻社｜联合国代表点赞在中国设立的泥沙中心：已成国际合作典范

23 日，在北京召开的国际泥沙研究培训中心（以下简称"泥沙中心"）成立四十周年　泥沙与土壤侵蚀国际研讨会上，联合国驻华协调员常启德和联合国教科文组织自然科学助理总干事莉迪亚·布里托同时在致辞中称，作为泥沙领域的领导者，泥沙中心已成为全球国际合作的典范，也是世界上其他地区已建立的 29 个涉水二类中心的榜样。

泥沙中心是联合国教科文组织（UNESCO）在全球设立的首个二类中心。水利部副部长李良生在致辞中表示，经过 40 年的发展，泥沙中心已成为世界泥沙领域专业实力强、影响大的交流合作平台，奠定了在全球泥沙领域的引领地位，为世界泥沙科学的发展进步作出了重要贡献。期待泥沙中心作为世界泥沙领域的领军单位，进一步按照联合国教科文组织和中国政府的要求，发挥好在国际泥沙领域和联合国教科文组织二类中心的引领作用，继续支撑联合国教科文组织政府间水文计划第九阶段战略计划目标的实现，为解决全球共同面临的水安全问题、构建人类命运共同体作出新的更大贡献。

常启德在致辞中表达了对泥沙中心成立 40 周年的祝贺，强调这个里程碑式的事件代表着几十年来为应对最严峻的环境挑战而开展的全球合作。泥沙中心作为泥沙领域的领导者，一直站在泥沙管理的最前沿，已成为全球国际合作的典范，为全球侵蚀和沉积管理领域的研究和能力建设提供了专家和贡献。期待继续利用现有知识和伙伴关系，为更加安全和可持续的未来作出贡献。

莉迪亚·布里托指出，泥沙中心是联合国教科文组织 1984 年建立的第一个二类中心，也是世界上其他地区已建立的 29 个涉水二类中心的榜样，在促进地方、区域和全球范围内土壤和泥沙资源的可持续管理等方面发挥了重要作用。感谢中国政府长期与教科文组织开展的卓有成效的合作，期待与中国科学家进一步深化合作。

本次会议主题为"交流互鉴、共建清洁美丽世界"。UNESCO 东亚地区办事处、中国 UNESCO 全国委员会、国际水利与环境工程学会、国际泥沙旗舰计划、UNESCO 涉水二类中心的代表和教席作交流发言。来自 20 余个国家和地区的 150

余人参加会议。

国际泥沙研究培训中心理事会会议在同日召开，会议审议通过了泥沙中心2023—2024 年工作总结报告、财务报告和 2024—2025 年工作计划。与会理事、理事单位代表和观察员聚焦响应联合国教科文组织总体战略与优先事项，强化泥沙中心的二类中心引领示范作用，加强与其他国际组织合作交流，以及科学计划互动、知识信息分享、英文期刊发展等方面提出了意见和建议。

（记者　陈溯，2024 年 9 月 24 日刊发）

中国新闻社｜着眼亚洲水安全风险挑战　中国水利部提四点倡议

　　中国水利部部长李国英 24 日在北京表示，亚洲各国山水相连、人文相亲，是你中有我、我中有你的命运共同体。着眼当前亚洲各国共同面临的水安全风险挑战，基于中国治水实践和治水经验，中国水利部提出四点倡议。

　　李国英是在当天举行的第三届亚洲国际水周开幕式上作该表述的。

　　四点倡议包括：一是协同推进理念创新。转变传统治水思路，坚持节水优先、空间均衡、系统治理、两手发力，以新的理念谋划治水方略、制定治水政策，开创亚洲水治理新局面。

　　二是协同推进治理创新。积极探索制度变革，充分发挥政府和市场的作用，适度超前完善水利基础设施体系，最大限度减轻气候变化带来的水灾害影响，推动实现人人普遍和公平获得安全和负担得起的饮用水目标，共同维护人水和谐共生的美好家园。

　　三是协同推进科技创新。坚持科技开放合作，强化洪旱灾害预报预警、超标准洪水下的库坝安全保障、水资源节约集约利用、河湖生态保护与修复等问题的研究和创新协作，加快发展水利新质生产力，大力推动数字孪生水利建设，提升水治理管理数字化、网络化、智能化能力。

　　四是协同推进合作创新。充分发挥亚洲水理事会和亚洲国际水周等平台作用，坚持平等协商、交流互鉴、合作共赢，积极推动知识交流、项目合作、人才培养和能力建设，推动亚洲水治理领域合作走深走实。

　　李国英表示，中国水利部愿同各国和国际组织一道，在全球发展倡议、全球安全倡议、全球文明倡议引领下，携手共促未来水安全，为推动实现联合国 2030 年可持续发展议程涉水目标、共同谱写推动构建人类命运共同体的水治理新篇章作出更大贡献。

　　　　　　　　　　　　　（记者　陈康亮，2024 年 9 月 24 日刊发）

《环球时报》｜联合国教科文组织驻华代表："坚守自己的价值观，是中国最美丽的地方"

"我亲眼见证了中国是如何从一个新兴国家一步步发展到今天的。"联合国教科文组织东亚地区办事处主任、驻华代表夏泽翰（Shahbaz Khan）博士日前在接受《环球时报》记者专访时这样说道。夏泽翰 2008 年加入教科文组织，曾在印尼、马来西亚、日本等多个亚洲国家任职，也多次在中国各地进行实地考察。在采访中，夏泽翰同记者分享了自己对于中国过去这些年里在文化保护、可持续发展、气候变化应对等领域所作贡献的观察和看法，尤其是中国提出的全球发展倡议和全球文明倡议如何为国际合作注入新动力，深入探讨了中国在全球发展和文明互鉴中扮演的角色。

"中国能够让可持续发展的成果惠及农村，这一点尤其值得称赞"

环球时报：您和中国结缘很早，不仅在华工作多年，还到访过中国很多城市和乡村。您如何评价中国过去这些年的发展？

夏泽翰：对不少国家来说，中国是一个很好的范例。我曾在亚洲多国任职，也来过中国很多次，我亲眼见证了中国是如何从一个新兴国家一步步发展到今天的。我也注意到，中国对"全球南方"的关注越来越多，积极帮助其他国家，在国际上的影响力显著增强。

中国的变化和技术进步让人印象深刻，而且中国能够让可持续发展的成果惠及农村，这一点尤其值得称赞。许多城市里的好学校和乡村地区的学校结成"对子"，为后者提供帮助，这是非常有借鉴意义的案例。

20 世纪 90 年代我第一次来中国时，这里的出行还不太便利，交通基础设施不够发达。而今天的中国已建成世界上最庞大、速度最快的铁路网络。以前，中国的通信也不发达，而现在，几乎每个中国人都能使用价格实惠的智能手机。

我们也为中国在联合国教科文组织中取得的成就感到自豪。中国拥有全球最多的非物质文化遗产，且拥有全球最多的世界地质公园。中国在提升国际社会对全球挑战的认知和理解方面发挥了重要作用，尤其是在生物多样性、气候变化、碳中和等问题上。

我看到的中国每一天都在进步，在不断朝着更高水平的社会、经济和环境发展。与此同时，中国还能坚守自己的价值观，这正是中国最美丽的地方。

环球时报：您是联合国著名水文专家，曾和中国在许多水利和环保项目中有合作。您如何评价中国在应对气候变化、生态文明建设方面的努力？

夏泽翰：我和中国同事在水资源和应对气候变化方面的合作已超过 25 年，我和同事曾在中国长江和黄河沿岸开展过农业用水效率相关研究。近些年我们注意到，中国在农业用水效率方面取得了巨大进展，在用水量减少的情况下，作物产量和经济效益却得到提升。中国的进步可以说超出我的预期。

我一直很关注中国的生态文明建设。这些年来，我考察了中国许多水域，看到河流和湖泊变得更加清洁，中国在减少污染和扭转湖泊退化方面付出了巨大努力，也收获了很多成果，比如对长江的生态保护就取得了令人印象深刻的进展。

中国也为联合国教科文组织的政府间项目作出重要贡献。不久前，中国的国际泥沙研究培训中心迎来了成立 40 周年的日子，这一中心已成为全球国际合作的典范，促进了世界泥沙科学的发展进步。

凭借在基础设施和水资源管理等方面的丰富经验，中国还帮助其他亚洲和非洲国家开展水资源管理项目，比如中国正在帮助巴基斯坦开发水利基础设施项目。水是生命之源，可以说，中国与这些国家的合作正在为人类创造更好的未来。

"全球发展倡议支持联合国可持续发展目标，中国为此作出贡献"

环球时报：您如何评价中国提出的全球发展倡议？它在推动实现联合国可持续发展目标方面发挥了什么作用？

夏泽翰：联合国可持续发展目标中一个很重要的内容是"不让任何一个国家掉队"，中国提出的全球发展倡议支持上述目标，中国也为此作出贡献。

当前，许多国家在实现联合国可持续发展目标的过程中面临困难，尤其是亚洲和非洲国家，比如我的祖国巴基斯坦。很多挑战是"全球南方"国家共有的，如水资源安全、粮食安全、就业保障、青少年教育等，这需要建立在尊重与平等基础上的国际合作来应对。

以水资源安全为例，中国克服了许多障碍，确保为其人民提供安全的饮用水。为了帮助其他在这方面有困难的国家，中国近年来在海外建立了许多旨在提供支持和专业知识的中心，帮助发展中国家改善农业技术与实践，提高作物产量，确保粮食安全。

在教育这一基本人权方面，中国近些年通过更好的技术教育、基础教育和高等教育，帮助 8 亿人摆脱贫困。中国还设有教育交流项目，为其他国家的学生提供奖学金，这些对和平与可持续发展至关重要。

我们也对中国在太阳能电池板等绿色能源领域的发展感到兴奋。正是由于中国企业的创新，这些技术正在变得更加可负担，许多国家得以利用这些技术推动自己的发展目标。

"全球文明倡议蕴含着对中国传统文化的深刻理解"

环球时报：您曾多次表达对中国文化的浓厚兴趣，也多次在华出席与世界遗产和非物质文化遗产相关的活动。在您看来，中国提出的全球文明倡议在推动世界文化交流与各国相互理解上发挥了怎样的作用？

夏泽翰：全球文明倡议蕴含着对中国传统文化的深刻理解，它尊重文明的多元，并主张平等对待所有文化。长久以来，中国一直对各种信仰和文化予以包容，致力于构筑更加和平的世界。这些都是联合国教科文组织一直以来通过跨文化对话积极倡导的原则。

我们需要更好地理解彼此，才能共享繁荣。2014 年，中国国家主席习近平在联合国教科文组织总部发表演讲。自那时到今天的十年间，中国在世界遗产保护、文明互鉴方面都取得了显著进展。截至目前，中国的世界遗产数量已达 59 项。我自己不久前刚参加了丝绸之路（敦煌）国际文化博览会，丝绸之路本身就是团结的象征。都江堰和大运河也是有意思的世界遗产案例，都江堰凸显了水资源管理的重要性，而大运河在历史上促进了商品、服务、思想和人口的流动，它们都让我们对人类文明历程有了更深刻的思考。

（记者　白云怡，2024 年 9 月 30 日刊发）

《中国财经报》｜李国英出席亚洲水理事会第21次董事会会议

9月23日，亚洲水理事会第21次董事会会议在北京召开，水利部部长李国英、亚洲水理事会主席尹锡大出席会议并致辞。

李国英指出，在全球气候变化和人类活动影响加剧的双重作用下，包括亚洲在内的世界各国普遍面临更趋严峻的水安全风险挑战，保护好、利用好珍贵的水资源是各国的共同使命。中国水利部深入贯彻落实习近平总书记"节水优先、空间均衡、系统治理、两手发力"治水思路，统筹高质量发展和高水平安全，统筹解决水灾害、水资源、水生态、水环境问题，水旱灾害防御能力不断提升，水资源利用方式实现转变，水资源配置格局持续优化，江河湖泊面貌逐步改善，中国治水取得历史性成就、发生历史性变革。

李国英指出，亚洲水理事会是亚洲各国在水治理领域合作交流的重要平台，中国水利部将在全球发展倡议、全球安全倡议、全球文明倡议引领下，与亚洲水理事会及各董事单位一道，凝聚共识、团结合作，应对挑战、共促发展。

尹锡大表示，亚洲水理事会自成立以来，始终秉持使命和愿景，在水资源管理领域持续发声，积极推动解决亚洲水问题。未来，希望亚洲各国继续加强合作，共同应对气候变化背景下的水挑战。

印尼公共工程与住房部部长巴苏基、乌兹别克斯坦水利部部长哈姆拉耶夫、世界水理事会主席福勋等高级别代表出席会议并致辞。共同表示，亚洲国家面临共同的水挑战，需要加强对话与合作，提升对水问题的重视程度，提高应对气候变化挑战的能力，为经济社会可持续发展作出积极贡献。

亚洲水理事会成立于2016年，目前共有来自25个国家的168个会员单位，旨在加强亚洲水利机构务实合作，推动亚洲国家实现联合国2030年可持续发展议程涉水目标。

（2024年9月24日刊发）

《中国财经报》| 在中国设立的联合国教科文组织泥沙中心成世界榜样

9 月 23 日在北京召开的国际泥沙研究培训中心（以下简称"泥沙中心"）成立四十周年 泥沙与土壤侵蚀国际研讨会上，联合国驻华协调员常启德和联合国教科文组织自然科学助理总干事莉迪亚·布里托同时在致辞中称，作为泥沙领域的领导者，泥沙中心已成为全球国际合作的典范，也是世界上其他地区已建立的 29 个涉水二类中心的榜样。水利部副部长李良生出席会议并致辞，泥沙中心主任、中国水利水电科学研究院院长彭静主持会议并总结。

泥沙中心是联合国教科文组织（UNESCO）在全球设立的首个二类中心。李良生在致辞中指出，经过 40 年的发展，泥沙中心已成为世界泥沙领域专业实力强、影响大的交流合作平台，奠定了在全球泥沙领域的引领地位，为世界泥沙科学的发展进步作出了重要贡献。期待泥沙中心作为世界泥沙领域的领军单位，进一步按照联合国教科文组织和中国政府的要求，发挥好在国际泥沙领域和联合国教科文组织二类中心的引领作用，继续支撑联合国教科文组织政府间水文计划第九阶段战略计划目标的实现，为解决全球共同面临的水安全问题、构建人类命运共同体作出新的更大贡献！

常启德在致辞中表达了对泥沙中心成立 40 周年的祝贺，强调这个里程碑式的事件代表着几十年来为应对最严峻的环境挑战而开展的全球合作。泥沙中心作为泥沙领域的领导者，一直站在泥沙管理的最前沿，已成为全球国际合作的典范，为全球侵蚀和沉积管理领域的研究和能力建设提供了专家和贡献。期待继续利用现有知识和伙伴关系，为更加安全和可持续的未来作出贡献。

布里托在致辞中指出，泥沙中心是联合国教科文组织 1984 年建立的第一个二类中心，也是世界上其他地区已建立的 29 个涉水二类中心的榜样，在促进地方、区域和全球范围内土壤和泥沙资源的可持续管理等方面发挥了重要作用。感谢中国政府长期与教科文组织开展的卓有成效的合作，期待与中国科学家进一步深化合作。

本次会议主题为"交流互鉴、共建清洁美丽世界"。UNESCO 东亚地区办事处、中国 UNESCO 全国委员会、国际水利与环境工程学会、国际泥沙旗舰计划、UNESCO 涉水二类中心的代表和教席作交流发言。来自 20 余个国家和地区的 150 余人参加会议。

（2024 年 9 月 24 日刊发）

《中国财经报》｜交流互鉴，共建清洁美丽世界

联合国教科文组织全球首个二类中心召开成立四十周年　泥沙与土壤侵蚀国际研讨会。

9月23日上午，国际泥沙研究培训中心（以下简称"泥沙中心"）成立四十周年　泥沙与土壤侵蚀国际研讨会在北京召开。泥沙中心是联合国教科文组织（UNESCO）在全球设立的首个二类中心。本次会议主题为"交流互鉴、共建清洁美丽世界"。水利部副部长李良生、联合国驻华协调员常启德出席开幕式并致辞，UNESCO自然科学助理总干事莉迪亚·布里托视频致辞。泥沙中心主任、中国水利水电科学研究院院长彭静主持会议并总结。

李良生在致辞中指出，经过40年的发展，泥沙中心已成为世界泥沙领域专业实力强、影响大的交流合作平台，奠定了在全球泥沙领域的引领地位，为世界泥沙科学的发展进步作出了重要贡献。期待泥沙中心作为世界泥沙领域的领军单位，进一步按照联合国教科文组织和中国政府的要求，发挥好在国际泥沙领域和联合国教科文组织二类中心的引领作用，继续支撑联合国教科文组织政府间水文计划第九阶段战略计划目标的实现，为解决全球共同面临的水安全问题、构建人类命运共同体作出新的更大贡献！

常启德在致辞中表达了对泥沙中心成立40周年的祝贺，强调这个里程碑式的事件代表着几十年来为应对最严峻的环境挑战而开展的全球合作。泥沙中心作为泥沙领域的领导者，一直站在泥沙管理的最前沿，已成为全球国际合作的典范，为全球侵蚀和沉积管理领域的研究和能力建设提供了专家和贡献。期待继续利用现有知识和伙伴关系，为更加安全和可持续的未来作出贡献。

布里托在致辞中指出，泥沙中心是联合国教科文组织1984年建立的第一个二类中心，也是世界上其他地区已建立的29个涉水二类中心的榜样，在促进地方、区域和全球范围内土壤和泥沙资源的可持续管理等方面发挥了重要作用。感谢中国政府长期与教科文组织开展的卓有成效的合作，期待与中国科学家进一步深化合作。

UNESCO东亚地区办事处、中国UNESCO全国委员会、国际水利与环境工程学会、国际泥沙旗舰计划、UNESCO涉水二类中心的代表和教席作交流发言。来自20余个国家和地区的150余人参加会议。

（2024年9月24日刊发）

《中国财经报》| 在全球泥沙灾害防治与水土资源合理利用方面持续发力

9月23日，国际泥沙研究培训中心（以下简称"泥沙中心"）理事会会议在京召开。水利部副部长、理事会主席李良生出席会议并致辞。联合国教科文组织东亚地区办事处主任夏泽翰，水利部相关司局和直属单位，中国科学院院士崔鹏，世界水土保持学会前主席米奥德拉格·兹拉蒂奇等理事单位代表和理事出席会议。泥沙中心主任、中国水利水电科学研究院院长彭静主持会议。来自德国、伊朗、摩洛哥等8个国家的观察员和有关单位的代表参加会议。

李良生指出，泥沙中心在联合国教科文组织和中国政府领导下，在各位理事大力支持下，科研咨询业务不断拓展，学术研讨和技术培训持续推进，交流合作更加活跃，科技期刊质量与影响力持续提升，学术平台进一步发展壮大，为联合国教科文组织政府间水文计划第九阶段战略计划和其他优先事项目标的实现作出了积极贡献。

李良生强调，泥沙中心作为联合国教科文组织全球第一个二类中心、中国水利行业第一个国际中心，在回顾过去基础上，更要保持清醒认识，在全球泥沙灾害防治与水土资源合理利用方面持续发力，以科技协作增进人类福祉。一是要密切和联合国教科文组织的合作，强化在泥沙领域引领与带动作用。二是要借助各种合作平台，持续发挥桥梁与纽带作用。三是理事单位要切实履职尽责，为泥沙中心高质量发展提供大力指导和支持。中国政府将一直信守承诺，在人力、物力、财力和政策等方面全力支持泥沙中心的发展。

会议审议通过了泥沙中心2023—2024年工作总结报告、财务报告和2024—2025年工作计划。与会理事、理事单位代表和观察员聚焦响应联合国教科文组织总体战略与优先事项，强化泥沙中心的二类中心引领示范作用，加强与其他国际组织合作交流，以及科学计划互动、知识信息分享、英文期刊发展等方面等提出了意见和建议。

彭静在总结时提出，泥沙中心在理事会的指导和帮助下，要更好地发挥泥沙领域研究培训的桥梁纽带作用，主动参与全球水治理，为世界泥沙科技进步、增进人类福祉做出积极贡献。

（2024年9月24日刊发）

《中国财经报》｜共商水治理良策，携手应对水安全风险挑战

　　9 月 24 日，第三届亚洲国际水周在北京开幕，以"共促未来水安全"为主题，共商水治理良策，携手应对水安全风险挑战。水利部部长李国英出席开幕式并作主旨报告，与亚洲水理事会主席尹锡大共同签署《北京宣言——第三届亚洲国际水周亚洲水声明》。水利部副部长李良生主持开幕式。

　　李国英在主旨报告中指出，兴水利、除水害，一直都是治国安邦的大事。在可以预见的未来，随着全球气候变化影响加剧，水安全风险日益成为全球性挑战，各国都在积极探索和寻找可资借鉴的治水理念、治水方案。习近平总书记开创性提出"节水优先、空间均衡、系统治理、两手发力"治水思路，是经过实践检验、取得巨大成效的治水之道，是饱含中国哲学、中国智慧的治水之道，是为人类谋进步、为世界谋大同的治水之道，为全球应对水安全挑战提供了宝贵思想财富。

　　李国英基于中国治水实践和治水经验，提出四点倡议。一是协同推进理念创新，坚持习近平总书记"节水优先、空间均衡、系统治理、两手发力"治水思路，以此指引谋划治水方略、制定治水政策。二是协同推进治理创新，适度超前完善水利基础设施体系，推动实现人人普遍和公平获得安全和负担得起的饮用水目标，共同维护人水和谐共生的美好家园。三是协同推进科技创新，强化涉水科技问题研究和创新协作，加快发展水利新质生产力，大力推动数字孪生水利建设，提升水治理管理数字化、网络化、智能化能力。四是协同推进合作创新，充分发挥亚洲水理事会和亚洲国际水周等平台作用，积极推动知识交流、项目合作、人才培养和能力建设。

　　李国英表示，中国水利部将以进一步全面深化改革为动力，同各国和国际组织一道，在全球发展倡议、全球安全倡议、全球文明倡议引领下，携手共促未来水安全，为推动实现联合国 2030 年可持续发展议程涉水目标、共同谱写推动构建人类命运共同体的水治理新篇章作出更大贡献。

　　开幕式上，亚洲水理事会主席尹锡大，世界水理事会主席福勋，联合国驻华协调员常启德，印尼公共工程与住房部部长巴苏基，东帝汶农业、畜牧业、渔业和林业部部长达克鲁斯，乌兹别克斯坦水利部部长哈姆拉耶夫，沙特水务局局长

阿卜杜勒卡里姆，柬埔寨水资源与气象部国务秘书哈达，吉尔吉斯斯坦水利、农业和加工业部副部长苏克耶夫，老挝自然资源与环境部副部长博拉塔，马来西亚能源及水务转型部副部长阿克玛先后致辞，充分认同中国的治水思路，高度赞赏中国在保障水安全方面取得的成效和经验，呼吁亚洲各国持续加强水合作，共同应对水挑战，提升水治理能力和水平。

作为本届亚洲国际水周的主要成果，《北京宣言》以亚洲各国最关注的水问题为重点，积极响应 2023 年联合国水大会通过的《水行动议程》，围绕"水战略与水政策创新""数字孪生赋能智慧水利""气候变化与涉水灾害""水与粮食能源安全""水与流域生态系统""知识集成与传播"六大议题作出承诺，强调付诸实际行动，以保障亚洲以及全球的未来水安全。

亚洲国际水周由亚洲水理事会发起，每三年举办一次。本届大会由中国水利部和亚洲水理事会共同主办，中国水利水电科学研究院牵头承办，于 9 月 23 日至 28 日在北京召开。来自 68 个国家和地区、20 余个国际组织和涉水机构近 1300 名水利行业人员参加大会。

（2024 年 9 月 25 日刊发）

《中国财经报》｜深化细化务实合作，携手开创水治理新局面

9月23日至24日，水利部部长李国英在第三届亚洲国际水周期间，分别会见了来华参会的亚洲水理事会主席尹锡大，世界水理事会主席福勋，印尼公共工程与住房部部长巴苏基，乌兹别克斯坦水利部部长哈姆拉耶夫，东帝汶农业、畜牧业、渔业和林业部部长达克鲁斯，沙特水务局局长阿卜杜勒卡里姆等国际组织领导人和多国部长。

李国英在会见中全面介绍了习近平总书记"节水优先、空间均衡、系统治理、两手发力"治水思路及其指引下的中国治水实践，阐释了中国水利部推动水利高质量发展、保障国家水安全的具体举措、经验成效，回顾了双方合作历程和成果，表明了深化治水理念和政策交流、加快推动合作项目落实的基本意见，并分别赠送了《深入学习贯彻习近平关于治水的重要论述》（英文版）。

参加会见的相关国际组织领导人和多国部长对中国治水思路和经验以及为全球水治理作出的贡献表示赞赏，认为习近平总书记"节水优先、空间均衡、系统治理、两手发力"治水思路完全符合水安全保障需要，给各国提升水治理能力提供了借鉴，值得向更多国家推广，期待中国在促进全球更好应对水安全挑战中发挥更大作用，希望与中国水利部进一步加强交流，深化细化务实合作，携手开创水治理新局面。

（2024年9月26日刊发）

《中国财经报》｜水利部副部长李良生：中国洪涝灾害年均损失占国内生产总值的比例由上一个十年的 0.51% 降至 0.24%

水利部 9 月 26 日召开第三届亚洲国际水周成果介绍新闻发布会。水利部副部长李良生在回答媒体记者提问时表示，近十年来，中国洪涝灾害年均损失占国内生产总值的比例由上一个十年的 0.51% 降至 0.24%。

李良生说，为以中国式现代化全面推进强国建设、民族复兴伟业提供可靠的水安全保障是我们水利人的责任和奋斗目标。水利部深入学习贯彻习近平总书记关于治水的重要论述，统筹水灾害、水资源、水生态、水环境治理，奋力推动水利高质量发展，提升水安全保障能力。

一是水旱灾害防御能力实现了整体性跃升。以流域为单元，构建由水库、河道及堤防、蓄滞洪区组成的现代化防洪工程体系，加快建设现代化雨水情监测预报体系，加快构建水旱灾害防御工作体系。

二是水资源利用方式实现了深层次变革。我们落实全面节约战略，建立健全节水制度政策，深入实施国家节水行动，大力推动全社会节水，全面提高水资源利用效率和效益。2014 年以来，我国国内生产总值增长近一倍的情况下，用水总量总体稳定在 6100 亿立方米以内；与 2014 年相比，2023 年万元国内生产总值用水量、万元工业增加值用水量分别下降 41.7%、55.1%；农业用水效率持续提升，全国耕地灌溉亩均用水量下降至 350 立方米以下，在农业用水保持稳定的情况下，实现灌溉面积和粮食产量稳步增加。

三是水资源配置格局实现了全局性优化。我们坚持以水定城、以水定地、以水定人、以水定产，严守水资源开发利用上限，实行用水总量和强度双控；在此基础上，立足流域整体和水资源空间均衡配置，科学推进国家水网建设，有力有效平衡了区域水资源和生产力布局需求。目前，南水北调东、中线一期工程已累计输水 752 亿立方米，惠及 1.85 亿人。2014 年以来，全国新增水利工程供水能力约 2000 亿立方米，农村自来水普及率达到 90%，新增改善灌溉面积约 3.6 亿亩，新增高效节水灌溉面积约 1.5 亿亩，灌溉面积达 10.75 亿亩。

四是江河湖泊面貌实现了根本性改善。我们实施山水林田湖草沙一体化保护和系统治理，复苏河湖生态环境。从 2022 年开始，京杭大运河在断流百年后，实现连续 3 年全线贯通，再现了壮美运河千年神韵。永定河等一大批断流多年的河流恢复全线通水。曾经干涸的"华北明珠"白洋淀，近年来水面面积稳定在 250 平方公里以上。华北地区地下水水位下降趋势得到遏制，实现总体回升。全国水土保持率从 2011 年的 69.71%提高到 2023 年的 72.56%，水土流失面积、强度持续"双下降"。越来越多的河湖水量丰起来、水质好起来、风光美起来。

（2024 年 9 月 27 日刊发）

《中国财经报》｜水利部国际合作与科技司司长金海：亚太地区有近 5 亿人无法获得基本的水供应，中国治水成就筑牢了保障国泰民安的水利根基

水利部 9 月 26 日召开第三届亚洲国际水周成果介绍新闻发布会。水利部国际合作与科技司司长金海回答记者提问时表示，亚太地区有近 5 亿人无法获得基本的水供应，中国近年来的治水成就筑牢了保障国泰民安的水利根基。

金海说，当今世界，在全球气候变暖的大背景下，水安全形势发生了深刻变化，水安全问题日益成为全球性挑战。为有效应对水挑战，各国都在付出艰辛努力。根据世界气象组织的数据，自 2000 年以来，与洪水有关的灾害比前 20 年增加了 134%。在水资源短缺的问题上，《2024 年联合国水发展报告》指出，世界四分之一的人口面临着"极高"的水资源短缺压力，这些区域的水资源利用率都已经超过了 80%。根据亚洲开发银行 2022 年发布的数据，亚太地区有近 5 亿人无法获得基本的水供应，11.4 亿人未能获得基本卫生设施。

此外，全球水生态系统和水环境的健康状况也令人堪忧。根据联合国统计，有 44% 的生活污水没有得到安全处理。根据世界自然基金会发布的报告，自 1970 年以来，全球已经失去了三分之一的湿地，淡水动植物野生种群平均下降了 83%。亚洲地区同样面临着水体污染、河湖萎缩退化、地下水超采、水土流失、水生生物多样性丧失等多重水生态、水环境问题。

金海表示，回顾过去 10 多年的治水历程，我们深刻地感受到，中国治水取得的历史性成就、发生的历史性变革，根本在于践行习近平总书记治水思路。实践也深刻证明，习近平总书记治水思路能够为解决亚洲乃至全球共同面临的水问题提供中国解决方案。

着眼当前亚洲和全球面临的水安全风险挑战，基于中国治水实践和经验，中国利用包括亚洲水理事会在内的多边平台，积极与各国分享中国治水智慧，提供中国治水方案。我们与亚洲以及世界广大发展中国家共同实施了包括中哈霍尔果斯河友谊联合引水枢纽在内的民生工程，以及澜湄甘泉行动计划等暖民心的"小而美"项目，还与巴基斯坦、印度尼西亚共建小水电等技术联合实验室，体现了构建人类命运共同体的理念，也切实增进了当地民生福祉。

（2024 年 9 月 27 日刊发）

《中国财经报》｜中国水利水电科学研究院院长彭静：建构河流伦理，坚持人与河流和谐共生

水利部 9 月 26 日召开第三届亚洲国际水周成果介绍新闻发布会。中国水利水电科学研究院院长彭静在回答记者提出的河流伦理话题时表示，建构河流伦理，坚持人与河流和谐共生。

彭静说，中国历来高度重视河流保护治理，取得了举世瞩目的成效。但是随着经济的快速发展，加之全球气候变化影响加剧，水灾害频发、水资源短缺、水环境污染、水生态损害等新老水问题相互交织，现代化水治理面临新挑战，对治理理念提出新要求。

党的十八大以来，习近平总书记站在人类文明发展进步和中华民族永续发展的战略高度，大力推动生态文明理论创新、实践创新、制度创新，创造性提出了一系列新理念新思想新战略，形成了习近平生态文明思想。

习近平总书记强调，要"让河流恢复生命、流域重现生机"，由此赋予了河流生命概念，确立了河流道德主体地位，把人类道德关怀范畴扩展到河流。习近平总书记强调，"要从改变自然、征服自然转向调整人的行为、纠正人的错误行为"，为正确处理和调节人类与河流关系的价值观念、道德准则和行为规范指明方向。习近平生态文明思想科学阐明了有关河流伦理的哲学思想，是新时代中国河流保护治理的根本遵循。

建构河流伦理，以"实现人与河流和谐共生，支撑人类可持续发展"为核心价值观念。强调统筹考虑人与河流双方的权利与义务，强调尊重河流生存与健康的基本权利，强调人类保护河流的责任与义务。

中国倡导并已在实践中得到成功实现的这一人与河流和谐共生新范式，已经得到世界各国行业管理者及专家学者高度赞许和普遍认同。大家表示，中国在河流保护治理方面积累了丰富经验，取得了显著成效。中国政府强调要加快推进人与自然和谐共生的现代化，提出建构河流伦理，作出了直接且坚定的承诺。大家高度认同中国提出的河流伦理理念，期待这一理念在全球得到实践。

彭静表示，党的二十大报告指出，中国式现代化是人与自然和谐共生的现代化。科学规范开发利用河流的行为，坚持治水思路，坚持以水而定、量水而行，坚持人与河流和谐共生，是中国式现代化的水利应有之义。我们真诚期待与亚洲各国进一步加强交流与合作，坚持开放共享，共同推进构建人类命运共同体，为深入推进包括亚洲在内的世界各国的河流保护治理提供中国智慧、中国经验。

（2024 年 9 月 27 日刊发）

《经济参考报》｜第三届亚洲国际水周发布北京宣言　呼吁保障亚洲以及全球未来水安全

9月24日，以"共促未来水安全"为主题的第三届亚洲国际水周（3rd AIWW）在北京开幕。本届大会由中国水利部和亚洲水理事会共同主办，来自70个国家和地区、20余个国际组织和涉水机构近600位国际代表，以及国内约700位水利行业人士参加大会。

开幕式上，亚洲水理事会秘书长赵镕德、中国水利部国际合作与科技司司长金海共同介绍《北京宣言——第三届亚洲国际水周亚洲水声明》的发布背景和主要内容。中国水利部部长李国英与亚洲水理事会主席尹锡大共同签署《北京宣言——第三届亚洲国际水周亚洲水声明》，呼吁共同应对气候变化、城市化加速和人口增长带来的水问题，通过创新驱动、国际合作和知识共享寻找解决方案，促进可持续发展，保障亚洲以及全球的未来水安全。

亚洲国际水周是亚洲水理事会的旗舰活动，于2017年正式启动，每三年召开一次，由亚洲水理事会和主办国相关单位联合举办，旨在交流共享亚洲水问题的实用解决方案、宣传和推广亚洲水治理成果，将亚洲水事务提升至全球水议程。本届大会包含"亚洲水问题""亚洲水声明""水项目商业论坛"三大主体活动，设置"水战略与水政策创新""数字孪生赋能智慧水利""气候变化与涉水灾害""水与粮食能源安全""水与流域生态系统""知识集成与传播"六大议题，以促进国际水社会深入交流、深化合作，共同谱写构建人类命运共同体的水治理新篇章。

（记者　汪子旭，2024年9月24日刊发）

《经济参考报》｜第三届亚洲国际水周签署十余项多双边合作协议

第三届亚洲国际水周近日在北京闭幕。记者获悉，本届亚洲国际水周签署了十余项多双边合作协议，为推动高质量共建"一带一路"，促进中国与亚洲各国乃至全球涉水合作奠定了更加坚实的基础。

水利部副部长李良生表示，第三届亚洲国际水周以"共促未来水安全"为主题，围绕"水战略与水政策创新""数字孪生赋能智慧水利""气候变化与涉水灾害""水与粮食能源安全""水与流域生态系统""知识集成与传播"六大议题，举行了内容丰富、形式多样的交流活动，包括开闭幕式、3 场全体大会和 56 场平行会议，同期举办了 13 场多双边水利国际合作机制性会议。水周还专门举办了中国水利科技创新成果展，生动展现了中国水利高质量发展的科技成果与建设成就。

"丰富多彩的会议交流活动吸引了亚洲乃至全球的广泛关注和积极参与。来自政府部门、科研机构、高等院校、涉水企业及国际组织的近 1300 名代表参加会议，其中包括国外代表约 600 人。来自 9 个亚洲国家部长级官员出席水周活动，分享了各国的治水政策与实践。水周期间，各国代表针对亚洲乃至全球面临的严峻水挑战，提出了富有建设性的解决方案，凝聚了各国就下一步合作达成的诸多共识，也为未来水利领域的区域和全球合作提供了新的契机。"李良生说。

中国水利学会秘书长段虹介绍，水周发布的《北京宣言——第三届亚洲国际水周亚洲水声明》，重申水作为生命源泉的重要性、不可替代性，呼吁世界各国分享治水智慧、共同推进涉水可持续发展目标的实现，携手构建人与自然和谐共生的人类命运共同体，凝聚亚洲国家应对水挑战、保障水安全的共同承诺。

此外，水周签署十余项多双边合作协议，多家中方机构与泰国、马来西亚、韩国、印尼、尼泊尔、柬埔寨、老挝、越南、缅甸等多国签署多项合作备忘录、技术合同、合作协议等，为推动高质量共建"一带一路"，促进中国与亚洲各国乃至全球涉水合作奠定了更加坚实的基础。

（记者　汪子旭，2024 年 9 月 27 日刊发）

《中国科学报》｜第三届亚洲国际水周在京开幕

9月24日，以"共促未来水安全"为主题的第三届亚洲国际水周（3rd AIWW）在北京开幕。本届大会由中国水利部和亚洲水理事会共同主办，中国水利水电科学研究院牵头承办。来自70个国家和地区、20余个国际组织和涉水机构近600位国际代表，以及国内约700位水利行业人士参加大会。中国水利部部长李国英出席开幕式并作主旨报告，中国水利部副部长李良生主持开幕式。

亚洲水理事会秘书长赵镕德、中国水利部国际合作与科技司司长金海共同介绍《北京宣言——第三届亚洲国际水周亚洲水声明》的发布背景和主要内容。李国英与尹锡大共同签署《北京宣言——第三届亚洲国际水周亚洲水声明》，呼吁共同应对气候变化、城市化加速和人口增长带来的水问题，通过创新驱动、国际合作和知识共享寻找解决方案，促进可持续发展，保障亚洲以及全球的未来水安全。

亚洲国际水周是亚洲水理事会的旗舰活动，于2017年正式启动，每三年召开一次，由亚洲水理事会和主办国相关单位联合举办，旨在交流共享亚洲水问题的实用解决方案、宣传和推广亚洲水治理成果，将亚洲水事务提升至全球水议程。本届大会包含"亚洲水问题""亚洲水声明""水项目商业论坛"三大主体活动，设置"水战略与水政策创新""数字孪生赋能智慧水利""气候变化与涉水灾害""水与粮食能源安全""水与流域生态系统""知识集成与传播"六大议题，以促进国际水社会深入交流、深化合作，共同谱写构建人类命运共同体的水治理新篇章。

（2024年9月30日刊发）

《中国科学报》｜国际泥沙研究培训中心成立四十周年　泥沙与土壤侵蚀国际研讨会在北京召开

9 月 23 日，国际泥沙研究培训中心（以下简称"泥沙中心"）成立四十周年泥沙与土壤侵蚀国际研讨会在北京召开。泥沙中心是联合国教科文组织（UNESCO）在全球设立的首个二类中心。本次会议主题为"交流互鉴、共建清洁美丽世界"。水利部副部长李良生、联合国驻华协调员常启德出席开幕式并致辞，UNESCO 自然科学助理总干事莉迪亚·布里托视频致辞。泥沙中心主任、中国水利水电科学研究院院长彭静主持会议并总结。

李良生在致辞中指出，经过 40 年的发展，泥沙中心已成为世界泥沙领域专业实力强、影响大的交流合作平台，奠定了在全球泥沙领域的引领地位，为世界泥沙科学的发展进步作出了重要贡献。期待泥沙中心作为世界泥沙领域的领军单位，进一步按照联合国教科文组织和中国政府的要求，发挥好在国际泥沙领域和联合国教科文组织二类中心的引领作用，继续支撑联合国教科文组织政府间水文计划第九阶段战略计划目标的实现，为解决全球共同面临的水安全问题、构建人类命运共同体作出新的更大贡献！

常启德在致辞中表达了对泥沙中心成立 40 周年的祝贺，强调这个里程碑式的事件代表着几十年来为应对最严峻的环境挑战而开展的全球合作。泥沙中心作为泥沙领域的领导者，一直站在泥沙管理的最前沿，已成为全球国际合作的典范，为全球侵蚀和沉积管理领域的研究和能力建设提供了专家和贡献。期待继续利用现有知识和伙伴关系，为更加安全和可持续的未来作出贡献。

布里托在致辞中指出，泥沙中心是联合国教科文组织 1984 年建立的第一个二类中心，也是世界上其他地区已建立的 29 个涉水二类中心的榜样，在促进地方、区域和全球范围内土壤和泥沙资源的可持续管理等方面发挥了重要作用。感谢中国政府长期与教科文组织开展的卓有成效的合作，期待与中国科学家进一步深化合作。

UNESCO 东亚地区办事处、中国 UNESCO 全国委员会、国际水利与环境工程学会、国际泥沙旗舰计划、UNESCO 涉水二类中心的代表和教席作交流发言。来自 20 余个国家和地区的 150 余人参加会议。

（2024 年 9 月 30 日刊发）

《中国科学报》｜国际泥沙研究培训中心 2024 年理事会会议召开

　　9 月 23 日，国际泥沙研究培训中心（以下简称"泥沙中心"）理事会会议在京召开。水利部副部长、理事会主席李良生出席会议并致辞。联合国教科文组织东亚地区办事处主任夏泽翰，水利部相关司局和直属单位，中国科学院院士崔鹏，世界水土保持学会前主席米奥德拉格·兹拉蒂奇等理事单位代表和理事出席会议。泥沙中心主任、中国水利水电科学研究院院长彭静主持会议。来自德国、伊朗、摩洛哥等 8 个国家的观察员和有关单位的代表参加会议。

　　李良生指出，泥沙中心在联合国教科文组织和中国政府领导下，在各位理事大力支持下，科研咨询业务不断拓展，学术研讨和技术培训持续推进，交流合作更加活跃，科技期刊质量与影响力持续提升，学术平台进一步发展壮大，为联合国教科文组织政府间水文计划第九阶段战略计划和其他优先事项目标的实现作出了积极贡献。

　　李良生强调，泥沙中心作为联合国教科文组织全球第一个二类中心、中国水利行业第一个国际中心，在回顾过去基础上，更要保持清醒认识，在全球泥沙灾害防治与水土资源合理利用方面持续发力，以科技协作增进人类福祉。一是要密切和联合国教科文组织的合作，强化在泥沙领域引领与带动作用。二是要借助各种合作平台，持续发挥桥梁与纽带作用。三是理事单位要切实履职尽责，为泥沙中心高质量发展提供大力指导和支持。中国政府将一直信守承诺，在人力、物力、财力和政策等方面全力支持泥沙中心的发展。

　　会议审议通过了泥沙中心 2023—2024 年工作总结报告、财务报告和 2024—2025 年工作计划。与会理事、理事单位代表和观察员聚焦响应联合国教科文组织总体战略与优先事项，强化泥沙中心的二类中心引领示范作用，加强与其他国际组织合作交流，以及科学计划互动、知识信息分享、英文期刊发展等方面等提出了意见和建议。

　　彭静在总结时提出，泥沙中心在理事会的指导和帮助下，要更好地发挥泥沙领域研究培训的桥梁纽带作用，主动参与全球水治理，为世界泥沙科技进步、增进人类福祉做出积极贡献。

（2024 年 9 月 30 日刊发）

人民网 | 水利部：我国水土保持措施年均减少土壤流失 16 亿吨

国际泥沙研究培训中心（以下简称"泥沙中心"）成立 40 周年 泥沙与土壤侵蚀国际研讨会近日在京举办。水利部副部长李良生介绍，中国政府开展了大规模江河湖库治理、水土保持和生态环境保护，水土保持措施年均减少土壤流失 16 亿吨。

李良生表示，经过 40 年的发展，泥沙中心已成为世界泥沙领域专业实力强、影响大的交流合作平台，奠定了在全球泥沙领域的引领地位，为世界泥沙科学的发展进步作出了重要贡献。期待泥沙中心作为世界泥沙领域的领军单位，进一步按照联合国教科文组织和中国政府的要求，发挥好在国际泥沙领域和联合国教科文组织二类中心的引领作用，继续支撑联合国教科文组织政府间水文计划第九阶段战略计划目标的实现，为解决全球共同面临的水安全问题、构建人类命运共同体作出新的更大贡献。

联合国驻华协调员常启德在致辞中表达了对泥沙中心成立 40 周年的祝贺，强调这个里程碑式的事件代表着几十年来为应对最严峻的环境挑战而开展的全球合作。泥沙中心作为泥沙领域的领导者，一直站在泥沙管理的最前沿，已成为全球国际合作的典范，为全球侵蚀和沉积管理领域的研究和能力建设提供了专家和贡献。期待继续利用现有知识和伙伴关系，为更加安全和可持续的未来作出贡献。

联合国教科文组织自然科学助理总干事莉迪亚·布里托表示，泥沙中心是联合国教科文组织 1984 年建立的第一个二类中心，也是世界上其他地区已建立的 29 个涉水二类中心的榜样，在促进地方、区域和全球范围内土壤和泥沙资源的可持续管理等方面发挥了重要作用。感谢中国政府长期与教科文组织开展的卓有成效的合作，期待与中国科学家进一步深化合作。

本次会议主题为"交流互鉴、共建清洁美丽世界"。UNESCO 东亚地区办事处、中国 UNESCO 全国委员会、国际水利与环境工程学会、国际泥沙旗舰计划、UNESCO 涉水二类中心的代表和教席作交流发言。来自 20 余个国家和地区的 150 余人参加会议。

（记者 欧阳易佳，2024 年 9 月 24 日刊发）

人民网｜第三届亚洲国际水周为未来水利领域全球合作提供新契机

9月26日，第三届亚洲国际水周成果新闻发布会在京召开。水利部副部长李良生表示，本届水周期间，各国代表针对亚洲乃至全球面临的严峻水挑战，提出了富有建设性的解决方案，凝聚了各国就下一步合作达成的诸多共识，也为未来水利领域的区域和全球合作提供了新的契机。

第三届亚洲国际水周以"共促未来水安全"为主题，围绕"水战略与水政策创新""数字孪生赋能智慧水利""气候变化与涉水灾害""水与粮食能源安全""水与流域生态系统""知识集成与传播"六大议题，举行了内容丰富、形式多样的交流活动，包括开闭幕式、3场全体大会和56场平行会议，同期举办了13场多双边水利国际合作机制性会议。水周还专门举办了中国水利科技创新成果展，生动展现了中国水利高质量发展的科技成果与建设成效。

"丰富多彩的会议交流活动吸引了亚洲乃至全球的广泛关注和积极参与。"李良生介绍，来自政府部门、科研机构、高等院校、涉水企业及国际组织的近1300名代表参加会议。来自9个亚洲国家部长级官员出席水周活动，分享了各国的治水政策与实践。

与会代表高度评价在"节水优先、空间均衡、系统治理、两手发力"治水思路指引下中国水利取得的历史性成就，赞赏中国为推动构建人类命运共同体、加速落实联合国2030年可持续发展议程涉水目标作出的积极贡献。

李良生认为，本届水周取得的热烈反响，充分反映了亚洲国家对水安全问题的高度关注，体现了全球携手应对气候变化、保障水安全促进可持续发展的紧迫性和挑战性。

李良生表示，展望未来，水安全和可持续发展仍然是亚洲国家和全世界面临的严峻课题。中国愿意同亚洲各国交流和分享治水理念、智慧与经验，也愿意同亚洲各国政府和人民一道，加强对话、增进互信、携手同行，为亚洲区域水治理贡献更多智慧和方案。

（记者　欧阳易佳，2024年9月26日刊发）

人民网｜水利部：实现人与河流和谐共生支撑人类可持续发展

　　河流是地球的血脉、生命的源泉、文明的摇篮。保护河流，就是保护人类自己，就是保障人类永续发展。如何理解建构河流伦理的内涵？在第三届亚洲国际水周成果新闻发布会上，中国水利水电科学研究院院长彭静答人民网记者问时表示，要建构河流伦理，以"实现人与河流和谐共生，支撑人类可持续发展"为核心价值观念。强调统筹考虑人与河流双方的权利与义务，强调尊重河流生存与健康的基本权利，强调人类保护河流的责任与义务。中国倡导并已在实践中得到成功实现的这一人与河流和谐共生新范式，已经得到世界各国行业管理者及专家学者高度赞许和普遍认同。

　　彭静介绍，中国历来高度重视河流保护治理，取得了举世瞩目的成效。但是随着经济的快速发展，加之全球气候变化影响加剧，水灾害频发、水资源短缺、水环境污染、水生态损害等新老水问题相互交织，现代化水治理面临新挑战，对治理理念提出新要求。

　　"大家表示，中国在河流保护治理方面积累了丰富经验，取得了显著成效。中国政府强调要加快推进人与自然和谐共生的现代化，提出建构河流伦理，作出了直接且坚定的承诺。大家高度认同中国提出的河流伦理理念，期待这一理念在全球得到实践。"彭静说。

　　科学规范开发利用河流的行为，坚持治水思路，坚持以水而定、量水而行，坚持人与河流和谐共生，是中国式现代化的水利应有之义。

　　"我们真诚期待与亚洲各国进一步加强交流与合作，坚持开放共享，共同推进构建人类命运共同体，为深入推进包括亚洲在内的世界各国的河流保护治理提供中国智慧、中国经验。"彭静说。

（记者　欧阳易佳，2024 年 9 月 27 日刊发）

人民网｜水利部：以实际行动保障亚洲及全球水安全

9月26日，第三届亚洲国际水周圆满落幕。水周期间，中国水利部部长李国英与亚洲水理事会主席尹锡大共同签署并发布《北京宣言——第三届亚洲国际水周亚洲水声明》（以下简称《北京宣言》）。

"水利部高度重视亚洲水合作，积极践行全球发展倡议、全球安全倡议、全球文明倡议，在高质量'一带一路'建设水利合作框架下，与亚洲国家和有关国际组织开展了一大批成果丰硕的务实项目，得到了有关各方积极响应和高度评价。"水利部副部长李良生在同日举行的成果发布会上表示。

据悉，《亚洲水声明》是历届亚洲国际水周重要成果文件，目的是凝聚亚洲国家的治水共识，汇集各国的治水经验和智慧，就全球关注的热点水问题发出亚洲声音，提升亚洲地区在全球水治理体系中的影响力。《北京宣言》强调以实际行动保障亚洲及全球未来用水安全，并在六个方面作出承诺。

一是加强水战略与水政策创新，树立节水优先理念，强化流域综合管理，提高用水效率。

二是发展数字孪生赋能智慧水利，通过大数据、人工智能和数字孪生技术应用，全面提升水资源管理的精细化水平。

三是积极应对气候变化与涉水灾害，制定有效的灾害防御和气候变化适应战略，提升早期预警和预报系统，减轻气候变化导致的涉水灾害影响。

四是统筹水与粮食能源安全，促进农业节水增效，提升绿色、可持续水电的优化调控功能，促进能源绿色转型和碳减排。

五是保护水与流域生态系统，认可"绿水青山就是金山银山"的理念，共同践行河流伦理，推动人与自然和谐共生。

六是推动知识集成与传播，充分调动各方参与，共享治水优秀实践经验和专业知识，挖掘、保护、传承和弘扬水文化。

"面向未来，水利部将积极践行《北京宣言》有关承诺，与亚洲国家交流分享治水智慧和经验，为推动亚洲地区加速落实联合国可持续发展议程涉水目标作出更多贡献。"李良生说。

（记者　王仁宏，2024年9月27日刊发）

新华网｜第三届亚洲国际水周在京开幕

9 月 24 日，以"共促未来水安全"为主题的第三届亚洲国际水周（3rd AIWW）在北京开幕。本届大会由中国水利部和亚洲水理事会共同主办，中国水利水电科学研究院牵头承办。来自 70 个国家和地区、20 余个国际组织和涉水机构近 600 位国际代表，以及国内约 700 位水利行业人士参加大会。中国水利部部长李国英出席开幕式并作主旨报告，中国水利部副部长李良生主持开幕式。

开幕式发布了《北京宣言——第三届亚洲国际水周亚洲水声明》，呼吁共同应对气候变化、城市化加速和人口增长带来的水问题，通过创新驱动、国际合作和知识共享寻找解决方案，促进可持续发展，保障亚洲以及全球的未来水安全。

亚洲国际水周是亚洲水理事会的旗舰活动，于 2017 年正式启动，每三年召开一次，由亚洲水理事会和主办国相关单位联合举办，旨在交流共享亚洲水问题的实用解决方案、宣传和推广亚洲水治理成果，将亚洲水事务提升至全球水议程。本届大会包含"亚洲水问题""亚洲水声明""水项目商业论坛"三大主体活动，设置"水战略与水政策创新""数字孪生赋能智慧水利""气候变化与涉水灾害""水与粮食能源安全""水与流域生态系统""知识集成与传播"六大议题，以促进国际水社会深入交流、深化合作，共同谱写构建人类命运共同体的水治理新篇章。

（记者　卢俊宇，2024 年 9 月 24 日刊发）

新华网｜第三届亚洲国际水周闭幕　取得多项务实成果

为期四天的第三届亚洲国际水周 26 日在京闭幕。记者从当日举行的新闻发布会上获悉，本届水周首次以《北京宣言》的形式发布《亚洲水声明》，取得多项务实成果。

水利部副部长李良生在发布会上介绍，本届水周以"共促未来水安全"为主题，贯通高层对话、商务企业、科技创新三大支柱，举行了内容丰富、形式多样的交流活动，包括开闭幕式、3 场全体大会和 56 场平行会议，同期举办了 13 场多双边水利国际合作机制性会议。水周还专门举办了中国水利科技创新成果展，生动展现中国水利高质量发展的科技成果与建设成就，全方位促进我国水领域先进技术、设备、标准"走出去"，为全球水治理贡献中国智慧、中国方案、中国力量。

水周期间，各国代表针对亚洲乃至全球面临的严峻水挑战，开展了广泛深入的交流讨论，提出了富有建设性的解决方案，取得多项务实成果，为未来水利领域的区域和全球合作提供了新的契机。

李良生进一步介绍，本届水周发布了《北京宣言——第三届亚洲国际水周亚洲水声明》，强调以实际行动保障亚洲及全球未来用水安全，并在加强水战略与水政策创新、发展数字孪生赋能智慧水利、积极应对气候变化与涉水灾害、统筹水与粮食能源安全、保护水与流域生态系统、推动知识集成与传播等六个方面作出承诺。这是首次以《北京宣言》的形式发布《亚洲水声明》，凝聚了亚洲各国在水治理方面的共识，提出了中国对于解决亚洲及全球水问题的中国倡议。

水周还签署了十余项多双边合作协议，为推动高质量共建"一带一路"，促进全球涉水合作奠定了更加坚实的基础。

此外，本届水周还推进了联合国教科文组织《世界水科技报告》编撰工作，呼吁国际组织、科研机构、高校和企业积极推动全球水领域技术创新和产品开发，制定国际技术标准和规则，发起全球科技创新议题，为推动世界涉水科技发展、实现涉水技术共享发出中国声音。

来自政府部门、科研机构、高等院校、涉水企业及国际组织的近 1300 名代表参加会议，其中包括国外代表约 600 人。

（记者　姚润萍，2024 年 9 月 27 日刊发）

央广网｜第三届亚洲国际水周在京开幕

9月24日，以"共促未来水安全"为主题的第三届亚洲国际水周（3rd AIWW）在北京开幕。本届大会由中国水利部和亚洲水理事会共同主办，中国水利水电科学研究院牵头承办。来自70个国家和地区、20余个国际组织和涉水机构近600位国际代表以及国内约700位水利行业人士参加大会。中国水利部部长李国英出席开幕式并作主旨报告，中国水利部副部长李良生主持开幕式。

亚洲水理事会秘书长赵镕德、中国水利部国际合作与科技司司长金海共同介绍《北京宣言——第三届亚洲国际水周亚洲水声明》的发布背景和主要内容。李国英与尹锡大共同签署《北京宣言——第三届亚洲国际水周亚洲水声明》，呼吁共同应对气候变化、城市化加速和人口增长带来的水问题，通过创新驱动、国际合作和知识共享寻找解决方案，促进可持续发展，保障亚洲以及全球的未来水安全。

亚洲国际水周是亚洲水理事会的旗舰活动，于2017年正式启动，每三年召开一次，由亚洲水理事会和主办国相关单位联合举办，旨在交流共享亚洲水问题的实用解决方案、宣传和推广亚洲水治理成果，将亚洲水事务提升至全球水议程。本届大会包含"亚洲水问题""亚洲水声明""水项目商业论坛"三大主体活动，设置"水战略与水政策创新""数字孪生赋能智慧水利""气候变化与涉水灾害""水与粮食能源安全""水与流域生态系统""知识集成与传播"六大议题，以促进国际水社会深入交流、深化合作，共同谱写构建人类命运共同体的水治理新篇章。

（记者　王迟，2024年9月24日刊发）

央广网｜第三届亚洲国际水周闭幕　取得多项务实成果

为期四天的第三届亚洲国际水周于 26 日下午圆满闭幕。本届亚洲国际水周不仅展示了不同国家在水治理领域的成就，也为未来水资源领域的国际合作提供了新的契机，取得多项务实成果。

发布《北京宣言》 从六个方面保障亚洲及全球未来用水安全

本届水周最重要的成果就是开幕式上，中国水利部部长李国英和亚洲水理事会主席尹锡大共同签署并发布了成果文件《北京宣言——第三届亚洲国际水周亚洲水声明》。

《亚洲水声明》是历届亚洲国际水周重要成果文件，目的是凝聚亚洲国家的治水共识，汇集各国的治水经验和智慧，就全球关注的热点水问题发出亚洲声音，提升亚洲地区在全球水治理体系中的影响力。为体现中国作为东道国对解决亚洲水问题的重要贡献，本届水周首次以《北京宣言》的形式发布《亚洲水声明》。《北京宣言》充分吸收数字孪生水利、河流伦理等中国治水智慧和方案，可为破解亚洲各国普遍关心的水问题提供具体可行、普遍适用的中国治水良策。

水利部副部长李良生介绍，《北京宣言》强调以实际行动保障亚洲及全球未来用水安全，并在六个方面作出承诺。一是加强水战略与水政策创新，树立节水优先理念，强化流域综合管理，提高用水效率。二是发展数字孪生赋能智慧水利，通过大数据、人工智能和数字孪生技术应用，全面提升水资源管理的精细化水平。三是积极应对气候变化与涉水灾害，制定有效的灾害防御和气候变化适应战略，提升早期预警和预报系统，减轻气候变化导致的涉水灾害影响。四是统筹水与粮食能源安全，促进农业节水增效，提升绿色、可持续水电的优化调控功能，促进能源绿色转型和碳减排。五是保护水与流域生态系统，认可"绿水青山就是金山银山"的理念，共同践行河流伦理，推动人与自然和谐共生。六是推动知识集成与传播，充分调动各方参与，共享治水优秀实践经验和专业知识，挖掘、保护、传承和弘扬水文化。

签署十余项多双边合作协议 为促进与亚洲各国涉水合作奠定坚实基础

中国水利学会秘书长段虹介绍，本届亚洲国际水周签署十余项多双边合作协议，多家中方机构与泰国、马来西亚、韩国、印尼、尼泊尔、柬埔寨、老挝、越南、缅甸等多国签署多项合作备忘录、技术合同、合作协议等，为推动高质量共建"一带一路"，促进中国与亚洲各国乃至全球涉水合作奠定了更加坚实的基础。

当今世界，在全球气候变暖的大背景下，水安全形势发生了深刻变化，水安全问题日益成为全球性挑战。为有效应对水挑战，各国都在付出艰辛努力。根据世界气象组织的数据，自 2000 年以来，与洪水有关的灾害比前 20 年增加了 134%。在水资源短缺的问题上，《2024 年联合国水发展报告》指出，世界四分之一的人口面临着"极高"的水资源短缺压力，这些区域的水资源利用率都已经超过了 80%。根据亚洲开发银行 2022 年发布的数据，亚太地区有近 5 亿人无法获得基本的水供应，11.4 亿人未能获得基本卫生设施。

此外，全球水生态系统和水环境的健康状况也堪忧。根据联合国统计，有 44%的生活污水没有得到安全处理。根据世界自然基金会发布的报告，自 1970 年以来，全球已经失去了三分之一的湿地，淡水动植物野生种群平均下降了 83%。亚洲地区同样面临着水体污染、河湖萎缩退化、地下水超采、水土流失、水生生物多样性丧失等多重水生态、水环境问题。

水利部国际合作与科技司司长金海表示，中国近年来的治水成就，筑牢了保障国泰民安的水利根基，为全面建设社会主义现代化国家提供了水安全支撑保障。着眼当前亚洲和全球面临的水安全风险挑战，基于中国治水实践和经验，中国利用包括亚洲水理事会在内的多边平台，积极与各国分享中国治水智慧，提供中国治水方案。

"我们与亚洲以及世界广大发展中国家共同实施了包括中哈霍尔果斯河友谊联合引水枢纽在内的民生工程，以及澜湄甘泉行动计划等暖民心的'小而美'项目，还与巴基斯坦、印度尼西亚共建小水电等技术联合实验室，体现了构建人类命运共同体的理念，也切实增进了当地民生福祉。"金海说。

（记者 王迟，2024 年 9 月 27 日刊发）

中国网｜第三届亚洲国际水周在京开幕 共促未来水安全

9月24日，第三届亚洲国际水周（3rd AIWW）在北京开幕。会议主题为"共促未来水安全"。与会嘉宾围绕主题展开深入研讨。

与会嘉宾一致认为，在气候变化和人类活动影响加剧的双重作用下，水安全风险日益成为全球性挑战，危及人类福祉和共同繁荣，各国都在积极探索和寻找可资借鉴的治水理念、治水方案。

亚洲水理事会主席尹锡大表示，水问题是全球问题、区域问题，亚洲国家面临更严峻的水资源挑战，各国必须联手共同应对，要强化各国之间的合作，共享水问题解决方案，推动可持续发展。

世界水理事会主席洛克·福勋表示，世界存在干旱区和湿润区两个区域，不仅是湿润区存在与水相关的灾难，干旱区也同样存在，从这个意义上讲，干旱和洪水处于同一场战斗，均是围绕水资源安全而展开的。随着世界人口的不断增长，水资源短缺问题将更加凸显，如何应对水危机将成为各国面临的共同问题。因此，各国要节约用水，要采用新技术回收废水，重复利用水资源，因地制宜地进行可持续的水资源管理。

联合国驻华协调员常启德表示，水资源缺乏问题在全球愈演愈烈，水安全问题备受关注。目前，全球22亿人缺乏安全的饮用水。亚洲水挑战更严重，多国出现缺水问题。中国在水资源保护、水平衡发展方面做得很好，中国水治理经验值得借鉴推广。他建议各国要加强合作，加大创新举措，补足水资源管理缺口，加强灾害预防，通过采取回收、水循环利用等举措，强化水处理，确保每个人获得安全的饮用水，确保每个人都不掉队。

中国水利部部长李国英指出，习近平总书记提出的"节水优先、空间均衡、系统治理、两手发力"的治水思路，是经过实践检验、取得巨大成效的治水之道，是饱含中国哲学、中国智慧的治水之道，是为人类谋进步、为世界谋大同的治水之道，为全球应对水安全挑战提供了宝贵思想财富。在习近平总书记治水思路的科学指引下，中国有信心、有能力继续应对好严峻的水安全挑战，也愿与包括亚洲各国在内的世界各国共享治水经验和方案。

李国英建议，各国协同推进理念、治理、科技、合作四方面的创新。要转变传统治水思路，坚持节水优先、空间均衡、系统治理、两手发力，以新的理念谋划治水方略、制定治水政策，开创亚洲水治理新局面；积极探索制度变革，充分发挥政府和市场的作用，适度超前完善水利基础设施体系，最大限度减轻气候变化带来的水灾害影响，推动实现人人普遍和公平获得安全和负担得起的饮用水目标，共同维护人水和谐共生的美好家园；坚持科技开放合作，强化洪旱灾害预报预警、超标准洪水下的库坝安全保障、水资源节约集约利用、河湖生态保护与修复等问题的研究和创新协作，加快发展水利新质生产力，大力推动数字孪生水利建设，提升水治理管理数字化、网络化、智能化能力；充分发挥亚洲水理事会和亚洲国际水周等平台作用，坚持平等协商、交流互鉴、合作共赢，积极推动知识交流、项目合作、人才培养和能力建设，推动亚洲水治理领域合作走深走实。

李国英强调，中国水利部愿同各国和国际组织一道，携手共促未来水安全，为推动实现联合国 2030 年可持续发展议程涉水目标、共同谱写推动构建人类命运共同体的水治理新篇章作出更大贡献。

亚洲水理事会秘书长赵镕德、中国水利部国际合作与科技司司长金海共同介绍《北京宣言——第三届亚洲国际水周亚洲水声明》的发布背景和主要内容。李国英与尹锡大共同签署《北京宣言——第三届亚洲国际水周亚洲水声明》，呼吁共同应对气候变化、城市化加速和人口增长带来的水问题，通过创新驱动、国际合作和知识共享寻找解决方案，促进可持续发展，保障亚洲以及全球的未来水安全。

亚洲国际水周是亚洲水理事会发起的以解决亚洲水问题为核心的地区水事平台，于 2017 年正式启动，每三年召开一次，由亚洲水理事会和主办国相关单位联合举办，旨在交流共享亚洲水问题的实用解决方案、宣传和推广亚洲水治理成果，将亚洲水事务提升至全球水议程。

本届大会由中国水利部和亚洲水理事会共同主办，中国水利水电科学研究院牵头承办。本届大会包含"亚洲水问题""亚洲水声明""水项目商业论坛"三大主体活动，设置"水战略与水政策创新""数字孪生赋能智慧水利""气候变化与涉水灾害""水与粮食能源安全""水与流域生态系统""知识集成与传播"六大议题，以促进国际社会深入交流、深化合作，共同谱写构建人类命运共同体的水治理新篇章。来自 70 个国家和地区、20 余个国际组织和涉水机构近 600 位国际代表，以及国内约 700 位水利行业人士参加大会。

（记者　张艳玲，2024 年 9 月 24 日刊发）

中国网｜第三届亚洲国际水周闭幕　中国治水思路获亚洲国家高度赞誉

主题为"共促未来水安全"的第三届亚洲国际水周于 9 月 26 日闭幕。本届亚洲国际水周最重要的成果是发布《北京宣言——第三届亚洲国际水周亚洲水声明》，中国治水思路获得亚洲国家普遍认可和高度赞誉。

《亚洲水声明》是历届亚洲国际水周重要成果文件，旨在凝聚亚洲国家治水共识，汇集各国治水经验和智慧，就全球关注的热点水问题发出亚洲声音，提升亚洲地区在全球水治理体系中的影响力。

水利部副部长李良生 26 日在第三届亚洲国际水周闭幕会后举行的新闻发布会上表示，为体现中国作为东道国对解决亚洲水问题的重要贡献，本届水周首次以《北京宣言》的形式发布《亚洲水声明》。《北京宣言》高度认同中国"节水优先、空间均衡、系统治理、两手发力"的治水思路，充分吸收数字孪生水利、河流伦理等中国治水智慧和方案，可为破解亚洲各国普遍关心的水问题提供具体可行、普遍适用的中国治水良策。

《北京宣言》强调以实际行动保障亚洲及全球未来用水安全，并承诺：加强水战略与水政策创新，树立节水优先理念，强化流域综合管理，提高用水效率；发展数字孪生赋能智慧水利，通过大数据、人工智能和数字孪生技术应用，全面提升水资源管理的精细化水平；积极应对气候变化与涉水灾害，制定有效的灾害防御和气候变化适应战略，提升早期预警和预报系统，减轻气候变化导致的涉水灾害影响；统筹水与粮食能源安全，促进农业节水增效，提升绿色、可持续水电的优化调控功能，促进能源绿色转型和碳减排；保护水与流域生态系统，认可"绿水青山就是金山银山"的理念，共同践行河流伦理，推动人与自然和谐共生；推动知识集成与传播，充分调动各方参与，共享治水优秀实践经验和专业知识，挖掘、保护、传承和弘扬水文化。

李良生强调，水利部将积极践行《北京宣言》有关承诺，与亚洲国家交流分享治水智慧和经验，为推动亚洲地区加速落实联合国可持续发展议程涉水目标作出更多贡献。

据了解，本届亚洲国际水周围绕 6 大议题，举行开幕式闭幕式、3 场全体大会和 56 场平行会议，13 场多双边水利国际合作机制性会议。同时，还举办中国水利科技创新成果展。国内外近 1300 名代表参加会议，9 个亚洲国家部长级官员分享了各国治水政策与实践。

各国代表针对亚洲乃至全球面临的严峻水挑战，提出富有建设性的解决方案。中国治水思路获得亚洲国家普遍认可和高度赞誉，各国代表赞赏中国为推动构建人类命运共同体、加速落实联合国 2030 年可持续发展议程涉水目标作出的积极贡献。

中国水利学会秘书长段虹表示，本届亚洲国际水周搭建亚洲区域交流合作平台，倡导践行新发展理念，为全球和亚洲水治理贡献中国智慧、中国经验，全方位促进中国水领域先进技术、设备、标准"走出去"。本届水周展示了中国愿同国际社会一道，为共同推动全球水治理改革与发展、共同推进人与自然和谐共生、共同谱写推动构建人类命运共同体的水治理新篇章贡献中国智慧、中国方案、中国力量。

未来，水安全和可持续发展仍然是亚洲国家和全世界面临的严峻课题。中国所面临的水挑战也正是很多亚洲国家的共同挑战。中国愿意同亚洲各国交流和分享治水理念、智慧与经验，也愿意同亚洲各国政府和人民一道，加强对话、增进互信、携手同行，为亚洲区域水治理贡献更多智慧和方案。

（记者　张艳玲，2024 年 9 月 27 日刊发）

澎湃新闻｜李国英：含亚洲在内的世界各国面临更趋严峻的水安全风险挑战

9月23日，亚洲水理事会第21次董事会会议在北京召开，水利部部长李国英、亚洲水理事会主席尹锡大出席会议并致辞。

李国英指出，在全球气候变化和人类活动影响加剧的双重作用下，包括亚洲在内的世界各国普遍面临更趋严峻的水安全风险挑战，保护好、利用好珍贵的水资源是各国的共同使命。中国水利部深入贯彻落实习近平总书记"节水优先、空间均衡、系统治理、两手发力"治水思路，统筹高质量发展和高水平安全，统筹解决水灾害、水资源、水生态、水环境问题，水旱灾害防御能力不断提升，水资源利用方式实现转变，水资源配置格局持续优化，江河湖泊面貌逐步改善，中国治水取得历史性成就、发生历史性变革。

李国英指出，亚洲水理事会是亚洲各国在水治理领域合作交流的重要平台，中国水利部将在全球发展倡议、全球安全倡议、全球文明倡议引领下，与亚洲水理事会及各董事单位一道，凝聚共识、团结合作，应对挑战、共促发展。

尹锡大表示，亚洲水理事会自成立以来，始终秉持使命和愿景，在水资源管理领域持续发声，积极推动解决亚洲水问题。未来，希望亚洲各国继续加强合作，共同应对气候变化背景下的水挑战。

印尼公共工程与住房部部长巴苏基、乌兹别克斯坦水利部部长哈姆拉耶夫、世界水理事会主席福勋等高级别代表出席会议并致辞。共同表示，亚洲国家面临共同的水挑战，需要加强对话与合作，提升对水问题的重视程度，提高应对气候变化挑战的能力，为经济社会可持续发展作出积极贡献。

亚洲水理事会成立于2016年，目前共有来自25个国家的168个会员单位，旨在加强亚洲水利机构务实合作，推动亚洲国家实现联合国2030年可持续发展议程涉水目标。

（记者 刁凡超，2024年9月24日刊发）

澎湃新闻｜水利部：我国水土保持措施年均减少土壤流失 16 亿吨

9 月 23 日上午，国际泥沙研究培训中心（以下简称"泥沙中心"）成立四十周年泥沙与土壤侵蚀国际研讨会在北京召开。水利部副部长李良生介绍，中国政府开展了大规模江河湖库治理、水土保持和生态环境保护，水土保持措施年均减少土壤流失 16 亿吨。其中，泥沙中心立足水利重点任务，有力支撑了联合国教科文组织政府间水文计划不同阶段战略计划。

泥沙中心是联合国教科文组织（UNESCO）在全球设立的首个二类中心。本次会议主题为"交流互鉴、共建清洁美丽世界"。

李良生表示，经过 40 年的发展，泥沙中心已成为世界泥沙领域专业实力强、影响大的交流合作平台，奠定了在全球泥沙领域的引领地位，为世界泥沙科学的发展进步作出了重要贡献。期待泥沙中心作为世界泥沙领域的领军单位，进一步按照联合国教科文组织和中国政府的要求，发挥好在国际泥沙领域和联合国教科文组织二类中心的引领作用，继续支撑联合国教科文组织政府间水文计划第九阶段战略计划目标的实现，为解决全球共同面临的水安全问题、构建人类命运共同体作出新的更大贡献。

泥沙中心成立以来共开展 200 余项国内外研究咨询和攻关项目，特别是三峡工程泥沙问题和黄河泥沙治理等国家重点工程项目；承办国际培训班 50 余期，培训学员来自五大洲 40 余个国家，达 5000 余人次；搭建世界泥沙和土壤侵蚀领域学术交流平台，与 50 余个国家和国际组织、科研机构、高等院校等开展广泛合作。

中国是世界上泥沙问题最严重的国家之一。李良生介绍，近年来，中国政府开展了大规模江河湖库治理、水土保持和生态环境保护，中国水土流失面积持续下降，水土保持率持续提升，河湖生态持续改善。全国共治理水土流失面积 47.2 万平方公里，水土保持措施年均减少土壤流失 16 亿吨。

李良生说，当今，许多国家在江河治理、防洪减灾、水资源开发利用、生态环境保护等方面仍然面临着泥沙和土壤侵蚀问题的严峻挑战。中国江河生态格局也发生了新的变化，如河道冲淤转换、河床与河势演变、江湖关系变化、河口三角洲造陆减缓与蚀退等问题，给江河湖库防洪安全、生态安全带来新的课题和挑战。

　　UNESCO 东亚地区办事处、中国 UNESCO 全国委员会、国际水利与环境工程学会、国际泥沙旗舰计划、UNESCO 涉水二类中心的代表和教席作交流发言。来自 20 余个国家和地区的 150 余人参加会议。

（记者　刁凡超，2024 年 9 月 24 日刊发）

澎湃新闻｜亚洲水周发布北京宣言，呼吁共同应对气候变化带来的水问题

9 月 24 日，由中华人民共和国水利部与亚洲水理事会联合举办的第三届亚洲国际水周（3rd AIWW）在北京召开，本届亚洲水周的主题是"共促未来水安全"。来自 70 个国家和地区、20 余个国际组织和涉水机构近 600 位国际代表，以及国内约 700 位水利行业人士参加大会。

开幕式上，亚洲水理事会秘书长赵镕德、中国水利部国际合作与科技司司长金海共同介绍《北京宣言——第三届亚洲国际水周亚洲水声明》的发布背景和主要内容。水利部部长李国英与亚洲水理事会主席尹锡大共同签署《北京宣言——第三届亚洲国际水周亚洲水声明》，呼吁共同应对气候变化、城市化加速和人口增长带来的水问题，通过创新驱动、国际合作和知识共享寻找解决方案，促进可持续发展，保障亚洲以及全球的未来水安全。

以下为《北京宣言——第三届亚洲国际水周亚洲水声明》全文：

我们，各代表团团长和亚洲水理事会成员，于 2024 年 9 月 24 至 26 日齐聚中国北京，共同见证了由中华人民共和国水利部与亚洲水理事会联合举办的第三届亚洲国际水周。

鉴于第一届亚洲国际水周（2017 年 9 月 20 日至 23 日，韩国）和第二届亚洲国际水周（2022 年 3 月 14 日至 16 日，印度尼西亚）的成功经验，我们认识到以亚洲国际水周为代表的对话平台对于促进亚洲乃至全球应对水挑战、保障水安全具有重要作用。

我们认为：本次发布的《北京宣言》以亚洲各国最关注的水问题为重点，强调实际行动与具体落实，呼应本届亚洲国际水周主题"共促未来水安全"和第十届世界水论坛主题"水促进共同繁荣"，积极响应 2023 年联合国水大会通过的《水行动议程》，以保障亚洲以及全球的未来用水安全。

作为与会者，我们认可中国作为第三届亚洲国际水周主办国所提出的"节水优先、空间均衡、系统治理、两手发力"治水思路，重申对《改变我们的世界：2030 年可持续发展议程》（A/RES/70/1）的承诺，并致力于推动实现可持续发展目标，确保为所有人提供水和环境卫生并对其进行可持续管理。

我们认识到，面对气候变化、城市化加速和人口增长所带来的水问题，亚洲是高脆弱性地区。为应对多重水资源挑战，我们强调，要通过创新驱动、国际合作和知识共享寻找解决方案，促进可持续发展。

我们认可并支持联合国第三次发展筹资会议通过的《亚的斯亚贝巴行动议程》（A/RES/69/313）、《我们希望的未来》（A/RES/66/288）、《享有饮水和卫生设施的人权》（A/RES/64/292），此类国际性框架和协议在应对涉水挑战中意义重大。

围绕第三届亚洲国际水周的六大议题，我们在此共同做出以下承诺：

一、水战略与水政策创新：面对变化环境下新的涉水挑战，树立节水优先理念，强化流域综合管理，提高用水效率，开发利用再生水等非常规水，实施可持续水价机制，采用政府与市场协同等灵活的融资方式推进水和卫生基础设施项目建设，倡导多利益相关方共同参与水治理。

二、数字孪生赋能智慧水利：推动水资源多元监测与感知，通过大数据、人工智能和数字孪生技术应用，发展智能大坝理论与实践，模拟和预测水资源动态变化，优化水资源配置与调度，加强水质监测与净化过程控制，全面提升水资源管理的精细化水平。

三、气候变化与涉水灾害：秉持人民至上、生命至上的理念，制定有效的灾害防御和气候变化适应战略，通过工程与非工程措施结合的方式应对流域洪水及山洪灾害，提升早期预警和预报系统，加强场景预演和预案编制，提升极端降雨事件中城市内涝应急处理能力，减轻气候变化导致的涉水灾害影响。

四、水与粮食能源安全：促进农业节水增效，引进先进、经济、高效的灌区开发技术，深入认识水—能—粮纽带关系，通过跨部门协作实现供水、能源与粮食安全，提升绿色、可持续水电的优化调控功能，通过水风光一体化开发促进能源绿色转型和碳减排。

五、水与流域生态系统：认可"绿水青山就是金山银山"理念，共同践行河流伦理，推动人与自然和谐共生，强化河湖生态流量与河湖健康管理，在生态系统修复中提倡基于自然的解决方案，让河流恢复生命、流域重现生机。

六、知识集成与传播：充分调动各利益相关方参与积极性，面向年轻一代开展水科普教育，针对社会机构持续推进能力建设和技术转化，鼓励政策制定者共享治水优秀实践经验和专业知识，挖掘、保护、传承与弘扬水文化。

我们将共同履行以上承诺，并敦促在亚洲水理事会董事会会议和后续亚洲国际水周上回顾和报告本宣言执行情况。

（记者　刁凡超，2024 年 9 月 24 日刊发）

澎湃新闻丨气候变化背景下如何提高水利工程气候韧性？水科院专家详解

洪涝灾害是中国发生最频繁、危害最大、造成损失最严重的自然灾害之一，随着全球气候变化影响加剧，暴雨洪涝灾害的突发性、极端性、反常性越来越明显。

水利部部长李国英在刚刚闭幕的第三届亚洲国际水周上作主旨报告时说，今年，中国大江大河发生 25 次编号洪水，刷新 1998 年有统计资料以来最高纪录，水利部启动防汛应急响应 39 次，发布洪水预警 4238 次，调度运用 6293 座（次）大中型水库拦蓄洪水 1404 亿立方米，最大程度保障了人民群众生命财产安全，最大限度减轻了洪涝灾害损失。

面对气候变化带来的挑战，如何提高水利工程的气候韧性？

针对上述问题，中国水利水电科学研究院（以下简称"水科院"）组织专家向澎湃新闻提供了书面回复。水科院隶属水利部，是从事水利水电科学研究的国家级社会公益性科研机构。

水科院指出，气候变化直接导致致灾因子危险性不断增加，人口增长、城市化、土地利用变化等社会因素影响水利工程灾害风险的强度、危害、灾害链的衍生。不同区域应厘清气候变化灾害效应的区域特征，加强水利工程灾害链衍生激励研究，提出针对性的应对政策，充分利用数字孪生、"四预"（预报、预警、预演、预案）等技术和手段，以最大程度提高水利工程韧性。

气候变化导致的水利工程风险成为水利高质量发展的主要威胁之一

近年来全球显著升温的异常加速态势，超过了过去数百年，甚至数千年的气候系统变化幅度，造成水循环时空分配偏向极端化，干季更干、湿季更湿，极端降雨频次与强度均明显增加，如极端干旱的非洲撒哈拉沙漠频频出现强降雨过程、长江流域发生流域性特大干旱，郑州市发生有记录以来最强降雨过程等。气候变化导致的水利工程风险成为水利高质量发展的主要威胁之一。

水科院回应说，气候变化背景下，水利工程管理面临新问题，首先体现在气候变化导致水利工程风险不确定性增加。

水利工程的设计和建设的主要依据之一是长序列降雨水文规律，但在气候变化背景下，降雨水文规律发生变化，当初采用的重现期降雨量大概率已远低于当前条件下重现期雨量，而大量水利工程未及时更新相关数据、方案、预案，导致水利工程风险面临很大不确定性。

其次，水利工程链生灾害机制不明。气候变化背景叠加人类活动强度加强，水利工程链生灾害频发，导致人类社会面临水利工程灾害的脆弱性提高。如强震发生，往往会造成震区水库大坝等水利工程损毁，进而威胁水库下游不断扩张的城市或新建的产业设施。若水库发生溃坝，不止威胁下游城市和村庄，还可能会影响下游输水工程，进而影响输水工程受益区供水安全，进而引发一系列不确定的突发风险。

再次，气候变化灾害效应的区域特征差异明显。大气环流、地形等因素综合作用，海陆热力差异、山地气象的海拔依赖性特征、城市化带来的热岛效应等致使自然灾害对气候变化的响应在区域尺度上呈现出显著不均衡性。普遍认为，"干旱地区将变得更加干燥，潮湿地区将变得更加潮湿"模式，但观测数据表明，极端气候事件的强度、时间存在极大不确定性。这是目前造成水利工程影响不确定性的主要因素之一。

开展水利工程风险普查，建立灾害基础数据库

水科院认为首先应开展水利工程风险普查，建立灾害基础数据库。水利工程类型多、风险复杂。应充分利用山洪灾害调查、水旱灾害风险普查成果，尽快对全区进行全面、系统的灾害普查。利用遥感、大数据、无人机、激光雷达等先进探测技术和数据分析技术，获取第一手全面、完整、近实时的水利工程灾害和风险数据，建立水利工程和环境气候因素（降雨、水文、地质、地形、社会经济等）等于一体的基础资料数据库，为灾害机理研究和监测预警提供基础资料。

其次，应动态评价水利工程面临的气候变化不确定性风险。需要利用监测数据和气候模型成果，动态评价气候变化背景下水利工程面临的风险。

"一方面，随着水利工程使用年限增加，工程安全性会降低；另一方面，需要采用新的降雨水文规律，采用新的降雨重现期数据对水利工程的应对能力进行分析、调整。"水科院回复说。

明晰水利工程灾害链生机理，为灾害应对提供科学支撑

明晰气候变化背景下水利工程灾害链生机理也非常重要。水科院指出，在气候变化背景和经济快速增长情况下，水利工程灾害链不断延长，需要厘清强震、

地质灾害、大范围极端强降雨等强致灾因素引发的水利工程风险链生灾害路径和衍生机理，为水利工程灾害应对提供科学支撑。

另外，水利工程类型多、分布广、运行时长跨度大、管理水平高低不一。需要不断加强水利工程安全监测和风险预警。以水库为例，全国97000多座水库，尤其是小型水库，设计、建设、管理水平，难以应对气候背景下极端降雨，需要利用"三道防线"，及安全监测设备，加强水库预报风险、监测风险、工程风险监测，感知极端事件和工程风险，及时预警，最大程度降低工程风险，以及风险发生后的危害。

当气候灾害风险来临，如何提高水利工程管理机制和风险应对水平？水科院指出，水利工程除了防洪作用，还涉及供水、抗旱、发电等多种功能，需要在坚持安全底线的条件下，综合考虑各方需求，提高工程综合效益。一方面，在体制机制方面，坚持责任明确；另一方面，利用数字孪生等新技术，运用"四预"措施，提高风险应对水平。

水科院指出，中国幅员辽阔，气候特征差异大，应因地制宜采用差异化应对措施。从历史统计来看，干旱地区水利工程风险概率高于湿润地区，而气候变化背景下，干旱地区的降雨变率更高，需要按照风险区划，采用差异化应对手段，以应对不同地区差异化的主要致灾因素。如青藏高原气温整体上升，温度升高导致冻土退化，增加了地下水储水空间，土体中液态水的含量亦急剧上升，多年冻土消融也有助于局地地表径流的增加，使得流水冲刷河岸和沟床物质动力增强，利于山洪、泥石流、崩塌等灾害的发生。

最后，水科院建议要促成水利工程灾害信息共享和减灾协同机制。加强水利、应急、气象、救援、统计等多部门之间信息共享和实时协同。提高跨部门水利工程灾害感知、预警和应对水平。

（记者　刁凡超，2024年9月28日刊发）

澎湃新闻｜世界水理事会主席：干旱和洪水在全球已是同一场战斗

9 月 24 日，由中华人民共和国水利部与亚洲水理事会联合举办的第三届亚洲国际水周在北京召开，本届亚洲水周的主题是"共促未来水安全"。亚洲水理事会主席、韩国水资源公社社长尹锡大在开幕致辞时说，水问题不是某个国家面临的问题，而是一个全球问题、区域问题，各国必须联起手来共同应对，尤其是亚洲，亚洲国家面临着更加严峻的水资源挑战，为此我们必须要合作共享，探讨如何改进我们的工作，找到水问题的解决方案，强化亚洲国家之间的合作，推动可持续发展。

"干旱和洪水在全球已是同一场战斗，这将在创新、金融、治理方面产生重要影响。"世界水理事会（World Water Council，WWC）主席洛克·福勋说，过去我们还倾向于认为世界分为干旱区和湿润区，事实上我们用了很多年实践证明，其实在干旱区也存在着与水相关的灾难。现在我们已经明确，那就是就数量和影响而言，干旱和洪水现在所代表的是我们围绕水资源安全的同一场战斗。

"过去 15 年来，中国和世界水理事会在两个关键词上有深厚的基础，这两个关键词是对话和合作，我们从彼此身上收获良多，与中国一起，我们为人与自然架起了水与水的桥梁。"洛克·福勋说。

开幕式上，水利部部长李国英做主旨报告时说，在气候变化和人类活动影响加剧的双重作用下，水安全风险日益成为全球性挑战，危及人类福祉和共同繁荣。

"亚洲各国山水相连、人文相亲，是你中有我、我中有你的命运共同体。着眼当前亚洲各国共同面临的水安全风险挑战，基于中国治水实践和治水经验。"李国英从协同推进理念创新、协同推进治理创新、协同推进科技创新和协同推进合作创新四个方面提出倡议。

李国英倡议，在协同推进理念创新方面，转变传统治水思路，坚持节水优先、空间均衡、系统治理、两手发力，以新的理念谋划治水方略、制定治水政策，开创亚洲水治理新局面。

在协同推进治理创新方面，积极探索制度变革，充分发挥政府和市场的作用，适度超前完善水利基础设施体系，最大限度减轻气候变化带来的水灾害影响，推动实现人人普遍和公平获得安全和负担得起的饮用水目标，共同维护人水和谐共生的美好家园。

在协同推进科技创新方面，坚持科技开放合作，强化洪旱灾害预报预警、超标准洪水下的库坝安全保障、水资源节约集约利用、河湖生态保护与修复等问题的研究和创新协作，加快发展水利新质生产力，大力推动数字孪生水利建设，提升水治理管理数字化、网络化、智能化能力。

在协同推进合作创新方面，充分发挥亚洲水理事会和亚洲国际水周等平台作用，坚持平等协商、交流互鉴、合作共赢，积极推动知识交流、项目合作、人才培养和能力建设，推动亚洲水治理领域合作走深走实。

（记者　刁凡超，2024 年 9 月 24 日刊发）

《新京报》｜水利部副部长李良生：我国水土保持措施年均减少土壤流失 16 亿吨

9 月 23 日，国际泥沙研究培训中心成立 40 周年　泥沙与土壤侵蚀国际研讨会在京举办。水利部副部长李良生介绍，中国政府开展了大规模江河湖库治理、水土保持和生态环境保护，水土保持措施年均减少土壤流失 16 亿吨。其中，国际泥沙研究培训中心（以下简称"泥沙中心"）立足水利重点任务，有力支撑了联合国教科文组织政府间水文计划不同阶段战略计划。

我国已治理水土流失面积 47.2 万平方公里

为应对世界性泥沙难题，1984 年，中国政府与联合国教科文组织在北京建立了泥沙中心，成为联合国教科文组织在全球设立的第一个二类中心，也是中国水利行业第一个国际中心。

李良生表示，40 年来，在中国水利部和联合国教科文组织的指导和支持下，泥沙中心紧密围绕联合国教科文组织中长期战略设定的优先事项，聚焦国家需求，响应联合国可持续发展目标，立足水利重点任务，发挥了国际泥沙研究合作的重要桥梁与纽带作用，有力支撑了联合国教科文组织政府间水文计划不同阶段战略计划。

据了解，泥沙中心成立以来共开展 200 余项国内外研究咨询和攻关项目，特别是三峡工程泥沙问题和黄河泥沙治理等国家重点工程项目；承办国际培训班 50 余期，培训学员来自五大洲 40 余个国家，达 5000 余人次；搭建世界泥沙和土壤侵蚀领域学术交流平台，与 50 余个国家和国际组织、科研机构、高等院校等开展广泛合作。

中国是世界上泥沙问题最严重的国家之一。李良生介绍，近年来，中国政府开展了大规模江河湖库治理、水土保持和生态环境保护，中国水土流失面积持续下降，水土保持率持续提升，河湖生态持续改善。全国共治理水土流失面积 47.2 万平方公里，水土保持措施年均减少土壤流失 16 亿吨。

李良生指出，当今，许多国家在江河治理、防洪减灾、水资源开发利用、生态环境保护等方面仍然面临着泥沙和土壤侵蚀问题的严峻挑战。中国江河生态格局也发生了新的变化，如河道冲淤转换、河床与河势演变、江湖关系变化、河口三角洲造陆减缓与蚀退等问题，给江河湖库防洪安全、生态安全带来新的课题和挑战。

专家建议：黄土高原"以水定植"，缓解土壤供水与植被耗水矛盾

在随后的学术研讨会上，中国科学院教育部水土保持与生态环境研究中心研究员邵明安分享了团队关于黄土高原植被建设与土壤水分消耗的研究成果。他指出，植被建设为黄土高原带来了显著的生态和社会效益。与此同时，长期研究发现，黄土高原土壤供水与植被耗水矛盾尖锐，植被的增加导致土壤水分降低，形成土壤干层。

邵明安介绍，研究团队长期追踪不同的植被类型对土壤干层发育过程和形成速率的影响，构建了小流域土壤水分植被承载力模型，验证了神木地区六道沟小流域土壤水分对柠条、沙柳、苜蓿的承载力，从而提出土壤干层的修复措施，如密度调控和林草转换。经过数年验证，发现土壤干层减少，土壤水库功能逐渐恢复。

邵明安提出，土壤干层在一定程度上可以调控，但土壤干层带来的一系列生态和水文问题仍需长期观测和大量研究。他建议，黄土高原未来的植被建设应该以水定植、合理配置、科学管理，从而提升植被建设这一接近自然解决方案在区域土壤侵蚀和泥沙控制上的效能。

（记者　行海洋，2024年9月23日刊发）

《新京报》│水利部部长李国英：中国治水取得历史性成就、发生历史性变革

9月23日，亚洲水理事会第21次董事会会议在北京召开。水利部部长李国英表示，中国统筹解决水灾害、水资源、水生态、水环境问题，治水取得历史性成就、发生历史性变革。

他介绍，在全球气候变化和人类活动影响加剧的双重作用下，包括亚洲在内的世界各国普遍面临更趋严峻的水安全风险挑战，保护好、利用好珍贵的水资源是各国的共同使命。中国水利部统筹高质量发展和高水平安全，统筹解决水灾害、水资源、水生态、水环境问题，水旱灾害防御能力不断提升，水资源利用方式实现转变，水资源配置格局持续优化，江河湖泊面貌逐步改善，中国治水取得历史性成就、发生历史性变革。

李国英指出，亚洲水理事会是亚洲各国在水治理领域合作交流的重要平台，中国水利部将在全球发展倡议、全球安全倡议、全球文明倡议引领下，与亚洲水理事会及各董事单位一道，凝聚共识、团结合作，应对挑战、共促发展。

亚洲水理事会主席尹锡大表示，亚洲水理事会自成立以来，始终秉持使命和愿景，在水资源管理领域持续发声，积极推动解决亚洲水问题。未来，希望亚洲各国继续加强合作，共同应对气候变化背景下的水挑战。

印尼公共工程与住房部部长巴苏基、乌兹别克斯坦水利部部长哈姆拉耶夫、世界水理事会主席福勋等高级别代表出席会议并致辞，共同表示，亚洲国家面临共同的水挑战，需要加强对话与合作，提升对水问题的重视程度，提高应对气候变化挑战的能力，为经济社会可持续发展作出积极贡献。

亚洲水理事会成立于2016年，目前共有来自25个国家的168个会员单位，旨在加强亚洲水利机构务实合作，推动亚洲国家实现联合国2030年可持续发展议程涉水目标。

（记者　行海洋，2024年9月24日刊发）

《新京报》｜第三届亚洲国际水周发布 《北京宣言》，呼吁保障亚洲未来水安全

9 月 24 日，第三届亚洲国际水周在北京开幕。中国水利部部长李国英与亚洲水理事会主席尹锡大共同签署《北京宣言——第三届亚洲国际水周亚洲水声明》。

在作主旨报告时，李国英介绍，中国水利部着力完善水旱灾害防御体系、实施国家水网重大工程、复苏河湖生态环境、推进数字孪生水利建设等，不断提升水旱灾害防御能力、水资源节约集约利用能力、水资源优化配置能力、江河湖泊生态保护治理能力。

近 10 年，中国洪涝灾害损失占 GDP 比例由上个 10 年的 0.51% 下降至 0.24%

李国英表示，洪涝灾害是中国发生最频繁、危害最大、造成损失最严重的自然灾害之一。随着全球气候变化影响加剧，暴雨洪涝灾害的突发性、极端性、反常性越来越明显。保障防洪安全是一项长期、紧迫而艰巨的任务。

近年来，中国加快完善水库、河道及堤防、蓄滞洪区"三大利器"为主要组成的流域防洪工程体系，气象卫星和测雨雷达、雨量站、水文站"三道防线"及相应数学模型构成的雨水情监测预报体系，责任落实、决策支持、调度指挥"三位一体"的洪水灾害防御工作体系，成功战胜 2021 年黄河中下游 1949 年以来最严重秋汛、2022 年珠江流域北江 1915 年以来最大洪水、2023 年海河流域 1963 年以来最大流域性特大洪水等大江大河历史罕见洪水灾害。

李国英介绍，近 10 年来，中国洪涝灾害损失占国内生产总值的比例由上一个 10 年的 0.51% 下降至 0.24%。

近 10 年，在 GDP 增长近 1 倍的情况下中国用水总量实现"零增长"

李国英表示，中国水资源人均占有量排名世界第 106 位，且时空分布极不均衡，与人口、经济和耕地等资源布局不相匹配。现代化建设面临着水资源短缺的严峻挑战。

近年来，中国全面实施国家节水行动，出台节约用水条例，全面建设节水型

社会，持续推进农业节水增效、工业节水减排、城镇节水降损，水资源利用方式实现了从粗放低效向集约高效的转变。立足流域整体和水资源空间均衡配置，科学推进实施以南水北调为代表的重大跨流域、跨区域引调水工程，加快建设国家水网，同步构建数字孪生水网，初步形成"南北调配、东西互济"的水资源配置格局。全面推行城乡供水一体化、集中供水规模化、小型供水工程规范化建设和县域农村供水工程专业化管理，最大程度实现城乡供水同源、同网、同质、同监管、同服务。

李国英介绍，近 10 年来，在国内生产总值增长近 1 倍的情况下，中国用水总量实现"零增长"。中国水利工程供水能力超过 9000 亿立方米，农村自来水普及率达到 90%。

中国已建成大中型灌区 7000 多处，灌溉面积达 10.75 亿亩

保障粮食安全始终是中国的头等大事。李国英介绍，近年来，中国持续推进灌区现代化建设和改造，建成了较为完备的农田水利基础设施体系。截至 2023 年，中国建成大中型灌区 7000 多处，灌溉面积达 10.75 亿亩，在占全国 56%的耕地面积上生产了全国 77%的粮食和 90%以上的经济作物，为粮食生产"二十连丰"、粮食产量连续 9 年稳定在 1.3 万亿斤以上提供了有力水利支撑。

中国江河湖泊众多，水的自然属性决定了流域内各生态要素和上下游、左右岸、干支流紧密联系、相互依存，构成了流域生命共同体。李国英介绍，近年来，中国积极建构河流伦理，把自然界河流视作生命体，尊重河流生存与健康的基本权利。其中，黄河实现连续 25 年不断流；断流百年之久的京杭大运河实现连续 3 年全线水流贯通；断流 26 年的永定河实现全年全线有水；华北地区地下水超采得到治理、地下水水位总体回升，不少曾经干涸的泉眼实现复涌。

李国英指出，在气候变化和人类活动影响加剧的双重作用下，水安全风险日益成为全球性挑战。他倡议，亚洲各国协同推进理念创新、治理创新、科技创新、合作创新，推动亚洲水治理领域合作走深走实。

《北京宣言》呼吁共同应对气候变化、城市化加速等带来的水问题

会上发布的《北京宣言》呼吁，共同应对气候变化、城市化加速和人口增长带来的水问题，通过创新驱动、国际合作和知识共享寻找解决方案，促进可持续发展，保障亚洲以及全球的未来水安全。

亚洲水理事会成员共同承诺，面对变化环境下新的涉水挑战，树立节水优先理念，强化流域综合管理，提高用水效率，开发利用再生水等非常规水，实施可

持续水价机制，采用政府与市场协同等灵活的融资方式推进水和卫生基础设施项目建设。

推动水资源多元监测与感知，通过大数据、人工智能和数字孪生技术应用，发展智能大坝理论与实践，模拟和预测水资源动态变化，优化水资源配置与调度，加强水质监测与净化过程控制。

制定有效的灾害防御和气候变化适应战略，通过工程与非工程措施结合的方式应对流域洪水及山洪灾害，提升早期预警和预报系统，加强场景预演和预案编制，提升极端降雨事件中城市内涝应急处理能力，减轻气候变化导致的涉水灾害影响。

促进农业节水增效，引进先进、经济、高效的灌区开发技术，深入认识水—能—粮纽带关系，通过跨部门协作实现供水、能源与粮食安全。

（记者　行海洋，2024年9月24日刊发）

《新京报》｜水利部：第三届亚洲国际水周提出了富有建设性的解决方案

　　9月26日下午，第三届亚洲国际水周闭幕后，水利部召开新闻发布会。水利部副部长李良生介绍，水周期间，各国代表针对亚洲乃至全球面临的严峻水挑战，提出了富有建设性的解决方案，凝聚了各国就下一步合作达成的诸多共识，也为未来水利领域的区域和全球合作提供了新的契机。

　　本届水周以"共促未来水安全"为主题，围绕"水战略与水政策创新""数字孪生赋能智慧水利""气候变化与涉水灾害""水与粮食能源安全""水与流域生态系统""知识集成与传播"六大议题，举行了开闭幕式、3场全体大会和56场平行会议，同期举办了13场多双边水利国际合作机制性会议。

　　会议交流活动吸引了来自政府部门、科研机构、高等院校、涉水企业及国际组织的近1300名代表参加。来自9个亚洲国家的部长级官员出席水周活动，分享了各国的治水政策与实践。水周期间，各国代表针对亚洲乃至全球面临的严峻水挑战，提出了富有建设性的解决方案，凝聚了各国就下一步合作达成的诸多共识，也为未来水利领域的区域和全球合作提供了新的契机。

　　据介绍，本届水周发布了《北京宣言——第三届亚洲国际水周亚洲水声明》，呼吁共同应对气候变化、城市化加速和人口增长带来的水问题。亚洲水理事会成员共同承诺，面对变化环境下新的涉水挑战，树立节水优先理念，强化流域综合管理，提高用水效率；推动水资源多元监测与感知；制定有效的灾害防御和气候变化适应战略。水周还签署了10余项多双边合作协议。

　　水利部部长李国英在主旨报告中倡议亚洲国家和国际社会协同推进理念创新、治理创新、科技创新、合作创新，加强区域水治理合作，携手并肩共促未来水安全。

　　李良生表示，展望未来，水安全和可持续发展仍然是亚洲国家和全世界面临的严峻课题。中国愿意同亚洲各国交流和分享治水理念、智慧与经验，也愿意同亚洲各国政府和人民一道，加强对话、增进互信、携手同行，为亚洲区域水治理贡献更多智慧和方案。

（记者　行海洋，2024年9月26日刊发）

封面新闻｜水利部部长李国英：适度超前完善水利设施　减轻气候变化带来的水灾害

9 月 24 日，第三届亚洲国际水周开幕式在京举行，水利部部长李国英在开幕式上作主旨报告。李国英倡议，要适度超前完善水利基础设施体系，最大限度减轻气候变化带来的水灾害影响，推动实现人人普遍和公平获得安全和负担得起的饮用水目标，共同维护人水和谐共生的美好家园。

"亚洲各国山水相连、人文相亲，是你中有我、我中有你的命运共同体"。李国英表示，着眼当前亚洲各国共同面临的水安全风险挑战，基于中国治水实践和治水经验，提出四点倡议。

第一，协同推进理念创新。转变传统治水思路，坚持节水优先、空间均衡、系统治理、两手发力，以新的理念谋划治水方略、制定治水政策，开创亚洲水治理新局面。

第二，协同推进治理创新。积极探索制度变革，充分发挥政府和市场的作用，适度超前完善水利基础设施体系，最大限度减轻气候变化带来的水灾害影响，推动实现人人普遍和公平获得安全和负担得起的饮用水目标，共同维护人水和谐共生的美好家园。

第三，协同推进科技创新。坚持科技开放合作，强化洪旱灾害预报预警、超标准洪水下的库坝安全保障、水资源节约集约利用、河湖生态保护与修复等问题的研究和创新协作，加快发展水利新质生产力，大力推动数字孪生水利建设，提升水治理管理数字化、网络化、智能化能力。

第四，协同推进合作创新。充分发挥亚洲水理事会和亚洲国际水周等平台作用，坚持平等协商、交流互鉴、合作共赢，积极推动知识交流、项目合作、人才培养和能力建设，推动亚洲水治理领域合作走深走实。

李国英表示，中国水利部将以进一步全面深化改革为动力，不断强化治水理念创新、制度创新、政策创新、科技创新、方法创新和标准引领，塑造推动水利高质量发展新动能新优势，更好地保障国家水安全。中国愿同各国和国际组织一道，在全球发展倡议、全球安全倡议、全球文明倡议引领下，携手共促未来水安全，为推动实现联合国 2030 年可持续发展议程涉水目标、共同谱写推动构建人类命运共同体的水治理新篇章作出更大贡献。

（记者　代睿、张馨心，2024 年 9 月 24 日刊发）

封面新闻｜第三届亚洲国际水周签署 《北京宣言》 呼吁共同应对水问题

9月24日，以"共促未来水安全"为主题的第三届亚洲国际水周在北京开幕。水利部部长李国英与亚洲水理事会主席尹锡大共同签署《北京宣言——第三届亚洲国际水周亚洲水声明》，呼吁共同应对气候变化、城市化加速和人口增长带来的水问题，通过创新驱动、国际合作和知识共享寻找解决方案，促进可持续发展，保障亚洲以及全球的未来水安全。

亚洲国际水周是亚洲水理事会的旗舰活动，于2017年正式启动，每三年召开一次，由亚洲水理事会和主办国相关单位联合举办，旨在交流共享亚洲水问题的实用解决方案、宣传和推广亚洲水治理成果，将亚洲水事务提升至全球水议程。

据了解，本届大会包含"亚洲水问题""亚洲水声明""水项目商业论坛"三大活动，设置"水战略与水政策创新""数字孪生赋能智慧水利""气候变化与涉水灾害""水与粮食能源安全""水与流域生态系统""知识集成与传播"六大议题，以促进国际水社会深入交流、深化合作，共同谱写构建人类命运共同体的水治理新篇章。

本届大会由中国水利部和亚洲水理事会共同主办，中国水利水电科学研究院牵头承办。来自70个国家和地区、20余个国际组织和涉水机构近600位国际代表，以及国内约700位水利行业人士参加大会。

（记者 代睿、张馨心，2024年9月24日刊发）

封面新闻｜水利部：第三届亚洲国际水周为未来水利领域合作提供新契机

9月26日，第三届亚洲国际水周在京闭幕，水利部举行新闻发布会介绍成果。水利部副部长李良生表示，本届水周期间，各国代表针对亚洲乃至全球面临的严峻水挑战，提出了富有建设性的解决方案，凝聚了各国就下一步合作达成的诸多共识，也为未来水领域的区域和全球合作提供了新的契机。

据了解，第三届亚洲国际水周以"共促未来水安全"为主题，围绕"水战略与水政策创新""数字孪生赋能智慧水利""气候变化与涉水灾害""水与粮食能源安全""水与流域生态系统""知识集成与传播"六大议题，举行了内容丰富、形式多样的交流活动，包括开闭幕式、3场全体大会和56场平行会议。同期，举办了13场多双边水利国际合作机制性会议，还专门举办了中国水利科技创新成果展，展现了中国水利高质量发展的科技成果与建设成效。

李良生表示，丰富多彩的会议交流活动吸引了亚洲乃至全球的广泛关注和积极参与。来自政府部门、科研机构、高等院校、涉水企业及国际组织的近1300名代表参加会议，其中包括国外代表约600人。来自9个亚洲国家部长级官员出席活动，分享了各国治水政策与实践。

记者注意到，本届水周开幕式上，水利部部长李国英作主旨报告时指出，中国在保障防洪安全、供水安全、粮食安全、生态安全等方面取得了历史性成就，中国与亚洲各国在水利领域的务实合作取得了丰硕成果，中国政府对实现联合国2030年可持续发展议程涉水目标作出庄严承诺并采取了有力行动。李国英在报告中倡议亚洲国家和国际社会协同推进理念创新、治理创新、科技创新、合作创新，加强区域水治理合作，携手并肩共促未来水安全。

李良生指出，本届水周充分反映了亚洲国家对水安全问题的高度关注，体现了全球携手应对气候变化、保障水安全、促进可持续发展的紧迫性和挑战性。展望未来，水安全和可持续发展仍然是亚洲国家和全世界面临的严峻课题。中国所面临的水挑战也正是很多亚洲国家的共同挑战。中国愿同亚洲各国交流和分享治水理念、智慧与经验，也愿意同亚洲各国政府和人民一道，加强对话、增进互信、携手同行，为亚洲区域水治理贡献更多智慧和方案。

（记者　代睿、张馨心，2024年9月26日刊发）

封面新闻｜中国如何与亚洲各国一起应对水安全挑战？水利部答封面新闻

9月26日，水利部举行第三届亚洲国际水周成果新闻发布会。水利部国际合作与科技司司长金海在回答封面新闻记者提问时表示，着眼当前亚洲和全球面临的水安全风险挑战，基于中国治水实践和经验，中国利用包括亚洲水理事会在内的多边平台，积极与各国分享中国治水智慧，提供中国治水方案。

金海介绍，中国与亚洲以及世界广大发展中国家共同实施了包括中哈霍尔果斯河友谊联合引水枢纽在内的民生工程，以及澜湄甘泉行动计划等暖民心的"小而美"项目，还与巴基斯坦、印度尼西亚共建小水电等技术联合实验室，体现了构建人类命运共同体的理念，也切实增进了当地民生福祉。

"当今世界，在全球气候变暖的大背景下，水安全形势发生了深刻变化，水安全问题日益成为全球性挑战"。金海表示，为有效应对水挑战，各国都在付出艰辛努力。根据世界气象组织的数据，自2000年以来，与洪水有关的灾害比前20年增加了134%。在水资源短缺的问题上，《2024年联合国水发展报告》指出，世界四分之一的人口面临着"极高"的水资源短缺压力，这些区域的水资源利用率都已经超过了80%。根据亚洲开发银行2022年发布的数据，亚太地区有近5亿人无法获得基本的水供应，11.4亿人未能获得基本卫生设施。

此外，全球水生态系统和水环境的健康状况也堪忧。根据联合国统计，有44%的生活污水没有得到安全处理。根据世界自然基金会发布的报告，自1970年以来，全球已经失去了三分之一的湿地，淡水动植物野生种群平均下降了83%。亚洲地区同样面临着水体污染、河湖萎缩退化、地下水超采、水土流失、水生生物多样性丧失等多重水生态、水环境问题。

金海指出，中国近年来的治水成就，筑牢了保障国泰民安的水利根基，为全面建设社会主义现代化国家提供了水安全支撑保障。中国积极与各国分享中国治水智慧，提供中国治水方案。

（记者　代睿，2024年9月27日刊发）

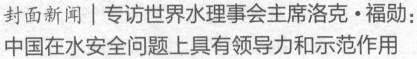

封面新闻｜专访世界水理事会主席洛克·福勋：中国在水安全问题上具有领导力和示范作用

人物

洛克·福勋（Loic Fauchon），世界水理事会主席，世界水论坛创始人之一，联合国水资源相关灾害高级专家小组（High-level Experts and Leaders Panel on Water and Disasters，HELP）成员。他致力于全球水资源安全和"人人享有用水及卫生设施"的国际推广工作已近30年。

世界水理事会（World Water Council，WWC）是一个国际平台组织，成立于1996年，总部设在法国马赛。有260个成员组织，来自五大洲的52个国家。其使命是召集国际社会说服各国决策者，把水作为可持续和公平发展的政治优先事项。

"在过去数十年里，中国政府在水安全领域扮演了至关重要的角色。中国不仅在亚洲，而且在全球范围内，都展示了在水安全问题上的领导力和示范作用。"

9月23日至28日，第三届亚洲国际水周（AIWW）在京召开。世界水理事会主席洛克·福勋在会议期间接受封面新闻记者专访时表示，中国政府始终将水安全视为关键议题，在这一领域的努力和成就，为其他国家应对水危机提供了宝贵经验。

如何看待《北京宣言——第三届亚洲国际水周亚洲水声明》？

第三届亚洲国际水周由中国水利部和亚洲水理事会共同主办，主题为"共促未来水安全"，旨在通过多元化的水管理合作，应对全球气候变化背景下的水安全挑战。

"我非常荣幸能见证第三届亚洲国际水周的圆满举办，它无疑取得了很好的效果。"福勋向封面新闻记者表示，此次大会吸引了众多国家水领域的专业人士以及政治领袖的参与，他们分享了很多有趣的信息和宝贵的经验。

"比如，许多与会嘉宾都谈到全球气候变暖、城市化加速及人口增长对水资源带来的挑战，对这些问题的讨论，有助于我们更好地找到解决方案。"福勋说。

开幕式上，《北京宣言——第三届亚洲国际水周亚洲水声明》签署，呼吁各国通过创新驱动、国际合作和知识共享寻找解决方案，促进可持续发展，保障亚洲以及全球的未来水安全。

谈及《北京宣言——第三届亚洲国际水周亚洲水声明》，福勋表示，水是一切的核心，我们共同的责任是要保护水、保存水，并且更好地利用水。中国政府致力于将宣言的精神和内容传遍亚洲，确保超过 40 个国家能够共享这一重要信息。为了促进各国在获取水资源和改善卫生设施方面的协同努力，这是至关重要的一步。

如何看待中国在水安全领域的作用？

水利部部长李国英在水周开幕式上表示，中国以占全球 6% 的淡水资源，保障了全球近 20% 的人口用水，创造了全球 18% 以上的经济总量。"中国坚持水资源节约集约利用，全面增强水资源统筹调配能力、供水保障能力、战略储备能力，有力保障了供水安全。"

福勋对中国在水安全领域作出的贡献表示肯定。"在过去的数十年里，中国政府在水安全领域扮演了至关重要的角色。中国不仅在亚洲，而且在全球范围内，都展示了其在水安全问题上的领导力和示范作用。"

他表示，中国政府始终将水安全视为关键议题，其在这一领域的努力和成就，为其他国家应对水危机提供了宝贵的经验。

福勋向记者举例，中国以"南水北调"为代表的跨流域、跨区域引调水工程给他留下了深刻印象，它展现了中国从南方向北方输送大量水资源的非凡能力。

他还表示，中国对河流"不断流"的关注也同样令人印象深刻。"我在开幕式上听到李部长分享了一组数据，黄河实现连续 25 年不断流，断流百年之久的京杭大运河实现连续 3 年全线水流贯通，断流 26 年的永定河实现全年全线有水，这些数据也展示了中国在此方面的努力与决心。"

如何看待全球水危机应对？

福勋表示，有人口学家预测，世界人口将持续增长至本世纪末，这就意味着人类对水的需求量是不断增加的。面对这一挑战，人类需要降低人均水资源消耗，并借助科技的进步，如人工智能，以提高水的使用效率。

福勋认为，世界各国可以借鉴中国的经验，实施跨区域调水项目，以实现水资源更均匀地分布；此外，可以更有效地利用地下水资源，例如通过反渗透等技术进行海水淡化，还可以大规模回收和再利用废水。但他也提醒，在使用这些技术时，应始终以保护自然环境为前提。

他还提到，可以通过创新的水资源管理方法，将传统的水坝概念转变为水生态保护区，以更好地保护和利用水资源。"这是人类对水资源和对自然用水的完美诠释，也是我们基于保护自然解决方式之中的绝佳示范。"

在他看来，若不采取可持续的制度和金融措施，单靠创新是不足以应对水危机的。因此，必须采取多元化的水资源管理策略，这不仅限于中央政府的集中管理，而是要更多地依赖于地方层面的分权治理。这意味着要根据各地实际情况，通过流域管理或地方当局的参与，实现水资源的合理分配和有效利用。

（记者　代睿、张馨心，2024 年 9 月 27 日刊发）

中国东盟报道｜第三届亚洲国际水周在京开幕

9月24日，以"共促未来水安全"为主题的第三届亚洲国际水周（3rd AIWW）在北京开幕。本届大会由中国水利部和亚洲水理事会共同主办，中国水利水电科学研究院牵头承办。来自 70 个国家和地区、20 余个国际组织和涉水机构近 600 位国际代表，以及国内约 700 位水利行业人士参加大会。中国水利部部长李国英出席开幕式并作主旨报告，中国水利部副部长李良生主持开幕式。

开幕式上，亚洲水理事会主席尹锡大、世界水理事会主席洛克·福勋、联合国驻华协调员常启德先后致辞。印尼公共工程与住房部部长巴苏基·哈迪穆尔约诺，东帝汶农业、畜牧业、渔业和林业部部长马科斯·达克鲁斯，乌兹别克斯坦水利部部长沙夫卡特·哈姆拉耶夫，沙特水务局局长阿卜杜拉·阿卜杜勒卡里姆，柬埔寨水资源与气象部国务秘书安·皮奇·哈达，吉尔吉斯斯坦水利、农业和加工业部副部长苏克耶夫，老挝自然资源与环境部副部长查特奈特·博拉塔，马来西亚能源及水务转型部副部长阿克玛先后作部长级发言。

亚洲水理事会秘书长赵镕德、中国水利部国际合作与科技司司长金海共同介绍《北京宣言——第三届亚洲国际水周亚洲水声明》的发布背景和主要内容。李国英与尹锡大共同签署《北京宣言——第三届亚洲国际水周亚洲水声明》。亚洲国际水周是亚洲水理事会的旗舰活动，于 2017 年正式启动，每三年召开一次，由亚洲水理事会和主办国相关单位联合举办，旨在交流共享亚洲水问题的实用解决方案、宣传和推广亚洲水治理成果，将亚洲水事务提升至全球水议程。

本届大会包含"亚洲水问题""亚洲水声明""水项目商业论坛"三大主体活动，设置"水战略与水政策创新""数字孪生赋能智慧水利""气候变化与涉水灾害""水与粮食能源安全""水与流域生态系统""知识集成与传播"六大议题，以促进国际水社会深入交流、深化合作，共同谱写构建人类命运共同体的水治理新篇章。

（2024 年 9 月 24 日刊发）

中国东盟报道｜第三届亚洲国际水周签署《北京宣言》 呼吁共同应对水问题

9 月 24 日，在第三届亚洲国际水周（3rd AIWW）开幕式上，中国水利部部长李国英与亚洲水理事会主席尹锡大共同签署《北京宣言——第三届亚洲国际水周亚洲水声明》，呼吁共同应对气候变化、城市化加速和人口增长带来的水问题，通过创新驱动、国际合作和知识共享寻找解决方案，促进可持续发展，保障亚洲以及全球的未来水安全。

以下为《北京宣言》全文：

我们，各代表团团长和亚洲水理事会成员，于 2024 年 9 月 24 至 26 日齐聚中国北京，共同见证了由中华人民共和国水利部与亚洲水理事会联合举办的第三届亚洲国际水周。

鉴于第一届亚洲国际水周（2017 年 9 月 20 日至 23 日，韩国）和第二届亚洲国际水周（2022 年 3 月 14 日至 16 日，印度尼西亚）的成功经验，我们认识到以亚洲国际水周为代表的对话平台对于促进亚洲乃至全球应对水挑战、保障水安全具有重要作用。

我们认为：本次发布的《北京宣言》以亚洲各国最关注的水问题为重点，强调实际行动与具体落实，呼应本届亚洲国际水周主题"共促未来水安全"和第十届世界水论坛主题"水促进共同繁荣"，积极响应 2023 年联合国水大会通过的《水行动议程》，以保障亚洲以及全球的未来用水安全。

作为与会者，我们认可中国作为第三届亚洲国际水周主办国所提出的"节水优先、空间均衡、系统治理、两手发力"治水思路，重申对《改变我们的世界：2030 年可持续发展议程》（A/RES/70/1）的承诺，并致力于推动实现可持续发展目标，确保为所有人提供水和环境卫生并对其进行可持续管理。

我们认识到，面对气候变化、城市化加速和人口增长所带来的水问题，亚洲是高脆弱性地区。为应对多重水资源挑战，我们强调，要通过创新驱动、国际合作和知识共享寻找解决方案，促进可持续发展。

我们认可并支持联合国第三次发展筹资会议通过的《亚的斯亚贝巴行动议程》（A/RES/69/313）、《我们希望的未来》（A/RES/66/288）、《享有饮水和卫生设施的人权》（A/RES/64/292），此类国际性框架和协议在应对涉水挑战中意义重大。

围绕第三届亚洲国际水周的六大议题，我们在此共同做出以下承诺：

一、水战略与水政策创新：面对变化环境下新的涉水挑战，树立节水优先理念，强化流域综合管理，提高用水效率，开发利用再生水等非常规水，实施可持续水价机制，采用政府与市场协同等灵活的融资方式推进水和卫生基础设施项目建设，倡导多利益相关方共同参与水治理。

二、数字孪生赋能智慧水利：推动水资源多元监测与感知，通过大数据、人工智能和数字孪生技术应用，发展智能大坝理论与实践，模拟和预测水资源动态变化，优化水资源配置与调度，加强水质监测与净化过程控制，全面提升水资源管理的精细化水平。

三、气候变化与涉水灾害：秉持人民至上、生命至上的理念，制定有效的灾害防御和气候变化适应战略，通过工程与非工程措施结合的方式应对流域洪水及山洪灾害，提升早期预警和预报系统，加强场景预演和预案编制，提升极端降雨事件中城市内涝应急处理能力，减轻气候变化导致的涉水灾害影响。

四、水与粮食能源安全：促进农业节水增效，引进先进、经济、高效的灌区开发技术，深入认识水—能—粮纽带关系，通过跨部门协作实现供水、能源与粮食安全，提升绿色、可持续水电的优化调控功能，通过水风光一体化开发促进能源绿色转型和碳减排。

五、水与流域生态系统：认可"绿水青山就是金山银山"理念，共同践行河流伦理，推动人与自然和谐共生，强化河湖生态流量与河湖健康管理，在生态系统修复中提倡基于自然的解决方案，让河流恢复生命、流域重现生机。

六、知识集成与传播：充分调动各利益相关方参与积极性，面向年轻一代开展水科普教育，针对社会机构持续推进能力建设和技术转化，鼓励政策制定者共享治水优秀实践经验和专业知识，挖掘、保护、传承与弘扬水文化。我们将共同履行以上承诺，并敦促在亚洲水理事会董事会会议和后续亚洲国际水周上回顾和报告本宣言执行情况。

（2024 年 9 月 24 日刊发）

中国东盟报道｜第三届亚洲国际水周闭幕 亚太各国代表热议 共促未来水安全

以"共促未来水安全"为主题的第三届亚洲国际水周于 26 日在北京闭幕，吸引了来自 70 个国家和地区、20 余个国际组织和涉水机构的近 1300 名代表参加。本届亚洲国际水周期间共签署十余项双多边合作协议，多家中方机构与泰国、马来西亚、韩国、印度尼西亚、尼泊尔、柬埔寨、老挝、越南、缅甸等国签署多项合作备忘录、技术合同、合作协议等，为推动高质量共建"一带一路"，促进中国与亚洲各国乃至全球涉水合作奠定了更加坚实的基础。

水安全成为全球性挑战

在全球气候变暖的大背景下，当今世界水安全形势发生了深刻的变化，水安全问题日益成为全球性的挑战。根据世界气象组织的数据，自 2000 年以来，全球与洪水有关的灾害比前 20 年增加了 134%。《2024 年联合国水发展报告》指出，全球有 1/4 的人口面临着极高的水资源短缺压力，这些区域的水资源利用率都已经超过了 80%。根据亚洲开发银行 2022 年发布的数据，亚太地区有近 5 亿人无法获得基本的水供应，有 11.4 亿人未能获得基本的卫生设施。为有效应对新挑战，各国都在付出艰辛的努力。

柬埔寨水资源与气象部国务秘书哈达向记者表示，虽然柬埔寨的江河较多，水资源总量可观，但是难点在于水资源的管理。如何应对旱季与雨季的不同情况是当下的重要挑战。为全面提升水安全保障能力，柬埔寨需要提高区域水资源配置能力，在维护生态功能的基础上，加强水资源基础设施建设，尤其是灌溉系统。"对一个依赖农业的经济体而言，灌溉至关重要。"

泰国国家水资源办公室秘书长苏拉斯里·基迪蒙顿介绍，泰国已提出若干关键步骤，以应对未来与水资源相关的挑战。比如加强用水管理，改进水储存和输送系统，确保每个人都能够拥有纯净的水资源。提升洪水管理能力，完善排水系统，清除河道障碍，降低洪水风险。提升废水处理能力和回收再利用效率，进行生态修复，恢复河流沿岸的森林，以实现可持续利用。同时，完善与水相关的法律，建立国家水资源数据中心，加强国际合作，促进政府和私营部门合作，通过创新手段和信息共享，提升地方水资源管理能力。"我们希望将节约用水这一观念普及至家家户户、各行各业，以及政府各部门。"

印度尼西亚公共工程与住房部部长巴苏基表示，在重建新首都努桑塔拉的过程中，为了保障水安全，印尼采纳了森林智能城市概念，在下游山区建造15座综合小型水库和4座蓄水池，确保了基础设施在满足水供应需求和克服气候灾害带来的不确定性之间保持微妙的平衡。

马来西亚能源及水务转型部副部长阿克玛表示，为加强应对气候变化的韧性，马来西亚将投资绿色基础设施，帮助管理和改善水质，实施更严格的污染控制条例，确保河流、湖泊和含水层免受污染，保障生态系统和社区的健康。提高公众的决策参与度，创造更加公平有效的水资源管理战略。

面对日益严峻的水挑战，正如世界水理事会主席洛克·福勋所说，我们在同一片水源，拥有相同的未来，我们要成为全球和平和水资源共同发展的卫士。

贡献中国智慧与中国方案

中国水资源时空分布极不均衡、水旱灾害多发频发，是世界上水情最复杂、江河治理难度最大、治水任务最繁重的国家之一。但经过多年不懈的治水实践，中国以占全球6%的淡水资源，保障了全球近20%的人口用水，创造了全球18%以上的经济总量，为其他国家应对水危机提供了宝贵的经验。

李国英在水周开幕式上表示，"中国坚持水资源节约集约利用，全面增强水资源统筹调配能力、供水保障能力、战略储备能力，有力保障了供水安全。"着眼当前亚洲和全球面临的水安全风险挑战，基于中国治水实践和经验，中国利用包括亚洲水理事会在内的多边平台，积极与各国分享中国的治水智慧，提供中国的治水方案。

水利部国际合作与科技司司长金海在水周成果新闻发布会上表示，"我们与亚洲以及世界广大发展中国家共同实施了包括中哈霍尔果斯河友谊联合引水枢纽在内的民生工程，以及澜湄甘泉行动计划等暖民心的'小而美'项目，还与巴基斯坦、印度尼西亚共建小水电等技术联合实验室，体现了构建人类命运共同体的理念，也切实增进了当地民生福祉。"

"我认为，中国在水资源管理方面的贡献值得称道。中国需要继续努力，确保水资源利用长期有效且可持续，"苏拉斯里·基迪蒙顿在接受采访时表示。他认为，中国面临水资源质量与数量的双重挑战。水资源是农业生产和人民福祉的根本保证。中国采取了明确政策对水资源进行管理，并正在进一步完善水资源保护政策，促进水资源的高效利用。同时，政府正在提升公众在水资源管理中的参与程度，培育公众意识，鼓励可持续的水资源使用。

"这是一个壮举，"哈达在向记者形容"南水北调"工程时感慨。这样大型的跨流域、跨区域引调水工程给他留下了深刻印象，展现了中国从南方向北方输送大量水资源的非凡能力。他表示，在习近平总书记先进治水思路的指导下，中国作为一个水资源有限的大国，通过采取系统全面的策略，极大地改善了水资源状况。"我非常希望学习这样的经验。"

回顾过去十多年的治水历程，中国治水取得了历史性成就，发生了历史性变革。本届水周发布的《北京宣言》充分吸收了数字孪生水利、河流伦理等中国治水智慧和方案，为破解亚洲各国普遍关心的水问题提供了具体可行、普遍适用的中国治水良策。

洛克·福勋表示，"在过去的数十年里，中国政府在水安全领域扮演了至关重要的角色。中国不仅在亚洲，而且在全球范围内，都展示了其在水安全问题上的领导力和示范作用。"

国际合作走深走实

水周期间，各国代表针对亚洲乃至全球面临的严峻水挑战，提出了富有建设性的解决方案，凝聚了各国就下一步合作达成的诸多共识，也为未来水利领域的区域和全球合作提供了新的契机。

苏拉斯里·基迪蒙顿表示，中国和泰国高度重视水资源方面的双边合作，聚焦数个关键领域，完善水资源保护战略，提升水资源使用效率。未来两国将会优先采取基于自然的解决方案，努力适应生态系统，恢复健康的水生态体系，保护生物多样性。双方将持续交流创新技术，开展更多联合研究，在关键领域加强合作伙伴关系。"这种合作机制不仅对我们两国有利，也对本地区其他国家有利。"

哈达在采访中回忆，他在 2019 年担任湄公河委员会秘书处首席执行官时，曾推动委员会与中国澜湄水资源合作中心签订了谅解备忘录，谋求在水资源领域的更广泛合作。同年，湄公河流域的国家，包括柬埔寨在内，获得了来自中国的全年水数据，这些数据大幅提升了预警能力，让湄公河下游的国家得以做好应急准备，也深化了人们对跨境水资源合作的理解。他认为，"未来，澜湄合作机制意义重大，是对现存的湄公河委员会机制的有力补充，更是一种坚定信心。"澜湄流域河流系统的可持续发展需要以系统全面的方法为指导，也需要流域内所有国家的参与。

老挝自然资源与环境部副部长查特耐特·博拉塔表示，老挝和中国的双边合作日益深化，涉及诸多领域。在政策对话方面，双方组织了多场高级别对话，每年举办部长级会议，这在水资源可持续发展和水资源管理中发挥了重要作用。在面临洪水灾害侵扰的情况下，老挝和中国在数据共享方面开展了有力合作，有关部门从云南的景洪监测站获取数据，并根据这些数据及时应对洪水等极端灾害。"我们的社区从中受益匪浅，尤其是坐落于湄公河河畔的社区。"在基础设施建设领域，中国与老挝共同合作建设大坝，成立大坝安全中心，采取必要措施在水资源供应及其他领域进行建设。同时，加强人才储备培养，派遣工作人员接受培训，"我们共享在水资源管理领域拥有的经验"。

沙特水务局局长阿卜杜拉·阿卜杜勒卡里姆在开幕式上表示，国际合作对实现可持续发展目标极其重要。各国应该重视对科研的投资，支持发展先进技术，并且交流在水资源管理和服务方面的实践经验。对于发达国家和发展中国家而言，提供清洁、安全的水源，始终是保障公众健康、推动经济发展、实现社会繁荣的重要基础。

"本届水周取得的热烈反响，充分反映了亚洲国家对水安全问题的高度关注，体现了全球携手应对气候变化、保障水安全、促进可持续发展的紧迫性和挑战性，"水利部副部长李良生在成果新闻发布会上表示。中国愿意同亚洲各国交流和分享治水理念、智慧与经验，也愿意同亚洲各国政府和人民一道，加强对话、增进互信、携手同行，为亚洲区域水治理贡献更多智慧和方案。

（2024 年 9 月 27 日刊发）

中国东盟报道｜泰国国家水资源办公室秘书长苏拉斯里·基迪蒙顿：中泰合作不仅让双方受益，更有利于整个地区发展

中国东盟报道： 近期，泰国因暴雨遭遇洪灾，政府采取了哪些应对措施？

苏拉斯里·基迪蒙顿： 总体而言，泰国有几大支柱，用于水资源管理。

第一大支柱是法律框架。我们通过了《水资源法》，这是泰国第一部全面详尽的水资源法案。这部法案旨在采用更有效的手段，缓解水资源分布不均的问题，建设协调恢复的专门机构。

第二大支柱是管理水资源的组织，这些组织从三个层面管理水资源。国家水资源委员会从国家层面对水资源进行管理，流域层面由流域委员会进行管理，而地方层面则由用水者协会进行管理。

第三大支柱则是《未来 20 年水资源管理总体规划》。规划的时间范围从 2018 年持续到 2037 年，提供了在特殊严峻情况下针对可持续水资源管理的战略框架，其中就包括洪水，就像你刚才提到的那样。泰国总理可以建立临时指挥中心，从头到尾负责管理突发事件，确保在紧急情况发生事前、事中和事后都能够采取正确行动。

事实上，泰国政府已采取十项措施，应对雨季来临。然而，因为降雨量过大，泰国许多地区都发生了洪水灾害，比如北部地区和东北部地区。政府一般会与社会各界合作，向受灾群众提供救助，尤其是在湄公河流域。我们也向国际社会，包括中国，提出水资源管理方面的援助要求。

目前，政府正处于恢复阶段，出台了对受灾群众的初步救助措施，以及与其他国家在水资源管理方面进行合作的政策。

中国东盟报道： 您可以谈谈泰国计划采取哪些措施来应对未来与水资源的挑战吗？

苏拉斯里·基迪蒙顿： 泰国已提出若干关键步骤，以应对未来与水资源相关的挑战。

第一，是针对用水的管理。我们的工作重点是确保每个人都能够拥有纯净的

水资源。为此，我们会在供水不足的地区开发新的水源，提供价格低廉、质量上乘的饮用水。此外，我们同样希望能够将节约用水这一观念普及至家家户户、各行各业，以及政府各部门。

第二，要保证生产部门用水安全。我们计划改进水储存和输送系统，尤其是在农业产区，确保生产用水稳定供应。

第三，洪水管理能力。我们要完善排水系统，管理好蓄洪区，清除河道中的障碍。

第四，水资源生态系统的建立和保护。这包括提升对社区废水的处理能力，改善水的回收再利用效率，以及生态修复，即恢复河流沿岸的森林，以实现可持续利用。

最后，是管理策略。我们计划完善与水相关的法律，建立国家水资源数据中心，支持河流流域相关组织。这也包括促进国际合作，促进政府和私营部门合作，通过创新手段和信息共享，提升地方水资源管理能力。

中国东盟报道：近年来，中国在水资源管理方面取得了显著成就。您对此有何看法？

苏拉斯里·基迪蒙顿：对于中国而言，水资源管理至关重要。中国面临水资源质量与数量的双重挑战。水资源是农业产业和人民福祉的根本保证。所以，中国采取了明确政策对水资源进行管理，例如南水北调工程，将南方的水输送至干旱的北方。此外，中国正进一步完善水资源保护政策，促进水资源的高效利用，用于基础设施建设。中国对水资源基础设施进行大规模投资，包括大坝，管道和灌溉系统等，提升了水资源管理能力。

中国正在提升公众在水资源管理中的参与，培育公众意识，鼓励可持续的水资源使用。最后，针对挑战，尽管中国正在面临一系列挑战，例如气候变化，城市扩张，以及不可持续的水资源利用。我认为，中国在水资源管理方面的贡献值得称道。中国需要继续努力，确保水资源利用长期有效且可持续。

中国东盟报道：中国和泰国在水资源合作方面取得了长足进展。您如何评价这一进展？您对加强两国未来合作有何建议？

苏拉斯里·基迪蒙顿：中国和泰国的双边合作对水资源给予高度重视，聚焦数个关键领域，例如灌溉用水管理。我们采取合作措施，提升水资源质量，控制污染，调控水资源供求，优化地表水和地下水的使用。至于水供应系统，我们会完善高效的水资源保护战略，作为创新节水科技的一部分，并提升水资源使用效率，尤其是在灌溉领域。

关于未来的主要发展方向，中国和泰国优先采取基于自然的解决方案，努力适应生态系统，恢复健康的水生态体系，保护生物多样性。两国将发展可持续水电技术，在水资源项目中使用环境友好材料。此外，两国可以持续交流创新技术，开展更多联合研究，在关键领域加强合作伙伴关系。这种合作机制不仅对我们两国有利，也对本地区其他国家有利。

（2024 年 10 月 9 日刊发）

中国东盟报道｜老挝自然资源与环境部副部长查特耐特·博拉塔：共享经验共创未来

中国东盟报道： 中国和老挝两国在双边合作框架及澜湄合作机制下深化了水资源领域的合作，您如何评价合作所取得的成就？

查特耐特·博拉塔： 谢谢你的提问。

谈到澜湄合作，我们一共有六个成员国，其中也包括老挝。这些国家都坐落于湄公河流域，彼此之间通力合作，共同行动。老挝和中国的双边合作非常成功，发展日益深化，日复一日，年复一年。在这个合作框架内，我们在诸多领域开展合作。我认为，第一个合作成果是政策对话。我们组织了一些高级别会议和对话，包括每年的部长级会议。

同时，两国高级别官员和领导也进行了互访，老挝官员到访中国，中国官员到访老挝，对于水资源可持续发展和管理发挥了重要作用。另一个领域则是水资源管理。几乎每年，我们都会面临洪水的侵扰，水资源管理非常重要。

我们需要根据数据对灾害作出预警。我们和中国在数据共享上开展了有力合作，从云南的景洪监测站获取数据。数据每天更新，甚至每小时更新。根据这些数据，我们可以应对洪水等极端灾害。我们的社区从中受益匪浅，尤其是坐落于湄公河河畔的社区。而其他领域的合作，我认为在基础设施建设领域也取得了丰硕成果。中国与老挝水电与矿业部进行合作，建设大坝，成立大坝安全中心，对重大工程的建设进行必要的监督，以及供水和其他领域。这一方面的能力建设同样意义重大，我们不能忘记这一点，因为一切行动都需要人，需要工作人员来开展。在水资源管理领域，我们有自己的能力，也有外部能力的支持。我们派遣工作人员出国接受培训，共享在水资源管理领域拥有的经验。我们已经在该领域取得了诸多成就，感谢中国为此作出的贡献。

展望未来，我认为，我们需要继续与中国以及其他湄公河流域的国家开展合作，这十分重要，因为我们正面临气候变化，而这个流域地势非常平缓。

上周，我们遭遇了暴风雨，非常强烈的暴风雨，洪水肆虐，从琅南塔省一直泛滥到了首都。

正是因为有了预警系统，我们得以事前让当地社区提高警惕，做好准备，应对洪水。我们需要加强在这一关键领域同中国的合作，尤其是拓展整个国家的水文和气象网络，从而使预测更为精准，这是一方面。

另一方面自然是公众参与。我们需要继续提高公众知情程度，尽量多向社区发布相关消息，确保公民在洪水，干旱，或其他极端灾害来临前及时得到相关信息，做好准备。

当然，谈及气候变化，对我国民众而言，适应气候变化所带来的影响至关重要。最后，在可持续发展方面，我们会继续与中国同事们共同努力，以更加可持续的方式使用水资源。最后，我想再次感谢中国政府和人民为两国合作所做的贡献。谢谢。

（2024 年 10 月 10 日刊发）

第三章

联合国粮农组织高级别水对话会

新华社｜中国代表团在联合国粮农组织高级别水对话会上提出倡议

联合国粮食及农业组织17日在意大利罗马举行"全球农业水资源短缺框架"高级别水对话会。中国水利部部长李国英在大会上致辞，并提出建立健全农业节水增效"五项制度体系"倡议。

李国英在会上分享了中国的治水经验。为有效应对全球水资源形势的复杂深刻变化，基于中国实践和经验，他提出建立健全农业节水增效"五项制度体系"倡议，包括建立健全科学灌溉制度体系、建立健全用水计量监测体系、建立健全农业水价政策体系、建立健全节水市场制度体系以及建立健全节水技术及服务体系。

参加会议的相关国家水利、农业部门和国际组织领导人对中国通过水利建设提高粮食生产能力的经验表示赞赏，纷纷表示希望加强与中国的交流与合作，共同为实现联合国2030年可持续发展议程农业与水相关目标作出更大贡献。

本次高级别水对话会旨在分享各国应对农业水资源短缺问题的政策、技术和经验。会议发布了《农业水资源短缺罗马宣言》，呼吁各成员国支持联合国粮农组织行动倡议，推动农业节水增效，加强应对农业水资源短缺的国际交流合作。

（记者　任耀庭，2024年10月18日刊发）

人民网｜水利部提出农业节水增效"五项制度体系"倡议

据水利部消息，"全球农业水资源短缺框架"高级别水对话会近日在意大利罗马举行，水利部部长李国英率团出席并作大会致辞，提出建立健全农业节水增效"五项制度体系"倡议。

中国特殊的地理和气候条件决定了"水利是农业的命脉"。近年来，中国水利部不断提高水利对农业粮食生产的保障能力。据统计，2014年以来，中国在粮食连年丰收的情况下，全国农业灌溉用水总量实现了零增长。

为有效应对全球水资源形势的复杂深刻变化，基于中国实践和经验，李国英提出建立健全农业节水增效"五项制度体系"倡议，包括建立健全科学灌溉制度体系、建立健全用水计量监测体系、建立健全农业水价政策体系、建立健全节水市场制度体系以及建立健全节水技术及服务体系。

参加会议的相关国家水利、农业部门和国际组织领导人对中国通过水利建设提高粮食生产能力的经验表示由衷赞赏，对李国英提出的五点倡议给予高度评价，纷纷表示希望加强与中国的交流与合作，共同为实现联合国2030年可持续发展议程农业与水相关目标作出更大贡献。

（记者 欧阳易佳，2024年10月19日刊发）

中新网 | 水利部部长提农业节水增效"五项制度体系"倡议

记者 18 日从中国水利部获悉，当地时间 17 日，联合国粮食及农业组织在意大利罗马举行"全球农业水资源短缺框架"高级别水对话会。中国水利部部长李国英率团出席并作大会致辞，提出建立健全农业节水增效"五项制度体系"倡议。

李国英表示，中国特殊的地理和气候条件决定了"水利是农业的命脉"。近年来，中国水利部不断提高水利对农业粮食生产的保障能力。大力发展现代化灌区，推进农业节水增效，强化灌区科技赋能，增强农业防灾减灾能力。中国以占世界 9% 的耕地、6% 的淡水资源，养育了世界近 20% 的人口。

为有效应对全球水资源形势的复杂深刻变化，基于中国实践和经验，李国英提出建立健全农业节水增效"五项制度体系"倡议：

第一，建立健全科学灌溉制度体系。根据农作物的生物学特性与需水规模制定科学的灌溉制度和灌溉定额。

第二，建立健全用水计量监测体系。提升农业用水计量监测的覆盖面、准确性、实用性，为强化农业用水需求侧管理提供支撑。

第三，建立健全农业水价政策体系。完善科学合理的水价形成机制，遏制不合理用水需求，引导节水灌溉，吸引社会资本投入灌区建设管理。

第四，建立健全节水市场制度体系。推进用水权市场化交易，健全节水奖励机制，调动农业用水户节水积极性、主动性。

第五，建立健全节水技术及服务体系。推广先进适用的节水灌溉技术，实行专业化指导，提供便利化服务，提升高效化水平。

本次高级别水对话会旨在分享各国应对农业水资源短缺问题的政策、技术和经验。会议发布了《农业水资源短缺罗马宣言》，呼吁各成员国支持联合国粮农组织行动倡议，推动农业节水增效，加强应对农业水资源短缺的国际交流合作。

（记者 陈溯，2024 年 10 月 18 日刊发）

中国网｜中国代表团在联合国粮农组织高级别水对话会上提出倡议

联合国粮食及农业组织 17 日在意大利罗马举行"全球农业水资源短缺框架"高级别水对话会。中国水利部部长李国英在大会上致辞，并提出建立健全农业节水增效"五项制度体系"倡议。

李国英在会上分享了中国的治水经验。为有效应对全球水资源形势的复杂深刻变化，基于中国实践和经验，他提出建立健全农业节水增效"五项制度体系"倡议，包括建立健全科学灌溉制度体系、建立健全用水计量监测体系、建立健全农业水价政策体系、建立健全节水市场制度体系以及建立健全节水技术及服务体系。

参加会议的相关国家水利、农业部门和国际组织领导人对中国通过水利建设提高粮食生产能力的经验表示赞赏，纷纷表示希望加强与中国的交流与合作，共同为实现联合国 2030 年可持续发展议程农业与水相关目标作出更大贡献。

本次高级别水对话会旨在分享各国应对农业水资源短缺问题的政策、技术和经验。会议发布了《农业水资源短缺罗马宣言》，呼吁各成员国支持联合国粮农组织行动倡议，推动农业节水增效，加强应对农业水资源短缺的国际交流合作。

（记者　任耀庭，2024 年 10 月 18 日刊发）

中国经济网 | 中国代表团在联合国粮农组织高级别水对话会上提出倡议

联合国粮食及农业组织 17 日在意大利罗马举行"全球农业水资源短缺框架"高级别水对话会。中国水利部部长李国英在大会上致辞，并提出建立健全农业节水增效"五项制度体系"倡议。

李国英在会上分享了中国的治水经验。为有效应对全球水资源形势的复杂深刻变化，基于中国实践和经验，他提出建立健全农业节水增效"五项制度体系"倡议，包括建立健全科学灌溉制度体系、建立健全用水计量监测体系、建立健全农业水价政策体系、建立健全节水市场制度体系以及建立健全节水技术及服务体系。

参加会议的相关国家水利、农业部门和国际组织领导人对中国通过水利建设提高粮食生产能力的经验表示赞赏，纷纷表示希望加强与中国的交流与合作，共同为实现联合国 2030 年可持续发展议程农业与水相关目标作出更大贡献。

本次高级别水对话会旨在分享各国应对农业水资源短缺问题的政策、技术和经验。会议发布了《农业水资源短缺罗马宣言》，呼吁各成员国支持联合国粮农组织行动倡议，推动农业节水增效，加强应对农业水资源短缺的国际交流合作。

（记者　任耀庭，2024 年 10 月 18 日刊发）

封面新闻｜水利部部长李国英：不断提高水利对农业粮食生产的保障能力

封面新闻记者从水利部了解到，当地时间 10 月 17 日，联合国粮农组织在意大利罗马举行"全球农业水资源短缺框架"高级别水对话会。水利部部长李国英率团出席并作大会致辞，提出建立健全农业节水增效"五项制度体系"倡议。李国英表示，近年来，中国不断提高水利对农业粮食生产的保障能力，将水旱灾害对农业生产的影响降到最低。

李国英指出，中国特殊的地理和气候条件决定了"水利是农业的命脉"。近年来，中国水利部不断提高水利对农业粮食生产的保障能力。一是大力发展现代化灌区。通过建设国家水网，优化水资源配置总体格局，新建和改造一大批现代化灌区。二是推进农业节水增效。实施水资源刚性约束制度，推进农业水价改革、用水权交易、节水技术发展。三是强化灌区科技赋能。积极开展数字孪生灌区建设，有力支撑灌区用水户科学灌溉。四是增强农业防灾减灾能力。建立健全流域防洪工程体系、雨水情监测预报体系、水旱灾害防御工作体系，将水旱灾害对农业生产的影响降到最低。中国以占世界 9%的耕地、6%的淡水资源，养育了世界近 20%的人口。

为有效应对全球水资源形势的复杂深刻变化，基于中国实践和经验，李国英提出建立健全农业节水增效"五项制度体系"倡议：

第一，建立健全科学灌溉制度体系。根据农作物的生物学特性与需水规模制定科学的灌溉制度和灌溉定额。

第二，建立健全用水计量监测体系。提升农业用水计量监测的覆盖面、准确性、实用性，为强化农业用水需求侧管理提供支撑。

第三，建立健全农业水价政策体系。完善科学合理的水价形成机制，遏制不合理用水需求，引导节水灌溉，吸引社会资本投入灌区建设管理。

第四，建立健全节水市场制度体系。推进用水权市场化交易，健全节水奖励机制，调动农业用水户节水积极性、主动性。

第五，建立健全节水技术及服务体系。推广先进适用的节水灌溉技术，实行专业化指导，提供便利化服务，提升高效化水平。

本次高级别水对话会旨在分享各国应对农业水资源短缺问题的政策、技术和经验。联合国粮农组织总干事屈冬玉出席开幕式并致欢迎辞。会议发布了《农业水资源短缺罗马宣言》，呼吁各成员国支持联合国粮农组织行动倡议，推动农业节水增效，加强应对农业水资源短缺的国际交流合作。

（记者　代睿，2024 年 10 月 19 日刊发）

中国东盟报道｜水利部部长率团出席联合国粮农组织高级别水对话会

当地时间 10 月 17 日，联合国粮农组织在意大利罗马举行"全球农业水资源短缺框架"高级别水对话会。中国水利部部长李国英率团出席并作大会致辞，提出建立健全农业节水增效"五项制度体系"倡议。

李国英指出，中国特殊的地理和气候条件决定了"水利是农业的命脉"。近年来，中国水利部深入践行习近平总书记"节水优先、空间均衡、系统治理、两手发力"治水思路，不断提高水利对农业粮食生产的保障能力。一是大力发展现代化灌区。通过建设国家水网，优化水资源配置总体格局，新建和改造一大批现代化灌区。二是推进农业节水增效。实施水资源刚性约束制度，推进农业水价改革、用水权交易、节水技术发展。三是强化灌区科技赋能。积极开展数字孪生灌区建设，有力支撑灌区用水户科学灌溉。四是增强农业防灾减灾能力。建立健全流域防洪工程体系、雨水情监测预报体系、水旱灾害防御工作体系，将水旱灾害对农业生产的影响降到最低。中国以占世界 9% 的耕地、6% 的淡水资源，养育了世界近 20% 的人口。

为有效应对全球水资源形势的复杂深刻变化，基于中国实践和经验，李国英提出建立健全农业节水增效"五项制度体系"倡议：

第一，建立健全科学灌溉制度体系。根据农作物的生物学特性与需水规律制定科学的灌溉制度和灌溉定额。

第二，建立健全用水计量监测体系。提升农业用水计量监测的覆盖面、准确性、实用性，为强化农业用水需求侧管理提供支撑。

第三，建立健全农业水价政策体系。完善科学合理的水价形成机制，遏制不合理用水需求，引导节水灌溉，吸引社会资本投入灌区建设管理。

第四，建立健全节水市场制度体系。推进用水权市场化交易，健全节水奖励机制，调动农业用水户节水积极性、主动性。

第五，建立健全节水技术及服务体系。推广先进适用的节水灌溉技术，实行专业化指导，提供便利化服务，提升高效化水平。

参加会议的相关国家水利、农业部门和国际组织领导人对中国通过水利建设提高粮食生产能力的经验表示由衷赞赏，对李国英提出的五点倡议给予高度评价，纷纷表示希望加强与中国的交流与合作，共同为实现联合国 2030 年可持续发展议程农业与水相关目标作出更大贡献。

本次高级别水对话会旨在分享各国应对农业水资源短缺问题的政策、技术和经验。联合国粮农组织总干事屈冬玉出席开幕式并致欢迎辞。会议发布了《农业水资源短缺罗马宣言》，呼吁各成员国支持联合国粮农组织行动倡议，推动农业节水增效，加强应对农业水资源短缺的国际交流合作。

（记者　郭熙贤，2024 年 10 月 18 日刊发）